U0689427

普通高校通识教育丛书

主　编　刘树元
副主编　王昌忠　余连祥
　　　　张　瑜　谭五昌

普通高校通识教育丛书

ZHONGGUO XIANDANGDAI SHIGE SHANGXI

中国现当代诗歌赏析

ZHEJIANG UNIVERSITY PRESS
浙江大学出版社

序

高等学校人才培养模式改革涉及的核心课题之一，是构建符合现代社会理念并能体现科技进步水平的教学知识体系。理想的大学教学知识体系应具有时代性、先进性、学术性和适切性，并且具体体现在能够展现上述先进理念与特征的教材体系与课程内容之中。

综观当今世界，高校本科教育越来越重视受教育者的身心素质的培养和基础知识技能的掌握，这已成为高等院校教育教学改革与发展的主要趋势之一。通识教育由于重视科学精神与人文精神的培养，重视人的发展的全面性，重视知识的交叉、广博与综合，因而越来越受到高等院校管理者、教师和学生的重视。尤其在我国，自20世纪90年代初以来，高等院校在"文化素质教育"思想的指导下，在本科人才培养模式、课程体系、教材内容、专业建设等方面进行了大量的创新，以纠正长期以来我国本科教学过早专门化和过分专门化的倾向。

浙江师范大学、杭州师范学院、温州师范学院、绍兴文理学院和湖州师范学院是浙江省以教师教育为主要特色的多科性高等院校。多年来，五院校坚持党的教育方针，坚决走改革创新之路，认真落实"育人为本"、"学术强校"的办学理念，大力推广教育部倡导的大学生文化素质教育改革工作，并在办学体制、课程设置、教育科研和研究生培养等方面开展了广泛的校际合作，取得了良好效果。《普通高校通识教育丛书》的出版，旨在发挥五院校的综合学术优势，进一步推动五院校的校际协作和浙江省高等院校本科教学的改革，探索培养更多素质优、知识广、能力强的大学生的有效途径，从而为浙江省高等教育事业发展作出积极的贡献。

徐 辉

2005年5月于浙师大初阳湖畔

目　录

绪　论……………………………………………………………（1）

现代诗歌部分

小河……………………………………………… 周作人（17）
教我如何不想她…………………………………… 刘半农（20）
邮吻……………………………………………… 刘大白（22）
三弦……………………………………………… 沈尹默（24）
草儿……………………………………………… 康白情（25）
凤凰涅槃（节选）………………………………… 郭沫若（28）
天狗……………………………………………… 郭沫若（33）
地球，我的母亲！ ……………………………… 郭沫若（35）
繁星（选二首）…………………………………… 冰　心（40）
春水（选二首）…………………………………… 冰　心（42）
蕙的风…………………………………………… 汪静之（43）
落花……………………………………………… 冯雪峰（45）
蛇………………………………………………… 冯　至（47）
十四行集（二十一）……………………………… 冯　至（48）
死水……………………………………………… 闻一多（50）
发现……………………………………………… 闻一多（53）
雪花的快乐……………………………………… 徐志摩（55）
沙扬娜拉………………………………………… 徐志摩（56）
再别康桥………………………………………… 徐志摩（58）
采莲曲…………………………………………… 朱　湘（61）
自己的歌………………………………………… 陈梦家（64）

弃妇…………………………………………………… 李金发(66)
苍白的钟声…………………………………………… 穆木天(69)
我从 café 中走来 ………………………………………… 王独清(71)
哀中国………………………………………………… 蒋光慈(73)
别了,哥哥 …………………………………………… 殷　夫(76)
茫茫夜(节选)………………………………………… 蒲　风(79)
老马…………………………………………………… 臧克家(84)
难民…………………………………………………… 臧克家(85)
大堰河——我的保姆………………………………… 艾　青(87)
雪落在中国的土地上………………………………… 艾　青(93)
我爱这土地…………………………………………… 艾　青(97)
雨巷…………………………………………………… 戴望舒(98)
我用残损的手掌……………………………………… 戴望舒(101)
断章…………………………………………………… 卞之琳(103)
预言…………………………………………………… 何其芳(104)
我为少男少女们歌唱………………………………… 何其芳(107)
义勇军………………………………………………… 田　间(109)
给战斗者(节选)……………………………………… 田　间(110)
孤岛…………………………………………………… 阿　垅(115)
泥土…………………………………………………… 鲁　藜(117)
惊蛰…………………………………………………… 绿　原(118)
赞美…………………………………………………… 穆　旦(120)
诗八首(选一)………………………………………… 穆　旦(124)
珠和觅珠人…………………………………………… 陈敬容(125)
金黄的稻束…………………………………………… 郑　敏(127)
风景…………………………………………………… 辛　笛(129)

当代诗歌部分

枪给我吧……………………………………………… 未　央(133)
葡萄成熟了…………………………………………… 闻　捷(135)
桂林山水歌…………………………………………… 贺敬之(138)
雾中汉水……………………………………………… 蔡其矫(142)

望星空(节选)…………………………………… 郭小川(144)
悬崖边的树…………………………………… 曾　卓(147)
重读《圣经》…………………………………… 绿　原(150)
华南虎…………………………………………… 牛　汉(154)
冬………………………………………………… 穆　旦(158)
鱼化石…………………………………………… 艾　青(162)
峨日朵雪峰之侧……………………………… 昌　耀(165)
这是四点零八分的北京……………………… 食　指(166)
雪地上的夜…………………………………… 芒　克(169)
小草在歌唱…………………………………… 雷抒雁(172)
掌上的心……………………………………… 雷抒雁(180)
哎,大森林! ………………………………… 公　刘(182)
顾城诗两首…………………………………… 顾　城(183)
回答……………………………………………… 北　岛(185)
雪白的墙……………………………………… 梁小斌(189)
致橡树…………………………………………… 舒　婷(192)
神女峰…………………………………………… 舒　婷(195)
月光白得很…………………………………… 王小妮(197)
麦地……………………………………………… 海　子(199)
岁月……………………………………………… 骆一禾(203)
向日葵——纪念梵高………………………… 骆一禾(206)
帕斯捷尔纳克………………………………… 王家新(209)
山民……………………………………………… 韩　东(213)
你见过大海…………………………………… 韩　东(215)
中文系…………………………………………… 李亚伟(217)
起风……………………………………………… 西　川(222)
尚义街六号…………………………………… 于　坚(224)
车过黄河……………………………………… 伊　沙(228)
想象大鸟……………………………………… 周伦佑(230)
倾诉:献给我两重世界的家园 ……………… 沈泽宜(235)
室内生活……………………………………… 李见心(239)
诗人……………………………………………… 杨晓民(241)
独自面对黑暗的路灯………………………… 唐　诗(243)

大雁塔…………………………………………………… 蔡克霖(245)

台港诗歌部分

距离…………………………………………………… 覃子豪(251)
错误…………………………………………………… 郑愁予(253)
你的名字……………………………………………… 纪　弦(255)
麦坚利堡……………………………………………… 罗　门(257)
秋歌…………………………………………………… 痖　弦(260)
乡愁…………………………………………………… 余光中(262)
与李贺共饮…………………………………………… 洛　夫(264)
红豆…………………………………………………… 张　错(267)
水之湄………………………………………………… 杨　牧(269)
醉汉…………………………………………………… 非　马(271)
为什么向我索取形象………………………………… 蓉　子(273)
妈妈…………………………………………………… 敻　虹(275)
雁……………………………………………………… 白　萩(277)
一棵开花的树………………………………………… 席慕容(279)
复活…………………………………………………… 舒巷城(281)
北角之夜　…………………………………………… 马博良(283)

主要参考书目………………………………………………(285)
后　记………………………………………………………(287)

绪　论

源远流长的中国古典诗歌因其语汇、体式、规范的不断丰富、完备与成熟而长期在中国文学史上享有一种君临一切般的荣耀，然而进入明清以来，它所享有的这种沉甸甸的荣耀却由于鲜有杰出创造者的持续加入，转而逐渐滑向一种几乎令人窒息的尴尬与窘困境地。在19世纪末叶，清醒地意识到了古典诗歌面临严重危机的诗坛有识之士，如黄遵宪、梁启超、谭嗣同、夏曾佑等人，便积极倡导"诗界革命"运动。他们勇敢地喊出了"我手写我口"等在时人听来不啻是"异端邪说"的诗歌革命口号，同时提出了革新诗歌语言和内容的具体主张，并勇敢而积极地投入到他们所欲创造出来的"新体诗"的创作实践之中，表现出诗界先驱者过人的胆识与艺术抱负。尽管由于当时的社会、政治、文化乃至诗歌环境的不利因素的影响而使"诗界革命"最终归于失败，未能冲破旧诗的樊篱，但"诗界革命"同仁们在诗歌改革意识上的超前性觉悟却给后来者提供了思想与精神上的有力支持。

时过20年光景，到了"五四"运动前夕，以胡适为代表的一大批新文化及新文学运动的闯将再次高举诗歌革命的大旗，继续先驱者们未竟的诗歌革命事业。鉴于当时的文学革命运动秉承着反帝反封建的光荣而沉重的文化启蒙使命，作为旧文学"核心堡垒"的旧诗是必须首先突破却并非容易突破的一道"文学难关"。为了达到对旧诗的有力颠覆与革新，胡适于1916年率先以"尝试者"的姿态写出了《蝴蝶》等8首"白话诗"，并在1917年2月的《新青年》杂志上集中发表出来，揭开了新诗革命的最初一页。此后，胡适继续以拓荒者的过人气概用大量的口语、俗话入诗，创作出了一大批与旧诗风貌迥异的"白话诗"，毫不忌惮当时强大的诗坛保守势力对他的嘲笑、鄙薄、斥责与围攻。在胡适的大力倡导下，沈尹默、刘半农、刘大白、周作人、鲁迅、陈独秀等新文学运动的闯将们纷纷加入了"白话诗"创作的行列，汇成了浩大声势。与此同时，他们还以先进的眼光、激进的姿态在各种场合公开发表支持白话诗的言论与文章，从思想、理论上粉碎诗坛保守势力对于早期新诗(我们在这里所使用的“新诗”概念,是指以现代口语为主要表达媒介的自由体诗,包括“白话诗”以及后来诗界通常所谓的“现代诗”在内;换言之,我把“白话诗”理解成“新诗”的初级形态,而把“现代诗”视为“新诗”的高级形态)的肆意“剿杀”,艰难地维护了新诗革命的成果,逐渐赢得了人们的理解、接受与认可。1920 年,胡适的白话诗集《尝试集》正式出版,诗集很快销售一空,在社会上引起强烈反响。《尝试集》的成功,标志着中国古典诗歌时代的彻底终结以及中国新诗时代(也是中国新文学时代)的开始来临,这在整个中国文学史上堪称一个“开天辟地”式的“文学事件”,其意义和影响甚为重大与深远。

“白话诗”的最终胜利为当时整个新文学运动的迅猛发展扫除了最大的障碍,使得新文学运动的“合法性”地位得以全面确立,也使得“新文学”的观念开始普遍深入人心。作为与中国传统诗发生深刻“断裂”而出现的一种新型诗,“白话诗”在诗艺方面的革新与贡献主要可以归结为两大点:其一,以清新、质朴、流畅的口语取代了陈腐、奥涩、板结的文言文;其二,以参差灵动、自然伸缩的自由句式取代了齐整划一、刻意雕琢的格律体制。概而言之,此即新诗论者通常所谓的语言与诗体的“大解放”。这种语言与诗体的双重“解放”所造就的新诗(初级形态为“白话诗”)对于反映和表现当时人们日趋复杂、丰富的现代生活与思想感情具有古典诗词所无法比拟的艺术上的优越性,现特举新文学运动闯将刘半农作于“五四”时期的一首白话短诗《落叶》为例,兹抄录如下:

秋风把树叶吹落,
它只能窸窸窣窣,
发几阵悲凉的声响。

它不久就要化作泥,
但它留得一刻,
还要发一刻的声响,
虽然这已是无可奈何的声响了,
虽然这已是它最后的声响了。

从题材和主题来看,刘氏的这首“悲秋”诗完全可以归入古典诗歌的行列,如果他采用传统诗的语言(文言)、体式(格律)来写作,他顶多也只能把“悲秋”的情绪铺叙得入骨三分,却难以跳出旧诗词所涵有的古典情感模式。然而当刘氏赋予这首“悲秋”诗以新诗形貌,诗形(语言、形式)的

变化也最终也导致了诗质(情感体验)的微妙变化:整首诗在语言上完全采用质朴、清新的白话入诗,格式上又选取那种句子参差不齐、音节自然流转的自由体,使“落叶”的形象在给人一种熟悉的古典情感的审美体验的同时,更多的流露出为传统诗读者感到“陌生”的洒脱、奔放的美感,诗的结尾处诗人运用重复手法渲染的“悲秋”情绪更透出通常只有现代人才可能具备的那种沉痛、深刻的生命体验。《落叶》一诗所具有的崭新的审美角度和情感内容却是此前的古典诗歌所无法提供的,由此足以见出新诗不容否认的魅力与价值所在。

由胡适们共同造就的旨在实行语言、诗体“大解放”的“白话诗”运动,无论在思想内容与艺术形式方面都具有古典诗歌所无法比拟的优越性价值,使得绵延数千年的中国诗歌面貌焕然一新,究其实,这背后不能不归功于胡适们超越时人的先进的诗歌观念,以及在此种先进的诗歌观念指导下所进行的积极的创作实践。胡适等人从“一时代有一时代之文学”的认识高度出发,提出了“若想有一种新内容和新精神,不能不先打破那些束缚精神的枷锁镣铐”(胡适《谈新诗》)等明确的“诗学革命”主张,为新诗在诗形、诗质上全面摆脱旧诗的束缚、踏入新诗的现代化进程奠定了坚实的理论基础。以胡适为代表的新诗缔造者们以其“叛逆”的先锋姿态对传统诗歌观念和艺术方法的大胆革新与勇敢实践,直接为新诗领域的后来者们提供了典范与榜样。他们通常以诗潮运动、流派集结、理论宣言等具体方式来寻求诗歌观念和艺术方法的不断突破、创新与深化,同时用创作实践加以印证和推动,在新诗现代化的历程中留下了一长串值得珍视的深刻印迹。

20 世纪 20 年代中后期,针对白话诗倡导者们只重视诗形、忽视诗质,从而导致作品浮于生活与生命表面所暴露出来的诗学观念的明显局限性,以李金发、穆木天、王独清等为代表的一批深受西方文艺熏陶的青年诗人勇敢地将国外象征主义诗学观念引入国内诗坛。他们不仅倡导运用象征、暗示、通感等表现手法来改进与丰富新诗的表现手段,更强调诗人要善于在日常生活境遇中捕捉与升华具有普遍的形而上意味的生命体验。作为“象征派”代表诗人之一的穆木天曾如此宣言:“诗的世界固在平常的生活中,但在平常生活的深处。诗是要暗示出人的内生命的深秘。诗是要暗示的,诗是最忌说明的。说明是散文的世界里的东西。诗的背后要有大的哲学,但诗不能说明哲学。”(《谈诗》)“象征派”诗人们这些极其贴近诗之抽象本质的诗学主张及其相应的创作实践,标志着其时的中国新诗创作已经与西方现代诗创作实现了最初的“对接”，正式启动了中国新诗现代化的进程。紧随其后，在20年代末至30年代初的诗坛上，以戴望舒、何其芳、卞之琳等为代表的“现代派”诗群继承了“象征派”诗学观念的精髓（他们因此而常常被视作“后期象征派”），同时又在诗学理论上作了局部的修正与补充，最明显的一点是“现代派”放弃了“象征派”强调音乐性（外在节奏）的诗学主张（比如戴望舒公开表示“诗不能借重音乐，它应该去了音乐的成分”），强调用视觉意象的组接来含蓄地传达诗人纷繁复杂、幽微精妙的内心感受和体验，以此扩大诗的想象（联想）与思考空间。卞之琳的《断章》只展示四个普通的视觉意象（日常生活画面），但这四个视觉意象经由诗人的精心组织与巧妙结构却令读者生发出对于人与人、人与世界关系的万千思绪，意味无穷，堪称“现代派”诗篇中的经典名作。“现代派”诗群对于“象征派”诗群创作理论上的合理修补与完善，以及与之紧密相连的活跃异常且成果颇丰的创作活动，无疑都标志着中国新诗现代化进程已进入一个迅猛发展的关键阶段。

令人遗憾的是，前景一片光明的新诗现代化进程突然被强大的诗的外部力量所阻断。30年代中后期，由民族生存面临的严重危机所引发的社会动荡与时势艰险，使新诗的诗学建设和艺术“探险”工作不得不完全停止，诗人们基本上都投入到“诗歌抗战”运动中去了。至民族外患得以消除的40年代中后期，一批极具艺术抱负的青年诗人围绕着《中国新诗》刊物集结起来，自觉主动地探索新诗现代化的崭新途径。他们以良好的学养、先进的眼光对当时西方的现代主义诗歌创作进行了批判性的继承、改造与吸纳，形成了自足的诗学体系。在理论的宏观方面，他们倡导诗人应把忠于时代与忠于艺术高度统一起来，既追求诗的社会使命意识，又保证诗的审美品质；在理论的微观方面，他们强调感性与智性的互渗、表现的含蓄有力、思想的机智深沉，以达到“现实、象征、玄学”的有机组合。这批有着出色的诗学建构能力的青年诗人后来被命名为“九叶派”（成员包括穆旦、郑敏、杜运燮、辛笛、陈敬容、杭约赫、唐湜、唐祈、袁可嘉）。与早期的“象征派”、“现代派”所发表的诗学主张相比，“九叶派”建构的新诗理论其视野更为开阔，也更显得成熟、稳健与深刻，并创作出了《旗》（穆旦）、《生的美：痛苦·斗争·忍受》（郑敏）、《追物价的人》（杜运燮）、《力的前奏》（杜运燮）、《最后的演出》（杭约赫）等众多出色的、可作理论印证的诗篇。毫无疑问，“九叶派”在理论和实践上出色的创造已使中国新诗现代化运动足可迈入成功、辉煌的境地。

历史仿佛故意给新诗的发展与成熟设置下重重障碍，"九叶派"手中现代诗的火焰刚点燃不久便被历史的暴风雨吹熄掉了。从20世纪50年代起至70年代后期，政治意识形态的有力支配和普遍笼罩，使得大陆的新诗现代化运动再次遭受到长久的困顿与挫折。当时，在一场关于新诗发展道路的大讨论中，人们所普遍认可的新诗必须走"民歌加古典"的发展道路所显示出来的理论上的偏误，致使大陆新诗在思想及艺术水准上长期陷于停滞不前甚至严重退化的局面。所幸的是，现代诗的火种并未窒息，而被转移到作为新诗重镇的台湾岛继续燃烧。50年代，以纪弦为代表的"现代派"，以覃子豪、钟鼎文等为代表的"蓝星"诗社，以洛夫、痖弦等为代表的"创世纪"诗社相继成立，共同发起了一场声势浩大的新诗现代化运动。"现代派"公开发表《现代诗》"宣言"，并由纪弦将之归结为"现代派六大信条"，力求建构完整的现代诗学体系。由纪弦们所提出的"新诗乃横的移植，而非纵的继承"的诗学主张尽管存在认识上的偏颇，但这种彻底革新的姿态无疑为加速台湾新诗的现代化进程作出了革命性贡献；针对"现代派"倡导"横的移植"与强调"主知"的主要诗学观点，"蓝星"诗社则反对新诗的全盘西化，也不赞同纯粹"主知"，转而主张融合智性的抒情倾向；"创世纪"诗社则在"现代派"的"主知"和"蓝星"诗社的"抒情"主张之外另辟新说，着力推崇"超现实主义"，强调诗以超现实的意象开掘人的直觉、幻觉、潜意识等深层生命体验的重要价值。"现代派"、"蓝星"、"创世纪"这三大台湾现代诗群表面互为对立，实质互相渗透、互相补充的诗学观念与诗学主张，进一步丰富与深化了中国现代诗的内涵与特质，同时创作出了脍炙人口的新诗精品，其广泛而深刻的影响一直延续至70年代，正好填补了大陆新诗这一时期诗学建设与创作成果方面的双重空白。

中国新诗史上从不缺乏革新者们活跃的身影，而且他们勇敢的革新行为总是与无所顾忌的青春激情联系在一起。20世纪70年代末，一批同样具有先进的世界眼光的青年诗人围绕着民间先锋诗刊《今天》集结在一起，发起了一场旨在全面革新30年来(1949—1978年)大陆新诗僵化的观念与形式的"新诗潮"运动。在思想内容方面，他们反对"假"、"大"、"空"的恶劣诗风，强调诗人应表现自己真实的思想感情，"不屑于表现自我感情以外的丰功伟绩"(孙绍振语)，同时又强调要在自我的情感体验里容纳深广的社会和历史内容；在艺术表现方面，他们提倡运用意象、隐喻、通感、变形、蒙太奇等现代手法、技巧来改革传统的诗艺。"新诗潮"的杰出代表人物北岛曾明确表示："诗歌面临着形式的危机，许多陈旧的表现手法已经远不够用了。”(《青年诗人谈诗》)由于他们在诗学观念及艺术话语形式上均对大陆1949年至1978年期间已成定型的“民歌加古典”型新诗构成了颠覆性的革命,使得他们的作品具有一种短时间内难以为人们所认识和接受的“陌生”面貌,他们的创作因而获得了“朦胧诗”的命名。由北岛、舒婷、顾城、江河等代表诗人发起和倡导的“朦胧诗”运动(即“新诗潮”)在70年代末至80年代中期的大陆诗坛引起了全方位的震荡,对许多诗歌爱好者(尤其是年轻人)进行了一场深刻的现代诗启蒙教育,影响甚为深远。“朦胧诗”运动最终为人们所广泛接受与认可的诗歌事实,标志着中国新诗已经全面跃入了现代诗的崭新阶段,促成了现代诗观念的普遍深入人心,尤其“朦胧诗”诗人们出色的艺术创造使得大陆“新时期”(1978年)以来的新诗创作具备了与西方现代诗进行对话与交流的资格。

秉承“朦胧诗”的叛逆姿态与革新精神,一大批接受过“朦胧诗”启蒙教育的“后来”的诗人以迫不及待的心情对“朦胧诗”发动了一场更为猛烈的“诗学革命”,掀起了所谓的“后新诗潮”(或“后朦胧诗”)运动。“后新诗潮”成员杂多,派别林立,主张歧异,呈多元化趋向,但在拒斥“朦胧诗”的诗学观念和艺术方法方面却表现出共同的针对性:针对“朦胧诗”在思想内容上的贵族化、理想化与意识形态化,它提倡思想内容上的平民化、世俗化与个人化;针对“朦胧诗”以意象、象征、暗喻为主要表现手段,它主张直接以当代日常生活口语作为表达方式,强调“语感”的艺术效果。“后新诗潮”的诗学观念与艺术方法与“新诗潮”相比更具“前卫性”,因为它与国际化的后现代主义文化及文学思潮存在着精神气质上的“亲缘”关系。其艺术上的优越性表现在:它的题材表现领域空前扩大,而且更能切近现代人的日常生活状态与生存本相。其中,“非非主义”、“莽汉主义”、“他们”是“后新诗潮”中三个有代表性的诗派与团体,他们不仅贡献了有思想价值的理论文本,同时也贡献了《尚义街六号》(于坚)、《有关大雁塔》(韩东)、《中文系》(李亚伟)、《我想乘上一艘慢船到巴黎去》(胡冬)等具有新艺术价值(后现代手法与风格)的现代诗文本。

进入20世纪90年代,由于社会文化的深刻转型,“后新诗潮”作为一场诗歌运动,其群体性质日益模糊与淡化起来,诗学观念与创作实践更呈多元化格局,甚至呈现出一种无序的混乱。但是许多有抱负的诗人仍能自觉地运用自身的诗学构想来规范、引导他们的写作实践。西川、欧阳江河、王家新、臧棣、西渡等诗人先后倡导“知识分子写作”与“个人化写作”

等诗学主张。“知识分子写作”(“知识分子”在此不是指其“身份”概念)强调诗人应该在作品中表现深沉的人文关怀与崇高的生命信念,“个人化写作”则强调诗人独特的个体经验,开阔的精神视野以及语言修辞技巧对于文本构筑的重要意义,于坚、伊沙、韩东等诗人则大力提倡“口语化写作”,主张用“原生态”的口语来直接表现现代人凡俗本真的生存状态与精神风貌,在诗学理论上明显接近后现代主义。这些诗学观念的对立、冲突与微妙互渗,也促成了诗歌文本风貌的千姿百态,在良好、正常的诗生态环境中呈现了一份“混乱的美丽”。从 80 年代迄今,大陆新诗的运行轨迹与台湾新诗的走向渐趋合流之势。

以上对于中国新诗发展历程的描述只是粗线条的,而且存在许多人为的“遗漏”与“忽略”,这是与我们把现代诗(宽泛意义上的)视为新诗(内容散文化的)发展的价值目标这一诗学理念紧密相关的。因为中国社会乃至世界各国的现代化是不可阻挡的历史潮流,因而新诗的现代化也是一种不可阻挡的艺术潮流。因此,我们只选择那些对于推进新诗现代化进程具有较大影响的诗潮与流派进行重点叙述,阐明其诗学观念在新诗发展的特定阶段所作出的历史性贡献。这种历史性贡献主要表现在后期的诗潮与流派的诗学观念时能根据其处身其中的历史文化环境创立新说,达到诗学与历史的有机结合,具备高度的历史合理性(比如“后新诗潮”对“新诗潮”的来势迅猛的“诗学革命”)。正是诗坛上众多革新者广纳同仁,以集体的力量不断勇敢地开拓诗途,才促成了 20 世纪中国新诗富有阶段性特征的繁荣局面的持续形成。

中国新诗的繁荣与兴旺虽然离不开一批批诗苑开拓者们集体力量的推动,但真正能将中国新诗提升到一种极高的思想与艺术水准,却更离不开杰出诗人的个体潜能。杰出的诗人依凭其超越性的诗艺与诗质上的双重创造,对诗史的纵横时空造成辐射性的深刻影响,从这一意义上而言,一部厚重的中国新诗史就是一部杰出诗人的艺术创造史。在 20 世纪新诗史上,郭沫若、李金发、徐志摩、戴望舒、何其芳、艾青、冯至、穆旦、纪弦、罗门、洛夫、余光中、食指、北岛、舒婷、海子等在时序上大体相继涌现(或同时出现)的名字,构成了新诗史上的主力阵容。毋庸置疑,他们在或自觉或潜藏的先进诗学理念驱动下所进行的出色的诗艺创造及其独特贡献,构筑了 20 世纪中国新诗的真正辉煌。

从艺术方法、创作风格、美学趣味等方面综合起来所表现出的某种相似与共通性来看,郭沫若、徐志摩、艾青、纪弦、食指、海子等诗人大体可归为一类。这些诗人创作的精神风貌与浪漫主义思潮(主要受西方近代文学的启发和影响)存在着较多的"亲缘"关系,同时又加入了各自的创造,因而呈现出个性鲜明的思想及艺术特色。在早期新诗(白话诗)因诗艺、诗质的双重匮乏而停滞不前的关键时刻,郭沫若以雄浑、豪放的浪漫主义诗风将新诗全面推进到一个崭新的阶段,他的作品以奔放不羁的想象与夸张等艺术手法对"五四"时期"狂飙突进"式的时代精神做出了深刻有力的生动传达,令人感受到一股强烈的"阅读震撼",其杰作《凤凰涅槃》标志着早期新诗在思想和艺术水准上所能达到的"极限"性高度,其诗集《女神》(1921 年出版)则成为新诗发展史上一座极其重要的里程碑。郭沫若的主要成就在于他以超人的气概对诗歌语言、诗体实施了彻底的解放,进行了多元化的创作实践,以其自由、大胆的艺术创造精神给予后来者们以有益启发,具有开拓性的贡献(郭沫若艺术创造力的退化另当别论)。

被视为二三十年代诗坛上"新格律"派、"新月派"主将的徐志摩,则明显缺乏郭沫若诗的开阔视野与精神气度。徐志摩诗作取材比较狭窄陈旧,大体不脱旧式文人风花雪月的范围,但他仍获得了艺术上的极大成功,其主要奥秘在于:徐志摩擅长于以清新、典雅的现代口语入诗,同时采用句式大体整齐的"新格律"体,创造出流畅、悦耳的音乐美感效果(如《再别康桥》)。徐志摩诗中的意象通常单纯、明朗而又含蓄丰厚,造成回味悠长的艺术境界(如《云游》)。徐志摩的浪漫气质表现在他敢于将他的真实灵魂放飞于诗的天空,并呈现出飘逸、空灵、华美的艺术风格。徐志摩的成功为发展期的中国新诗增添了一道独特的风景线。

在作品风格的雄浑以及时代精神的充分张扬方面,20 世纪 30 年代崛起于诗坛的艾青与郭沫若有较大的相似性。然而相形之下,艾青的精神视野显得比郭沫若更为开阔与深沉,艾青总是自觉不自觉地将目光投向整个民族的苦难的生存现实,倾听民族要求解放的心音,充当时代与民族的代言人(他的《时代》一诗可视作这方面的诗性宣言)。艾青的浪漫精神集中体现在他对自由、光明境界的热烈追求上,因而创作了众多歌唱"太阳"的出色诗篇。艾青的诗全部以质朴、清新的口语入诗,句式参差不齐,节奏自然,具有洒脱奔放的散文美。艾青创造了真正的自由体新诗,他的处女作《大堰河,我的保姆》开创了一代诗风。他对象征主义诗艺的娴熟运用,有力地保证了作品的审美品质(如《黎明的通知》)。艾青在三四十年代的创作中融合政治学、社会学、诗学所取得的艺术成功,为中国新诗的发展作出了独特的贡献。

50年代，纪弦在台湾诗坛率先发起新诗现代主义运动，不过从其作品的总体风貌上来看，纪弦还是与浪漫主义保持着更多的精神联系。纪弦的诗，大多取材于日常生活境况及自然风物，在对生活与人生的机智感悟中抒发强烈的主观情绪。纪弦的浪漫主义特征主要体现在由其内心不可遏止的激情所生发的神思飞扬及浮想联翩上（如《你的名字》、《火葬》）。纪弦的作品，语言简洁有力，表达手段灵活多变，想象警拔脱俗，内涵丰富深沉，纪弦的诗以其独特的风姿与魅力为中国新诗增添了光彩的篇章。

食指（郭路生）"崛起"于大陆新诗全面沉寂的六七十年代之交。食指诗中处处充溢着理想主义的光芒，表现出坚定的历史与人生信念，具有激动人心的思想力量，《相信未来》是这一方面的杰出代表作。食指以诗的方式喊出了当时人们（尤其是年轻人）的困惑、痛苦及抗争，记录了一代人特殊的心路历程（《鱼儿三部曲》）。食指的诗并没有华丽的语言，手法也不"现代"（先锋），然而情感真挚、诗质丰富，与当时充斥诗坛的"假"、"大"、"空"的恶劣诗风形成有力的抗衡，有效地维持着新诗的尊严与独立品格，成为日后的大陆诗坛"新诗潮"（"朦胧诗"）运动的先导。食指的诗创作构成了大陆新诗发展史上承上启下的有力一环。

80年代中后期，在普遍以放逐抒情为一大宗旨的"后新诗潮"中，海子的出现堪称一种"奇迹"。在整个新诗史上，没有哪个诗人的抒情姿态比海子更为彻底。海子诗的强烈浪漫精神集中体现在诗人自我理想的极度张扬以及对于庸常生存现实的深刻摒弃与蔑视上（如《祖国——或以梦为马》）。同时，海子的精神视野还聚焦于生命存在主题，使他作品中的抒情具有哲学的深度与高度，极大地丰富了抒情诗的内涵。海子的艺术天才表现在他土地般旺盛、卓越的原始创造力上，他所独创的"麦地"、"黑夜"等意象具有符咒般的艺术感染效果，成为海子诗的象征与标志，它在客观上强调了独创性对于一个诗人的重要性。海子诗超越时空的魅力与价值凸现了诗作为一门心灵与精神的艺术所具有的普遍意义，为中国新诗提供了不可多得的深刻启示。客观地说，这些具有浪漫主义精神气质的杰出诗人对新诗现代化进程的影响是积极的，他们的创作在诗艺（表现手法）与诗质（思想内容）上都程度不同地具备现代诗的要素；从诗人们各自处身的历史环境与文化环境而言，他们的创作追求表现出进步的倾向，在现代诗发展的各个历史阶段，他们对于诗的抒情成分的共同的偏重，以及由此创作出的众多魅力恒久的优秀诗篇，完全可以视作对中国现代诗的补充与丰富。

同上述六位偏重主观抒情的“浪漫主义”型诗人形成对照，李金发、冯至、穆旦、罗门、洛夫、北岛等六位诗人的创作则共同呈现出了“主知型”的现代主义的艺术风貌与审美意向。李金发是中国新诗现代主义运动的始作俑者。他在20年代初期即大胆引介西方象征主义诗学观念，并积极投入创作实践。李金发多以歌唱女性与爱情作为创作题材与主题，但他善于把题材与主题进行形而上的抽象化处理，使之具有普遍性的思想意义。在艺术上，李金发擅长发挥活跃而新奇的想象，能把表面并不相关的事物和形象通过深层联想“强行”组合在一起，造成奇特、“朦胧”（有时难免晦涩）的艺术效果，《弃妇》是他最出色的象征主义诗篇。李金发在诗质、诗艺上对于早期新诗的现代化转型具有不容忽视的开拓性贡献。

冯至作为一名中国现代诗人的基本品格在其20年代因感觉特异、表现出色而备受赞誉的抒情诗创作中（如《我是一条小河》、《蛇》）得以初步显露，至40年代初《十四行集》创作时期得以最充分的展示。《十四行集》集中探讨人与自然、宇宙关系的形而上主题（这类主题通常为西方现代诗人所触及），在当时的诗坛具有“填补空白”的开拓意义。《十四行集》中的作品，语言明净、硬朗，极富质感，意象密集而又跳跃有致，沉潜的感性体验与敏锐的悟性穿透互相融渗，诗风深沉凝重，诗艺圆融浑成。冯至的《十四行集》充分显示了中国现代诗创作的非凡实绩，获取了与世界现代诗平等交流的资格，并为现代诗如何在喧嚣动荡的外部环境中坚持独立的诗学品格树立了可贵的榜样。

继承冯至等前驱者对现代诗的勇敢开拓精神，穆旦更以横空出世的姿态屹立于40年代的诗坛上。从主题开拓的角度来看，穆旦的诗在揭示现代人灵魂深处自我搏斗的尖锐性质所达到的深度方面，可谓罕有其匹。比如，在纯粹以爱情为题材的《诗八首》一诗中，诗人对恋爱双方在情感与理智方面层次繁多的冲突、磨合与纠葛的深入揭示，给人以空前的“阅读震撼”。穆旦在“带电的肉体与搏斗的灵魂”这样典型化的现代主义主题探索中，又融入了历史意识与民族情感（如《赞美》），极大地丰富了现代主义的主题。作为一名杰出的现代诗艺“探险者”，穆旦在创作中成功地借鉴了大量的西方现代诗的意象和语汇，全面刷新了中国现代诗的语言面貌，造成了一种“陌生”的语言美感效果。穆旦的诗，感觉敏锐奇特，联想丰富，语言、意象鲜活生动，异质事物的“强行组合”常常获得引人入胜的艺术效果（如《森木之魅》、《春》）。穆旦在艺术思维、表达方式、审美趣味对于传统诗的震荡性革命及其出色的创作成就，标志着中国现代诗的创

作已臻巅峰状态。

罗门与洛夫是五六十年代台湾现代主义诗潮中并驾齐驱的两员健将，他们的创作活力一直延贯至今。他们两位都曾奉“超现实主义”为圭臬，但在艺术风貌及表现兴趣等方面呈现明显的个体性差异。就艺术手法与技巧方面而论，从整体程度上来看，罗门要比洛夫更具先锋色彩（罗门是整个台湾诗坛前卫意识最强的诗人）。罗门具有优异的想象及联想能力，具有“灵视”的穿透性，这使得他的作品常因突发的奇思妙想而富有情趣撩人的艺术效果（如《伞》）。此外，罗门还善于运用句法乖谬、情境错位等“颠倒”手法来反映现代人的精神风貌，风格冷峻、深邃。洛夫的想象力同样非常出色，但幻觉色彩相对较淡，其情境设置具有某种可以触摸的质感，因而容易产生阅读心理上的亲切效果（如《子夜读信》）。洛夫很少采用罗门式的“颠倒”、“变形”等先锋手法（《石室之死亡》）时期例外），他通常只追求语言的简洁锤炼（炼字炼意）、感觉意象的奇特鲜明、情感的内在张力所形成的综合的作品效果；在题材与主题的选择上，罗门充分显示出现代诗人的典型品质，常常以时间、存在、生命、死亡、战争等形而上重大命题作为自己的诗思聚焦点，成功地创作了关于战争与死亡这一关系人类命运的“巨型思想纪念碑”式的杰出作品《麦坚利堡》。罗门长期致力于“都市”题材的创作并使其具备了自足的美学品格，丰富了中国现代诗的表现领域，这是罗门值得称许的一种贡献。洛夫诗的取材面也较广，但大多与自己的人生遭遇联系在一起，其作品主题的社会性、现实性较强，缺乏罗门作品主题的形而上性质。但是，洛夫在对于人性其复杂性的深刻揭示中所表现的创作观念上的先锋性（如《午夜削梨》）却是值得肯定与倡导的。总之，罗门与洛夫的现代诗创作增添了中国现代诗的丰富性。

作为大陆“朦胧诗”运动（“新诗潮”）最杰出的代表，北岛的诗凸现了“朦胧诗”最优秀的品质。北岛诗中所充溢的对于历史的大胆怀疑与勇敢抗争精神是其作品最具分量与光彩的部分。他在《回答》一诗开头所写下的两句诗：“卑鄙是卑鄙者的通行证/高尚是高尚者的墓志铭”所显示出来的穿透重重迷雾的历史洞察力和犀利无比的批判锋芒，浓缩并彰显出了北岛诗的思想价值。这是北岛诗超越同时代诗人创作的关键所在。北岛诗中的人道主义思想是其历史批判意识的衍生之物，并不构成北岛诗的主导性价值，与北岛诗思想意义上的历史进步性相对称，北岛诗在艺术方法上也表现出历史的进步性。北岛的诗，常常采用象征、隐喻、变形以及意象叠加与转换的电影蒙太奇手法来曲折地传达诗人内在的思想感情，留有开阔的想象及思想空间。其作品语言质地坚硬,诗风冷峻深邃。北岛诗以其卓越的思想与艺术力量,实现了对自穆旦以来已中断30年的大陆现代诗的有力恢复与承续,将大陆现代诗推进到一个全面复兴的崭新阶段。从李金发到北岛,六位"先锋派"诗人以其向世界诗潮看齐的先进眼光及各自出色的创造与贡献,有力地推动了中国新诗的现代化进程,为中国新诗加入世界文学一体化格局,储备了丰富的艺术经验。

与上述两批诗人的艺术风格、价值取向相异,戴望舒、何其芳、余光中、舒婷等四位诗人在美学趣味上又显示出兼取西方现代诗与民族传统诗之神韵的共同倾向,因而在作品风貌上呈现出现代美与古典美的叠合特征。

戴望舒是20世纪30年代诗坛上"现代派"的领袖人物,但他的精神气质并不"现代"。戴望舒的作品中常常流溢着一股具有中年人沧桑气息的浓浓伤感(如《雨巷》),这种"伤感"正是绵延数千年的中国古典文学最典型的情感特征与情感模式(这种情感模式与中国儒家文化的长期熏染有关)。戴望舒在作品中采用的意象语汇几乎都是传统的、古典的,诸如"丁香"、"少女"、"蝴蝶"、"彩翼"之类,所传达的思想情绪也是民族化的、中国化的(例如《我的记忆》中的怀旧情绪,《我用残损的手掌》中的爱国主义)。真正体现戴望舒作品"现代派"特征是其象征暗示手法的娴熟运用,朦胧气氛的精心酿造。戴望舒的主要贡献即表现在他善于把西方现代派表现手法加以中国化改造,用以传达符合民族审美趣味的思想内容,为西方现代诗的本土化转换提供了一大批成功的典范性文本。

"现代派"的另一位出色代表何其芳,在精神气质上与戴望舒非常相似,属于多愁善感的内敛型。何其芳诗的取材范围同样狭窄,使用的意象语汇更其古典而陈旧,所表达的内容无非是少男少女的心灵悸动或幽怨情思,相对缺乏新意,"现代感"亦不明显,然而何其芳30年代的诗创作却获得了极大的成功(后期创作撇开不论),其主要奥妙得益于何其芳诗的纯粹性:音韵柔和婉转,意象(画面)鲜明生动,氛围如梦似幻,情感纯洁痴迷(女性化特征)。何其芳的诗因其纯粹性而具有的恒久魅力,为中国新诗创作提供了意味深长的启示。

跟罗门、洛夫一起被并称为"台湾诗坛三巨柱"之一的余光中,在20世纪50年代台湾诗坛现代主义诗潮风起云涌的时候并没有表现出非常先锋的姿态,而是根据自己的认识选择将传统与现代融合起来进行稳健的艺术创造。余光中在思想上接受过现代主义的洗礼,但他深受中国传

统诗词的熏陶，在美学趣味上倾向于古典。余光中创作上的主要贡献在于他对“文化乡愁”（“中国情结”）这一人文主题的深入开拓与出色的艺术表现。他没有一般性地表达家国之思，而常常由家国之思导向对光辉灿烂的民族历史文化的追慕与赞美（如《白玉苦瓜》），这使得余光中的“文化乡愁”获得了历史的深度，因而更具普遍意义。此外，余光中善于运用通俗明朗的传统意象、易诵易背的民谣式语言，对“文化乡愁”的主题给予生动有力的传达，从而具有雅俗共赏的艺术效果（如《乡愁》、《民歌》）。余光中的成功充分说明了现代诗的本土化所拥有的良好前景。

作为继北岛之后最具影响力的“朦胧诗”诗人，舒婷的诗风迥异于北岛，却表现出与戴望舒、何其芳这两位诗坛前辈较大的相似性。不过，舒婷诗的取材范围与精神视野要比戴、何两位前辈诗人开阔得多。舒婷不是一味沉浸于自我的情感世界里，而是将自我与时代自觉或不自觉地结合起来，从时代的发展趋势提升自我的情感要求，以诗的方式呼唤人性的尊严。她的《致橡树》、《神女峰》等作品，因为颇具时代精神而受到人们高度的赞誉。舒婷的诗，艺术特色也极其鲜明，她对象征、隐喻、意象、蒙太奇等手法的运用非常熟练。但真正打动读者心灵的，还是舒婷诗中那种清新优雅的语言，款款起伏的旋律，以及温柔忧伤的古典情调。舒婷的诗拥有广大的读者群，这一事实再次证明了现代诗的本土化所具有的重要意义。戴望舒、何其芳、余光中、舒婷等四位诗人各自以自己成功的创作实践印证了中国新诗现代化与民族化（本土化）所存在的互为补充关系，同时充分显示了他们在新诗发展的某一特定阶段所作出的具体贡献。

如前所述，这批杰出的诗人均以其不可替代的个体价值与魅力为 20 世纪的中国新诗史书写了辉煌的篇章。然而从史实的角度观之，将 20 世纪中国新诗推向全面的繁荣，更离不开数量众多的优秀诗人的不断加盟与继续努力。闻一多、臧克家、苏金伞、卞之琳、林庚、覃子豪、辛笛、陈敬容、杭约赫、蔡其矫、杜运燮、郭小川、郑敏、曾卓、羊令野、牛汉、李瑛、公刘、蓉子、向明、商禽、痖弦、郑愁予、昌耀、任洪渊、杨牧、杜国清、淡莹、梅绍静、江河、林莽、韩作荣、芒克、多多、李小雨、严力、杨炼、顾城等优秀诗人都在新诗发展的不同历史阶段贡献了他们的才华和心力，由他们身上集合起来的光芒交相辉映成为 20 世纪中国新诗气势雄浑的华彩乐章！

如果从 19 世纪末黄遵宪、梁启超等诗坛先驱们发起的“诗界革命”算起，中国新诗迄今已走过了整整一个世纪的历程。百年新诗所走过的历程可谓一条光荣的荆棘之路，因为它所付出的代价与它所收获的掌声与鲜花远不成比例。除了百年来中华民族不断遭逢的内忧外患、时局动荡等各种外部力量与因素的重重干扰，中国传统诗歌观念与审美趣味对于大多数人的有力牵制和规范，也使得人们对于新诗始终存在较大误解，普遍评价不是很高。其实，这是有失偏颇的。主要理由可陈述两条：其一，真正的新诗毕竟只有 80 余年的历史，动辄就拿唐诗宋词的标准来对照衡量，显然是过于苛刻了些；其二，在读者当中，大多数人的审美观念、审美趣味尚嫌传统、保守，因此不能真正欣赏新诗的好处。实际上，在整个 20 世纪，中国新诗名篇迭出、佳作如林，出现过人们争相传诵一首好诗或其中部分片断的动人情景（如艾青的《我爱这土地》、余光中的《乡愁》、舒婷的《致橡树》、食指的《相信未来》、顾城的《一代人》等等）。自 20 世纪下半叶以来，随着中国与西方国家进行文化艺术交流局面的初步形成与规模的日渐扩大，众多杰出与优秀的中国诗人通过作品译介或其他交流途径先后为西方诗界及文学界所熟悉乃至获得高度赞誉。例如著名台湾诗人罗门、蓉子夫妇于 1969 年应邀出席在马尼拉举行的首届世界诗人大会，荣获大会颁发的“杰出文学伉俪奖”；80 年代以来，艾青、北岛等杰出的大陆诗人屡次获诺贝尔文学奖候选人提名，这无疑是属于中国现代诗人与中国新诗的光荣与骄傲！

毋庸讳言，20 世纪的中国新诗尽管已经取得不低的成就，但从新诗园地众多辛勤耕耘者的内心愿望来衡量，新诗目前的现状与它的理想目标之间仍存在较大的距离，除了经历过几个短暂的辉煌时刻，新诗在绝大多数时期受到了大众的漠视。严格说来，在整个 20 世纪新诗发展史上，我们的诗坛上还没有出现过像艾略特、庞德、叶芝、里尔克、瓦雷里、奥登、阿赫玛托娃、帕斯捷尔纳克、聂鲁达、博尔赫斯、帕斯、希内等那样的具有广泛国际影响的大师级诗人，也没有产生像《荒原》、《海滨墓园》、《太阳石》等作品那样里程碑式的大师级文本。然而令我们感到欣慰的是，当今诗坛新生力量正在不断成长并日益壮大，为数不少的大陆“新生代”诗人（指“朦胧诗”之后）以及台湾诗界的“新生代”诗人将成为 21 世纪中国新诗舞台上的生力军。我们可以相信，只要众多的中国当代诗人奋发图强、精益求精，抛掉于艺术探索不利的浮躁和虚荣，最大限度地争取关心新诗前途的人们的理解与支持，那么，步入 21 世纪的中国新诗必将会清音远播，再创辉煌！

现代诗歌部分

X I A N D A I　　S H I G E　　B U F E N

小　河

周作人

一条小河,稳稳的向前流动。
经过的地方,两面全是乌黑的土,
生满了红的花,碧绿的叶,黄的实。
一个农夫背了锄来,在小河中间筑起一道堰。
下流干了,上流的水,被堰拦着,下来不得,
不得前进,又不能退回 ,水只在堰前乱转。
水要保他的生命,总须流动,便只在堰前乱转。
堰下的土,逐渐淘去,成了深潭。
水也不怨这堰,——便只是想流动,
想同从前一样,稳稳的向前流动。

一日农夫又来,土堰外筑起一道石堰,
土堰坍了,水冲着坚固的石堰,还只是乱转。

堰外田里的稻,听着水声,皱眉说道,——
"我是一株稻,是一株可怜的小草,
我喜欢水来润泽我,
却怕他在我身上流过。
小河的水是我的好朋友,
他曾经稳稳的流过我面前,
我对他点头,他向我微笑。
我愿他能够放出了石堰,
仍然稳稳的流着,
向我们微笑,
曲曲折折的尽量向前流着,
经过的两面地方,都变成一片锦绣。

他本是我的好朋友，
只怕他如今不认识我了，
他在地底里呻吟，
听去虽然微细，却又如何可怕！
这不像我朋友平日的声音，
——被轻风搀着走上河滩来时，
快活的声音。
我只怕他这回出来的时候，
不认识从前的朋友了，——
便在我身上大踏步过去。
我所以正在这里忧虑。”
田边的桑树，也摇头说，——
“我生的高，能望见那小河，
他是我的好朋友，
他送清水给我喝，
使我能生肥绿的叶，紫红的桑葚。
他从前清澈的颜色，
现在变了青黑，
又终年挣扎，脸上添出许多痉挛的皱纹。
他只向下钻，早没有工夫对了我点头微笑。
堰下的潭，深过了我的根了。
我生在小河旁边，
夏天晒不枯我的枝条，
冬天冻不坏我的根。
如今只怕我的好朋友，
将我带倒在沙滩上，
拌着他卷来的水草。
我可怜我的好朋友，
但实在也为我自己着急。”

田里的草和虾蟆，听了两个的话，
也都叹气，各有他们自己的心事。

水只在堰前乱转,
坚固的石堰,还是一毫不摇动。
筑堰的人,不知到那里去了。

(选自《新青年》1919 年第 6 卷第 2 号)

周作人(1889—1967),浙江绍兴人,笔名知堂等。作于 1919 年的诗歌《小河》,在白话新诗方兴未艾之时,给新诗坛带来了不小的震动,胡适在《谈新诗》中曾称它为"新诗中的第一首杰作"。

周作人是"五四"新文化运动和文学革命的主将,他提出了"人的文学",强调表现自我和个性。他极富人道主义思想,他的作品也对封建制度及伦理道德束缚个性、戕害人性进行了有力的抨击。《小河》一诗,读来清新爽口,无晦涩难懂之处。整首诗并非直接写小河,而是通过将田里的稻、田边的树拟人化,用对话的方式来写小河。如其中一段:"小河的水是我的好朋友,他曾经稳稳的流过我面前,我对他点头,他向我微笑。我愿他能够放出了石堰,仍然稳稳的流着,向我们微笑。"写出了稻的忧虑、担心和希望,小河由于被石堰拦着,再也不能稳稳地向前流动,"他在地底里呻吟",不比往日的"快活的声音"。再如下一段:"我生在小河旁边,夏天晒不枯我的枝条,冬天冻不坏我的根。如今只怕我的好朋友,将我带倒在沙滩上,拌着他卷来的水草。我可怜我的好朋友,但实在也为我自己着急。"表现为散文化的形式,无韵但清新,有一种淡淡的自然的感觉,表达出委婉的情意。

朱自清在《新文学大系·诗集导言》中称该诗"融境入情,融情入理"。如下一段:"我是一株稻,是一株可怜的小草,……却怕他在我身上流过……曲曲折折的尽量向前流着,经过的两面地方,都变成一片锦绣。他本是我的好朋友,只怕他如今不认识我了,他在地底里呻吟,听去虽然微细,却又如何可怕!"这一段先写了小河流经的地方是一片锦绣,写出了对小河的赞美和感激;"他本是我的好朋友,只怕他如今不认识我了",写小河已今非昔比,表达了一种惋惜、爱怜、忧虑之情,可谓情景交融,景中寓情。

由于作者受西方文学的影响,在《小河》中更透露了受法国象征派诗人波德莱尔的影响;诗人运用现代主义各种技巧,如象征、隐喻等,来开掘内心世界的情感和情绪。因此,可以说象征主义是《小河》最显著的艺术特征。小河就是一个整体意象,石堰是阻挡小河前行的障碍,隐喻着封建礼教、封建道德观念束缚着人的自由,压抑着人性;以彻底反封建为旗帜的新文学，就势必是与此截然对立的人的文学。这与作者受西方民主思潮影响，注重宣传人道主义思想，谋求实现人的个性解放和人格独立有关。周作人是小品文大师，在诗歌方面，他创作不多，但《小河》却是一首深受广大读者喜爱的作品。

教我如何不想她

刘半农

天上飘着些微云，
地上吹着些微风。
啊！
微风吹动了我头发，
教我如何不想她？

月光恋爱着海洋，
海洋恋爱着月光。
啊！
这般蜜也似的银夜，
教我如何不想她？

水面落花慢慢流，
水底鱼儿慢慢游。
啊！
燕子你说些什么话？
教我如何不想她？

枯树在冷风里摇，
野火在暮色中烧。
啊！
西天还有些残霞，

教我如何不想她？

（选自1923年9月16日《晨报副刊》）

刘半农(1891—1934)，原名刘复，江苏江阴人。《教我如何不想她》是刘半农1920年旅居伦敦时所作，后来由著名音韵学家赵元任谱曲，在青年中广为传唱，名噪中外。全国解放后，由于刘半农在现代文学史上的地位没有得到充分肯定，加上“左”倾思潮的影响，它曾被误认为黄色歌曲，属于靡靡之音，致使长期以来很少有人提到它。其实，此诗即使作为一首爱情诗来看，也并非是诲淫之作。就像郭沫若的《炉中煤》一样，该诗表现了眷念祖国的情绪。诗人把自己和祖国的关系，比作恋爱关系，把自己怀念祖国的心情，比作怀念爱人的心情，以“想她”之心“想国”，并非矫揉造作，而是感情的真实流露。

《教我如何不想她》以类似情歌的缠绵调子，传达的正是游子旅居他乡，思念祖国、怀念故土的深切情感。它是运用了传统歌谣的复迭手法，以联想和暗示来抒发情感的。全诗分为四节。第一节写的是白天。第一句的意思近似“浮云游子意”，天上微云飘着，地上微风吹着；在“微风”吹动“微云”的同时，也吹动了自己的头发，不觉触景生情，联想到自己远离祖国，身在异乡，于是产生了“教我如何不想她”的情感。这里的她可以指祖国，也可以指爱人，或其他心爱的东西。第二节头两句写夜景，海洋月色，色泽如银，描绘了月光眷念着海洋，海洋又眷念着月光的缠绵感情，从而引发了游子的情怀。第三节写暮春时节，落花流水，有如游子未归，抬头看燕子飞行鸣声在耳，却不知在叫什么，只知春季已过，燕子将要育子，触景生情。第四节写季节已是深秋，时候正是傍晚，一年将尽，一日将完，“夕阳无限好，只是近黄昏”。面对残余的红霞，游子想到了家乡与祖国。总观四节，头两行写景，但不是为了写景而写景，而是起兴，引起游子思乡的动机。

每节第四行都是承转的词句，写出了“想她”的原因。诗的内容浅显易懂，语言生动活泼，意境也新鲜别致。诗人以时间的转移来暗示。其中，第一、二节写白天与月夜，暗示一天；第三、四节写春天与秋天，暗示一年。这样，从整首诗看，就暗示着游子日复一日，年复一年，无论何时，无论看到什么景物，都会思念自己的祖国。

全诗把客观的描摹与抒情的笔调互相交织起来，每节都以“教我如何不想她”相互呼应，回旋往复，将感情推向纵深。此诗不仅亲切感人，而且巧妙化用古典诗词,使诗歌意境显得优美,在一种浓郁的古典诗词的氛围中展开。字字句句,都浸润着诗人深厚的古典情韵。从诗的联想力和暗示性看,诗人多少接受了一点西方象征派诗歌的影响。诗中的那份情感不是诗人个人狭隘的情感,而是海外游子的共同情感。全诗具有画面美,音乐美,富有节奏感,意境深远,有一种特殊的艺术魅力。字里行间,都透着作者深深的思念之情。

邮　　吻

刘大白

我不是不能用指头儿撕,
我不是不能用剪刀儿剖,
只是缓缓地
　　轻轻地
很仔细地挑开了紫色的信唇;
我知道这信唇里面,
藏着她秘密的一吻。

从她底很郑重的折叠里,
我把那粉红色的信笺,
很郑重地展开了。
我把她很郑重地写的
一字字一行行,
一行行一字字地
很郑重地读了。

我不是爱那一角模糊的邮印,
我不是爱那满幅精致的花纹,
只是缓缓地
　　轻轻地

很仔细地揭起那绿色的邮花；
我知道这邮花背后，
藏着她秘密的一吻。

（选自《邮吻》，开明书店 1926 年版）

刘大白（1880—1932），原名金庆，浙江绍兴人。这首《邮吻》写于1923 年 5 月，是刘大白的得意之作。写少男少女的恋情非常容易落入窠臼，流于一般：湖光山色中的嬉戏，花前月下的幽会，火辣的挑逗，热烈的追逐，离别的感伤，失恋的痛苦……这些描述屡见于诗篇，渐渐地失去了新意。刘大白则不然，他善于捕捉一瞬间的生活美，巧妙地把握住了特定环境中人物的心理情绪，以新颖独到的方式，写出了处于热恋阶段的少男少女的甜蜜和幸福。诗人像一位高明的摄影师，乘人不备拍下了爱情生活中的一个特写镜头：你看那男青年拿着一封恋人寄来的信，他不用手指头撕，也不用剪刀剖，而是轻轻地、仔细地"挑开了"紫色的"信唇"——因为那信唇里面有缠绵的情话，有热烈的吻。诗人不直接推出这一对恋人，而是捕捉到了传递爱情的媒介，把笔墨都放到一封信上，细腻地刻画了男青年拆信、读信和揭起邮花时的神情，在瞬间情景的描绘中，揭示了人物的心理状态。避开正面，选择侧面，不作实写，虚处点染，作者歌咏那"信唇"里、邮花背后"藏着她秘密的一吻"，比赤裸裸地描写接吻拥抱不知要高明多少。因此它婉约动人，能给人以一种含蓄美。法国大雕塑家罗丹说过："美是到处都有的。对于我们的眼睛，不是缺少美，而是缺少发现。"刘大白在《邮吻》中正是从平凡的生活细节里发现了新意，创造了诗歌的艺术美。

诗歌的本职在于抒情。特别是以爱情为题材的抒情诗，更应该把"情"放在第一位，没有感情，也就没有诗。一首诗感人的程度如何，往往决定于作者在这首诗里注入了多少感情以及用什么方式抒发这种感情。刘大白的这首《邮吻》感情丰富深厚，抒情婉约细腻，整首诗具有曲、细、柔的特点。全诗只有 3 节 21 行，却细致地展示了抒情主人公情绪的变化和层次：从接到信后轻轻地挑开紫色的"信唇"，到郑重地展开粉红色的信笺认真地诵读，直到细细端详那"一角模糊的邮印"、"满幅精致的花纹"，揭起那"绿色的邮花"，人物的神态和情绪的起伏变化描写得十分真切。这些富有感情色彩的描写，生动地表现了抒情主人公对爱情的珍重和忠贞，揭示了人物美好的内心世界。

诗的格调自由流畅，轻柔舒缓。诗人善于运用叠词叠句造成委婉缠绵的节奏，让心中的情感如丝如缕，细细抽出。如用“缓缓地”、“轻轻地”、“很仔细地”等词语状写拆信时“挑开”的动作，连用两个“不是”、“不能”渲染“我”的细微的情思。在第二节中则连用四个“郑重”描写出了青年男女之间真挚深厚的感情。就这样，诗人以独特的修辞手段和抒情方式，使《邮吻》呈现出婉约的风格。

三　弦

沈尹默

中午时候，火一样的太阳，没法去遮拦，让他直晒着长街上。静悄悄少人行路；只有悠悠风来，吹动路旁杨树。

谁家破大门里，半院子绿茸茸细草，都浮着闪闪的金光。旁边有一段低低土墙，挡住了个弹三弦的人，却不能隔断那三弦鼓荡的声浪。

门外坐着一个穿破衣裳的老年人，双手抱着头，他不声不响。

（选自《新青年》1918 年第 5 卷第 2 号）

沈尹默（1883 —1971），原名君默，浙江吴兴人，我国著名书法家、文学家和诗人。《三弦》是沈尹默的一首代表作。全诗分为三小节，每一节都是一幅画。三小节诗依次由远及近、清晰地表现为远景、中景、近景，从而又共同组合成有层次、有意境、逼真浑融的完整画面。

作者先描画的远景，重点突出了“中午时候，火一样的太阳”和“少人行路”的长街，强烈的日照，无人的街道，使画面显示出独特的静感。当然，这种静感与很多诗文中描写的“静夜”截然不同，夜晚的静，往往冷清恬淡，而《三弦》中夏日正午的“静”却反射出一种灼热感，使人觉得沉闷。在这般沉寂的背景中，唯有三弦的声浪在断墙颓垣边鼓荡，使原先那种寂寞、烦闷感又平添几分沉重。这便是作者在第二小节诗中所渲染的一种气氛。在这一节诗中，作者并没有具体描绘三弦的演奏者，而旨在表现三

弦的声响与节奏，然而，就在这一静一动之中，画面与音响交融一体，互为映衬，奠定了诗的整体格调。虽然在这第二小节诗中，也有“绿茸茸细草”，“浮着闪闪的金光”，似乎透出几分自然的生机，但终究抵不住鼓荡着的三弦声浪。诗的第三小节正表现了这种情景，作者用特写的方式，描画了一个身穿破衣、双手抱头、不声不响的老人，他的面貌神情虽不可见，然而他的动作、姿态却表现了那声声拨动的“三弦”，正激起他心中的共鸣，并表现出他内心的孤寂与沉痛。这一幅以人物为主角，以景物、音响为背景的图画，真实地表达出当时社会人生的一个侧面，将古老的中国北方城镇的衰老与没落描写得极为传神，整幅画面意象苍老、破败，情绪低回沉重而又焦躁，思想却深远地蕴藏着，作者似乎在表现一种世道没落的情怀，又似乎在作一种人道主义的感叹。

这首诗由三弦的乐音中缓缓吐出，诗中用了一连串声母均为 d、t 的字，用以摹写三弦的声音，又把阳声字和阴声字参错杂用，更显出三弦声的抑扬顿挫。《三弦》虽是新诗，却也采用了旧体诗词的表现方法，运用双声叠韵来帮助音节的和谐，造成有韵味的音乐效果。这首新诗在继承发展我国古典诗词描绘音乐的优良传统并有所革新创造方面，也作出了可贵的探索与尝试。还应指出的是，《三弦》中所用的白话，白得彻底，但决不粗俗，这在那个时代，实在难能可贵。

此诗用了散文体的形式，然而读了只觉得是诗，正如茅盾所指出的，“比我们常见的分行写成长短一样的几行而且句末一字押韵的诗更‘诗些’的”（《论初期的白话诗》，载《文学》第八卷第一期）。

草　儿

康白情

草儿在前，
鞭儿在后。
那喘吁吁的耕牛，
正担着犁鸢，
眙着白眼，

带水拖泥，
在那里“一东二冬”地走着。

“呼——呼…… ”
“牛吔，你不要叹气 ，
快犁快犁 ，
我把草儿给你。”

“呼——呼……”
“牛吔，快犁快犁。
你还要叹气，
我把鞭儿抽你。”

牛呵！
人呵！
草儿在前，
鞭儿在后。

（选自《草儿》，亚东图书馆 1922 年版）

康白情（1896—1958），现代诗人。《草儿》是诗人康白情的作品，收录于同名诗集《草儿》。这首诗写作于 1919 年“五四”运动前，此时中国正处在水深火热之中，外有帝国主义侵略，内有封建地主压迫，劳动人民为了生存不得不苦苦挣扎。《草儿》抓住“牛儿耕田”这一画面，通过直白的描绘，展现了一幅牛在草儿诱惑和鞭儿威迫下，担着沉重的犁鸢，在泥水中艰难行进的春耕图，含蓄地表达了诗人对劳动人民的同情。

“牛儿耕田”在农村是最常见的，但《草儿》描绘的这幅田园风景画却透着无奈的辛酸：在一望无际的水田中，那牛儿“担着犁鸢”，“带水拖泥”，“喘吁吁”地往前走着。它已经非常劳累了，却仍要拼命地快犁。因为只有这样往前走去，才能得到食物；何况后面还有鞭子抽打着，想要止步不前，也不行。诗的大部分都在讲牛犁田，可是在最后一段，“牛呵”的后边，却出现了“人呵”一句，点出人的存在，并把他与牛并列，使二者处于同等重要的地位。“人呵”简单二字，即点明了作者的写作意图：承受着生活重压的不仅是牛，拉着牛绳的人又何尝没有在承受这种重轭呢？诗人把人

和牛联系起来,从而告诉人们,在那暗无天日的旧社会,人的命运如同牛一样,吃的是粗茶淡饭,受的是鞭挞之苦。诗的构思是十分巧妙的,诗人描写人生的痛苦,不从正面落笔,而以牛隐喻、暗示人们既无尽头又无希望的人生历程,这就给人们留下了想象回味的天地,使全诗具有一种含蓄隽永、回味无穷之妙。

诗中人和牛之间,既是主仆关系,又是伙伴关系。人为了生活,必须加紧耕种,他总希望牛能走得很快,可是牛却总是走得很慢,而且步履沉重。人要依靠牛,才能很好地耕种,以维持起码的生活,所以他爱牛;牛的步履总不如驾牛人的心那么急切,所以他欲抽牛。诗中"我把草儿给你"和"我把鞭儿抽你"之句,正是恰当地表现了人之与牛的矛盾心理。实际上,人是舍不得抽打他的牛的,因为他自己也是和牛一样承受着生活的重轭,和牛有着同样的命运。

这首诗里"一东二冬"两个象声词的运用,形象而生动地表现了牛儿耕田时的沉重步履,并由此形成了诗句沉重的节奏,使人有身临其境的感觉。诗作正是以沉重的节奏和质朴凝重的色调,在诗的情绪和画面上,表现出劳动人民在艰难中仍努力向前奋斗不息的可贵精神。

"新诗应该'自由成章而后有一定的规律,切自然的音节而不必拘音韵,贵质朴而不讲雕琢,以白话入行而不尚典雅'。做到'不显韵而有韵,不显格而有格'。"《草儿》正是体现了诗人这一主张。它没有华丽的辞藻,语言直白,又不失生动形象,极具口语化。全诗用的都是通俗易懂的语言。如"草儿在前","鞭儿在后","呼——呼……"等,读来感到十分亲切自然。在诗的结构形式方面,自由活泼。第一节七行,其余都是四行,字数长的达十个字,短的只有两个字,在押韵方面也很自由。整首诗虽不整齐均衡,但长短错落有致,和谐自然,给人以美的享受。《草儿》把现实生活的体验和情绪与想象的意境结合起来,运用音乐和绘画的笔法写出,取得了音韵和谐、含义隽永的效果。

凤凰涅槃(节选)

郭沫若

凤　歌

即即！即即！即即！
即即！即即！即即！
茫茫的宇宙,冷酷如铁！
茫茫的宇宙,黑暗如漆！
茫茫的宇宙,腥秽如血！

宇宙呀,宇宙,
你为什么存在？
你自从哪儿来？
你坐在哪儿在？
你是个有限大的空球？
你是个无限大的整块？
你若是有限大的空球,
那拥抱着你的空间
他从哪儿来？
你的外边还有些什么存在？
你若是无限大的整块,
这被你拥抱着的空间
他从哪儿来？
你的当中为什么又有生命存在？
你到底还是个有生命的交流？
你到底还是个无生命的机械？

昂头我问天,

天徒矜高，莫有点儿知识。
低头我问地，
地已死了，莫有点儿呼吸。
伸头我问海，
海正扬声而呜唈。

啊啊！
生在这样个阴秽的世界当中，
便是把金刚石的宝刀也会生锈！
宇宙呀，宇宙，
我要努力地把你诅咒：
你脓血污秽着的屠场呀！
你悲哀充塞着的囚牢呀！
你群鬼叫号着的坟墓呀！
你群魔跳梁着的地狱呀！
你到底为什么存在？

我们飞向西方，
西方同是一座屠场。
我们飞向东方，
东方同是一座囚牢。
我们飞向南方，
南方同是一座坟墓。
我们飞向北方，
北方同是一座地狱。
我们生在这样个世界当中，
只好学着海洋哀哭。

凰　　歌

足足！足足！足足！
足足！足足！足足！
五百年来的眼泪倾泻如瀑。

五百年来的眼泪淋漓如烛。
流不尽的眼泪，
洗不净的污浊，
浇不熄的情火，
荡不去的羞辱，
我们这缥缈的浮生
到底要向哪儿安宿？

啊啊！
我们这缥缈的浮生
好像那大海里的孤舟。
左也是漶漫，
右也是漶漫，
前不见灯台，
后不见海岸，
帆已破，
樯已断，
楫已漂流，
柁已腐烂，
倦了的舟子只是在舟中呻唤，
怒了的海涛还是在海中泛滥。

啊啊！
我们这缥缈的浮生
好像这黑夜里的酣梦。
前也是睡眠，
后也是睡眠，
来得如飘风，
去得如轻烟，
来如风，
去如烟，
眠在后，
睡在前，

我们只是这睡眠当中的
一刹那的风烟。

啊啊!
有什么意思?
有什么意思?
痴!痴!痴!
只剩些悲哀,烦恼,寂寥,衰败,
环绕着我们活动着的死尸,
贯串着我们活动着的死尸。

啊啊!
我们年青时候的新鲜哪儿去了?
我们年青时候的甘美哪儿去了?
我们年青时候的光华哪儿去了?
我们年青时候的欢爱哪儿去了?
去了!去了!去了!
一切都已去了,
一切都要去了。
我们也要去了,
你们也要去了,
悲哀呀!烦恼呀!寂寥呀!衰败呀!

(选自1920年1月30日、31日《时事新报·浮灯》)

郭沫若(1892—1978),原名郭开贞,又名郭鼎堂。四川乐山人。作家、诗人、剧作家、历史学家、考古学家、古文字学家、社会活动家。我国伟大的新诗开拓者郭沫若的《凤凰涅槃》取材于阿拉伯国家的神话传说:古代有名为“菲尼克司”的神鸟,满五百岁后,集香木自焚,而后从死灰中更生。更生后的神鸟异常美丽,不再死。郭沫若根据中国古代记载考证,认为这种鸟就是中国古代传说中的凤凰。很明显,诗人是以凤凰集香木自焚,从死灰中再生的故事,象征中国的再生和自我的再生。

“序曲”一开始,就点明了时间——除夕将近,地点——丹穴山,一对凤凰飞来飞去,是为了替自己安排火葬。诗人对丹穴山的描绘是对现实的隐喻:梧桐已经“枯槁了”,醴泉已经“消歇了”,大海是“浩茫茫的”,平原是“阴莽莽的”,而当时正逢“寒风凛冽的冰天”。凤凰起舞唱歌,“凤歌”诅咒了“冷酷如铁”、“黑暗如漆”、“腥秽如血”的现实,而且昂首问天、低头问地:“宇宙呀,宇宙,/你为什么存在? /你自从哪儿来? 你坐在哪儿在?”作为“五四”时期宇宙意识最强的诗人,郭沫若发出了新时代的“天问”。“为什么?”“为什么?”凤凰在追问,郭沫若在追问。摆脱传统观念的羁绊,打开禁锢的思想闸门,不相信任何神明,不崇拜任何偶像,郭沫若正以异常活跃的思辨力,探索究竟,重新评判生活,重新发现世界。

没有揭开宇宙之谜的凤向“阴秽”的现实世界发出了悲愤的控诉。“脓血污秽着的屠场”、“悲哀充塞着的囚牢”、“群鬼叫号着的坟墓”、“群魔跳梁着的地狱”,正是现实的写照。凰述说了自己在漫长民族历史中所承受的屈辱和痛苦,也发出了自己的诘问:“我们这缥缈的浮生/到底要向哪儿安宿?”如果说“凤歌”将对现实世界的控诉引向对宇宙之谜的质询,“凰歌”则把对现实世界和历史的诅咒与自我反思结合了起来,凤与凰“死期已到了”,这投入烈火前的最后歌唱,反而使凤歌与凰歌更显得从容和镇定。到这里,长诗按常理说即将进入高潮,而诗人却插写了一段“群鸟歌”。

“群鸟歌”在“序曲”中已有交代,群鸟是“凡鸟”,与勇敢地投入火中自焚的凤凰相比,它们都不过是凡俗之辈。群鸟的猥琐浅薄和自鸣得意,反衬出凤凰的崇高纯洁。诗人在情节高潮即将到来的时候安排“群鸟歌”这一插曲,在长诗的结构中形成了变奏,也增添了长诗的戏剧色彩。

“凤凰更生歌”将全诗推向抒情的高潮。凤凰在欢唱,诗人郭沫若在欢唱。在这个世界上,只有很少的人领略过如此酣畅的欢乐,只有很少的文学家表现过这样流光溢彩、心花怒放的欢乐。凤凰的更生洋溢着“五四”时代独特的精神氛围,寄托着郭沫若对祖国和人类新生的希望。

“诗歌的音乐化”通过节奏来表现。《凤凰涅槃》的整体结构显示出很强的节奏感,抑扬相间,回还复沓。而它的每一章又都分别表现出鲜明的节奏特点。“凤歌”与“凰歌”的诗句参差中有整齐,每一节的节奏大体一致,而各节之间又有变化,与凤凰激情倾诉中的情绪跌宕相一致。“凤凰更生歌”中的“凤凰和鸣”则出现了大量相同的句式,简捷、明快而不厌重复,音节铿锵而章法完整,将全诗推向高潮。郭沫若在“诗歌的音乐化”方面的努力使《凤凰涅槃》很像一部交响乐。

天　　狗

郭沫若

我是一条天狗呀！
我把月来吞了，
我把日来吞了，
我把一切的星球来吞了，
我把全宇宙来吞了。
我便是我了！

我是月底光，
我是日底光，
我是一切星球底光，
我是 X 光线底光，
我是全宇宙底 Energy 底总量！

我飞奔，
我狂叫，
我燃烧。
我如烈火一样地燃烧！
我如大海一样地狂叫！
我如电气一样地飞跑！
我飞跑，
我飞跑，
我飞跑，
我剥我的皮，
我食我的肉，
我吸我的血，
我啮我的心肝，

我在我神经上飞跑，
我在我脊髓上飞跑，
我在我脑筋上飞跑。

我便是我呀！
我的我要爆了！

（选自1920年2月7日《时事新报·学灯》）

《天狗》选自《女神》，是郭沫若在1920年2月初作的。它同《凤凰涅槃》一样，呈现了"诗体大解放"，毫无旧体诗词的残余。

诗作首先把自己想象成天狗，把日、月、星辰，乃至整个宇宙都来吞了。显示诗人当时对整个旧世界的无比憎恨，他要毁坏一切，重新创造一个新的宇宙。这是不同于改良主义的彻底文学革命，是"五四"以后的时代精神的体现。诗的第一节以"我便是我了"结束，表示"我"的抱负空前伟大，正孕育着一个新的宇宙、新的世界。诗的第二节紧接着第一节吞噬日月星辰之后，写"我"是一切光亮的总和，整个宇宙的能量的总量。诗的第三节写"我"开始"飞奔"、"狂叫"、"燃烧"！这是一个熔化一切星球的过程，并通过"剥"、"食"、"吸"、"啮"的痛苦，完成一个变化的过程。诗的第四节，表现自我爆炸的过程，也即是新宇宙、新世界、新社会出现的战斗过程。

只要稍稍了解郭沫若在"五四"高潮时期的哲学思想和文艺思想，对《天狗》这首惠特曼式的革命浪漫主义的代表作就不难理解了。《天狗》一诗一共29行，都是以"我"字开头，尽情歌唱自我，表现自我，"我"的形象飞速变化的过程，是一个破坏和创造相结合的过程。因此，作为"天狗"的"我"，是包孕宇宙的"大我"，豪放、雄浑，表现了"五四"时代精神的最强音。《天狗》中的"我"，实际是通过"我"的呼号，传达了中国人民要求改天换地的共同心愿。诗句的排比与复迭，赋予了《天狗》一诗气吞寰宇的节奏感和音乐性。自由诗不要求勉强押韵，但要求有节奏，节奏是自由诗的生命，这一方面郭沫若既有所主张，也有所创造。他是现代中国自由诗派的先行者。郭沫若当时主张"打破一切诗的形式"，来写自己能够玩味的东西。

地球,我的母亲!

郭沫若

地球,我的母亲!
天已黎明了,
你把你怀中的儿来摇醒,
我现在正在你背上匍行。

地球,我的母亲!
你背负着我在这乐园中逍遥。
你还在那海洋里面,
奏出些音乐来,安慰我的灵魂。

地球,我的母亲!
我过去,现在,未来,
食的是你,衣的是你,住的是你,
我要怎么样才能够报答你的深恩?

地球,我的母亲!
从今后我不愿常在家中居住,
我要常在这开旷的空气里面,
对于你,表示我的孝心。

地球,我的母亲!
我羡慕你的孝子,田地里的农人,
他们是全人类的保姆,
你是时常地爱抚他们。

地球,我的母亲!

我羡慕你的宠子，炭坑里的工人，
他们是全人类的普罗美修士，
你是时常地怀抱着他们。

地球，我的母亲！
我羡慕那一切的草木，我的同胞，你的儿孙，
他们自由地，自主地，随分地，健康地，
享受着他们的赋生。

地球，我的母亲！
我羡慕那一切的动物，尤其是蚯蚓——
我只不羡慕那空中的飞鸟：
他们离了你要在空中飞行。

地球，我的母亲！
我不愿在空中飞行！
我也不愿坐车，乘马，著袜，穿鞋，
我只愿赤裸着我的双脚，永远和你相亲。

地球，我的母亲！
你是我实有性的证人，
我不相信你只是个梦幻泡影，
我不相信我只是个妄执无明。

地球，我的母亲！
我们都是空桑中生出的伊尹，
我不相信那缥缈的天上，
还有位什么父亲。

地球，我的母亲！
我想这宇宙中的一切都是你的化身：
雷霆是你呼吸的声威，
雪雨是你血液的飞腾。

地球,我的母亲!
我想那缥缈的天球,是你化妆的明镜,
那昼间的太阳,夜间的太阴,
只不过是那明镜中的你自己的虚影。

地球,我的母亲!
我想那天空中一切的星球,
只不过是我们生物的眼球的虚影,
我只相信你是实有性的证明。

地球,我的母亲!
已往的我,只是个知识未开的婴孩,
我只知道贪受着你的深恩,
我不知道你的深恩,不知道报答你的深恩。

地球,我的母亲!
从今后我知道你的深恩,
我饮一杯水,纵是天降的甘霖,
我知道那是你的乳,我的生命羹。
地球,我的母亲!
我听着一切的声音言笑,
我知道那是你的歌,
特为安慰我的灵魂。

地球,我的母亲!
我眼前一切的浮游生动,
我知道那是你的舞,
特为安慰我的灵魂。

地球,我的母亲!
我感觉着一切的芬芳彩色,
我知道那是你给我的赠品,

特为安慰我的灵魂。

地球,我的母亲!
我的灵魂便是你的灵魂,
我要强健我的灵魂,
用来报答你的深恩。

地球,我的母亲!
从今后我要报答你的深恩,
我知道你爱我还要劳我,
我要学着你劳动,永久不停!

地球,我的母亲!
从今后我要报答你的深恩,
我要把自己的血液来
养我自己,养我兄弟姐妹们。

地球,我的母亲!
那天上的太阳——你镜中的影,
正在天空中大放光明
从今后我也要把我内在的光明来照照四表纵横。

(选自 1920 年 1 月 6 日《时事新报·学灯》)

《地球,我的母亲!》是郭沫若诗集《女神》中的重要篇章,它写于 1919 年 12 月末,是一首对于地球的赞美诗,对于大自然的赞美诗,对于人生的赞美诗。诗人通过回环反复歌咏,表达了对于地球——这人类乃至万物赖以生存的母亲——由衷的感激与热爱。

诗的第一部分(第 1—3 节),通过一幅慈母背负稚子在乐园中逍遥的动人画面,形象地表明了地球这位伟大的母亲生我、养我、爱我的无与伦比的深厚的恩赐。第二部分(第 4—9 节),以更加动人的笔触,表现了自己希望报答"母亲"的深恩的一片赤诚。为了报答"母亲"的深恩,不愿束缚在自己狭小的空间中,决心走向广阔的自由的天地。郭沫若在 1921 年写的《女神》的序诗开头就说,"我是个无产阶级者","我愿意成个共产主

义者”。尽管作者当时还不是一个马克思主义者，却表现了他在“五四”时代，愿意跟工农相结合的崇高的思想感情。在这首诗中，他在歌颂地球母亲的同时，以我国诗歌中从未有过的思想和激情，歌颂了工农的创造劳动和崇高的品质，从而将时代的声音巧妙地融会到赞美自然的诗篇中，致使全诗更加具有激奋人心的力量。第三部分（第10—14节），描绘了地球母亲的美丽形象，歌颂了她的崇高品格和巨大力量。诗的最后一部分（第15—21节），承接了第一部分，反复咏叹地球母亲的深恩，并再次表达报答“母亲”深恩的决心。诗人对于“母亲”深恩的歌颂赞美，在这里达到了高峰，就在这情感的峰峦之上，他进一步表示了“我要强健我的灵魂”、“我要学着你劳动，永久不停”的意念。

《地球，我的母亲！》的创作方法是浪漫主义的。郭沫若当时的浪漫主义是从现实出发并以现实为核心的。高尔基在《我的文学修养》中说：“革命的浪漫主义的基本特征，首先在于对现实的积极和远瞻的态度。”这首诗的这一特征表现得相当充分。

这首诗的感情是强烈而动人的。诗人热爱自然，并希望通过赞美自然来抒发自己追求美好生活的满腔激情，但采用的手法不是一般的景物描写或借景抒情，而是将大自然当作一个完美的“母亲”来进行虔诚歌颂的。诗人把自己的热爱和向往统统倾注在这个完美的形象之中，我们在这伟大崇高的“母亲”身上，可以深深感到诗人燃烧着的激情。这激情，是个人的，然而又是时代的，可以说是“五四”青年的心曲。

《地球，我的母亲！》通篇都闪耀着诗人神思奇想的火花。诗人在想象和联想的基础上通过拟人的手法，从孩子的角度和感受出发，把地球比作一个孩子的慈母，使人与地球那样辽阔无边的关系，变成了母与子那样亲密无间的关系。诗人写出了一个具有人性的生动的母亲形象，没有流于抽象的概念，没有“梦幻泡影”的感觉。正是由于丰富的想象力，才创造出那样一位崇高、伟大、美丽、慈祥的亲切感人的“地球母亲”。下至我们身边的“一切的草木”，“一切的动物”，“一切的声音言笑”；上至太阳、月亮，“一切的星球”，以及雷霆雪雨，都被诗人想象的纽带连结为一体，形成了一个博大宏伟、绚丽夺目的艺术形象。超绝的想象使情感一步一步地深化浓烈，从而完美地表达了诗人的生活理想。

繁星(选二首)

冰　心

十

嫩绿的芽儿，
和青年说：
“发展你自己！”

淡白的花儿，
和青年说：
“贡献你自己！”

淡红的果儿，
和青年说：
“牺牲你自己！”

一三一

大海呵，
哪一颗星没有光？
哪一朵花没有香？
哪一次我的思潮里
没有你波涛的清响？

（选自《繁星》，商务印书馆 1923 年版）

冰心(1900—1999)，女，原名谢婉莹，原籍福建长乐，生于福州，现当代作家，儿童文学作家。《繁星》是诗人冰心的成名作，它是一本哲理性的小诗集。冰心在“五四”新文化高潮时正在读大学，当时各种新型的报刊如雨后春笋，里面不仅有反帝反封建的文章论著，也有外国文学的介绍，

以及用白话文写的小说、散文等。冰心在阅读中就把特别喜欢的句子及自己随时随地的感想和回忆写在了笔记本的眉批上。一次偶然的机会，她读到泰戈尔的《飞鸟集》，诗集中都是充满诗意和哲理的三两句的短诗。于是她决心把笔记本上的三言两语加以整理，于是便有了《繁星》。

受泰戈尔的影响，冰心以三言两语的格言、警句式的诗句，来表现自己内省的深沉和顿悟，但她的小诗并不停留在事物的表面和直接意义的表现上，而是努力发掘事物蕴涵的哲理意蕴。《繁星》的价值主要在它新鲜活泼和自然优美的艺术形式：短小精悍，不拘一格，在随意的挥写中蕴藏着朴素的哲理；富有诗情画意，格调自然柔美。

《繁星》共收短诗164首，这里节选第10及第131首。这里所选的《繁星》的第10首，诗人借自然界中植物生长的三个阶段的三种不同形态，暗示青年成长过程中的不同阶段，在这种富于寓意的比拟中，自然而浅近地道出了个中深蕴的哲理。“芽儿”、“花儿”、“果儿”，这三个各不相同而又互相联系的生长过程，以物喻人，形象地说明青年也应当如植物那样，先应求得发展，再求作出贡献，最后就该准备为了国家和人民的利益随时作出牺牲。这是一切正直的人生所必然要经历的生长过程。小诗，以其形式的短小灵活，最适宜表现这种刹那的情绪和感触。冰心的这首小诗，就是运用非常简要自然的文字，一针见血地道出了抒情主人公瞬时的内心感受。诗人的此类作品，不仅闪烁着哲理的火花，深含蕴藉，耐人寻味，而且语言明达浅近，文笔娟秀轻盈，深得青年读者的喜爱。

诗人的一生都与大海有着天生的亲近感情，在她的许多诗篇中都出现了海的形象，对大海的热爱之情自然地流溢在诗句中。在《繁星》第131首中，诗人一开始就营造出一种大气象，一声“大海呵”，饱含对海洋的爱慕与眷恋之情。但是在表达对海洋情感的时候，她又没有直抒胸臆，而是笔锋一转，捕捉了两个具体而微小的事物：星星与花朵，运用“哪一颗星没有光？哪一朵花没有香？”这样的反问句作抒发情感的铺垫，同时又与下一句构成排比类比的方式，把在“我的思潮里”的“你波涛的清响”与星星不会没有光、花儿不会没有香相类比，强烈衬托出我对大海的深厚情感，让人感觉非常真实。另外，在诗人的情感世界中，大海也象征着波澜壮阔的社会变革，诗人对大海的向往，就是她对于新社会的向往。排比、反问句式的运用，使这首诗的感情格外显得强烈、深沉。排比句使感情层层推进，最后由物及人，推向感情的高潮。诗人不事藻饰，在口语化的诗句中，形成了自然、朴素的风格。

春水(选二首)

冰　心

三三

墙角的花！
你孤芳自赏时，
天地便小了。

九六

“什么时候来赏雪呢？”
“来日罢，”
“来日”过去了

“什么时候来游湖呢？”
“来年罢，”
“来年”过去了

“什么时候来工作呢？”
“来生么？”
我微笑而又惊悚了！

(选自《春水》，新潮社 1923 年版)

《春水》是冰心早期的另一部小诗集。包括小诗 182 首和其他诗作 29 首，于 1923 年出版。《春水》(三三)只有短短的三行，却抒写了深刻的哲理。诗人把“墙角的花”人格化了。她在与花儿倾心絮语，劝勉“墙角的花”不要“孤芳自赏”，否则“天地便小了”。这首诗以花喻人，寓理于物，告诉我们，做人不怕做“墙角的花”，只怕缺乏自知之明，孤芳自赏，脱离群体。做人要开花，但不能自傲。胸襟广阔，虚怀若谷，开花结果，贡献自

己，这样的人才能不断磨砺，不断进取，在他面前展开的必将是一片无限的“天地”。

形式简洁，寓理深刻，其意象的选择真是所谓独具风格——“墙角的花”，形象地写出了其渺小与冷清，与“天地”构成鲜明的对比。就像每一个人一样，在这时代的大潮里也是如此渺小，你没有世界会生存不下去，世界没有你却依然运行。因此，绝对不要夸大自己的力量。

《春水》(九六)是一首通俗易懂的小诗。三小段格式基本一致，称不上重复但也算是排比。思路清晰，从“来日”写到“来年”再到“来生”，时间渐进到延长，有一种鲜明的层次感。

这是怎样的一首诗呢？希望“来日”去赏雪，“来日”过去了；希望“来年”去游湖，“来年”过去了；再考虑要等到“来生”再工作吗？“我微笑而又惊悚了！”这反映的是一个多么铭心的道理：时不我待，我们必须把握时间。

从小就学会了“明日复明日，明日何其多……”，一开始就知道“少壮不努力，老大徒伤悲”，而我们却始终没有接受前人的教训，是否要牺牲自己，来警戒后人呢？“赏雪”、“游湖”，这样的活动都会成为泡影，那“工作”怎么办？我“微笑”，那是一种什么样的微笑，是冷笑吗？看着别人都如此践踏光阴。是“苦笑”吗？我自己也没有给工作安排时间吧？又“惊悚”了，原来人的一生那么短暂，很多事情你都还没有做，还来不及做。人生苦短，应该就是这样了。

蕙的风

汪静之

是那里吹来
这蕙花的风——
温馨的蕙花的风？

蕙花深锁在园里
伊满怀着幽怨。

伊底幽香潜出园外，
去招伊所爱的蝶儿。

雅洁的蝶儿，
薰在蕙风里：
他陶醉了；
想去寻着伊呢。

他怎寻得到被禁锢的伊呢？
他只迷在伊的风里，
隐忍着这悲惨然而甜蜜的伤心，
醺醺地翩翩地飞着。

（选自《蕙的风》，亚东图书馆1922年版）

《蕙的风》一诗是诗集《蕙的风》的首篇，是一首情诗，作于1921年9月3日。作者汪静之受海涅爱情诗和"五四"以来进步思想以及西欧民主主义文艺思想的影响，当时写的爱情诗较多，并于1921年起在《新潮》、《新青年》、《小说月报》、《诗》杂志发表新诗。1922年3月与应修人、潘漠华、冯雪峰组织湖畔诗社，并与潘漠华、冯雪峰、魏金枝、柔石等人组织晨光文学社。在这种氛围中，作者于1922年8月，出版了他的第一本诗集《蕙的风》。

《蕙的风》通过"蕙""蝶"相恋，所表现的是抒情主人公对他的情人的深深的思恋，以及思恋而又不能相恋的惆怅感情。诗作运用象征的手法，以蕙花象征抒情主人公的情人——一位被锁在深宅大院里的深闺怨女；以花的香气象征姑娘的恋情；以蝶儿象征姑娘的恋人；而那禁锢着花蝶不能相会的高墙，则象征着阻挡青年男女相爱的封建势力。明里写花，暗中则是写人，借写花而写人，通过对那蕙花样温馨的情人的不幸处境的描写，表现出抒情主人公由衷的思慕、忧伤和对封建势力的怨愤之情。

诗作中，"幽香"和"蝴蝶"这两个意象用得非常好。既是花香，就一定会飘出园外。既是蝶儿，就必然要飞向花朵。这里所象征的正是热恋当中那样魂牵梦绕的情景。男女双方，可以互相感觉到对方的气息，相距近在咫尺，却没有办法见面，此即所谓"身无彩凤双飞翼，心有灵犀一点通"。他们只能陶醉在"温馨"之中，而由于距离之近，就更增添了内心的思慕之

情。

读着这首诗，我们惊诧于作者表情的真切、直率和大胆。而这，恰好是这位少年诗人当时诗作所具有的特色。在出版《蕙的风·自序》中，诗人这样表白道："我极真诚地把'自我'溶化在我的诗里；我所要发泄的都从心底涌出，从笔尖跳下来之后，我就也慰安了，畅快了。我是为的'不得不'而做诗，诗若不写出来，我就闷得发慌。"正因为如此，作者的这一类诗作，在当时曾发生过相当大的影响。难怪朱自清在谈到诗集《蕙的风》时，竟把它的问世比作是向旧礼教投掷的一枚"炸弹"。

诗人选择蕙花和蝶儿为意象，来表现男女之间的爱情，不仅有文学传统的借鉴，而且也是有生活依据的，但这生活是作者提纯的。诗人把男女之间这种最珍贵的感情，表现得如此淳朴、美妙而又浓烈，自是有它独到的匠心。诗人在《作诗之序次》中曾说："做一首好诗必须深思密想过，并不是不假思索随便涂鸦的。感情是文学最要紧的原素，但只有想象能使感情光辉灿烂……没有想象的作品，可说是死的，和照相一样。"诗人的这一理论和主张，我们从《蕙的风》中全部都可以得到证实。

从表情达意的需要出发，诗人采用了活泼自由的表现形式。和诗集《蕙的风》里其他的诗作一样，这也是一首完全解放了的自由的新诗。诗句长短毫不拘泥，用韵也相当自由，然而，读起来却显得异常流畅，也饶有诗味。而诗中新颖的构思，象征的手法更突出了其作品所特有的清新、自然的艺术风格。

落　花

冯雪峰

片片的落花，尽随着流水流去。

流水呀！
你好好地流罢。
你流到我家底门前时，
请给几片我底妈；——

戴在伊底头上，
于是伊底白头发可以遮了一些了。

请给几片我底姊；——
贴在伊底两耳旁，
也许伊照镜时可以开个青春的笑呵。
还请你给几片那人儿：——
那人儿你认识么？
伊底脸上是时常有泪的。

（选自《湖畔》，湖畔诗社 1922 年版）

冯雪峰(1903—1976)，原名福春，笔名雪峰，浙江义乌人。湖畔诗社的四个青年诗人，都由衷地热爱大自然，尽情地抒写他们对大自然的爱。就连他们合出的诗集名字也叫《湖畔》或《春的歌集》，洋溢着一种自然的情趣。此诗题名为“落花”，而落花本身也恰恰是一种自然景致。

不过，此诗名为写落花，实际上是写人，是诗人托流水将落花献给自己所怀念的三个女性，并表达了对她们的美好祝愿。

此诗作于 1922 年 3 月 10 日，那时作者离开自己的家乡义乌县不久，正在杭州第一师范学校读书，家乡亲友的面容还时时萦回脑际，在杭州一看到随水漂流的落花，马上联想到了家乡的亲人，这也是很自然的事。至于联想到的都是女性，那也很正常，因为落花的形状毕竟和女性形象的关系更大一些。

诗人出生在偏僻小山村的一个农民家庭，家境很穷，而父亲又经常打骂母亲，所以，诗人自幼就非常热爱自己的母亲，在他早年含泪所写的《睡歌》一诗中，就曾详尽地表达了对母亲的热爱，对她遭遇的同情。因此，他将落花第一个献给自己的母亲，是完全可以理解的。而由母亲联想到自己的姐姐，那也是顺理成章的。至于自己心中热恋的女友，作者反把她放在最后，这并不是说她不重要，而是因为她的身份特殊一些，特别是从一首诗的角度来看说，这样安排似乎更有余意。

然而，作者所怀念的虽然都是女性，但他还是抓住了她们各自不同的年龄、身份和特点，对她们祝愿的内容也各有不同。由于母亲含辛茹苦，白头发出现得比较早，所以他只希望能把落花戴在她的头上，使她的白头发能够遮挡一些；对于姐姐，他只希望能把落花戴在她耳朵两旁，让她照

镜子时能够高兴一些；对于自己的心上人，他虽然没有明说，只说她的“脸上经常有泪的”，但这样写似乎更好；仅此一句，便说明对方也苦苦地在思恋着他。这是一种虚写的手法，但这里的虚写实在要比实写好。

冯雪峰作此诗时只有19岁，青春年少，稚气未脱，他借助于落花将对三位女性的一片思念之情串联了起来，使得全诗天真委婉，曲折多姿，自有成年人所不可企及之处。

蛇

冯　至

我的寂寞是一条长蛇
静静地没有言语。
你万一梦到它时，
千万啊，不要悚惧！

它是我忠诚的伴侣，
心里害着热烈的乡思；
它在想着那茂密的草原——
你头上的、浓郁的乌丝。

它月影一般轻轻地，
从你那儿轻轻走过；
它把你的梦境衔了来，
像一只绯红的花朵。

（选自《昨日之歌》，北新书局1927年版）

冯至（1905—1993），原名冯承植，河北涿县人，诗人、教育家、德语文学专家、翻译家。《蛇》出自诗集《昨日之歌》。《昨日之歌》是诗人冯至在20年代出版的第一部诗集。冯至是中国新诗史上重要的诗人之一。1921年开始新诗创作，成为新文学社团浅草社和沉钟社的重要成员，被鲁迅誉为“中国最为杰出的抒情诗人”。

在冯至的早期新诗中，所占比例最高的就是表述个人内心情感的诗歌。这些作品在整体格调上显得幽婉缠绵，低吟浅唱的诗句后面呈现给读者的是一个寂寞、孤独、苦闷、惆怅的灵魂。《蛇》就是其中著名的一首，全诗3节，结构完整，韵律优美。

诗人极敏锐的感情触角，感觉到未经人到的处所；大胆奇妙的想象和比喻，更使人叹为观止。我国人民的欣赏习惯，一般对蛇总是厌恶、害怕的。然而，冯至笔下对这“蛇”的形象，却使人感到亲切可爱。诗人抛弃了蛇使人害怕的部分，第一节只取蛇的修长和无言，能悄悄进入心上人的梦境；第二节取蛇的栖息草丛的生活习惯，用这比喻“我”对心爱的人的乌丝的思恋；第三节取蛇行走和蛇只能用口衔物的特点，这种暗喻比明喻更能耐人寻味。这种写法，诗意盎然，化成活生生的艺术形象，感人至深。

冯至善于用一些人们常见的事物作隐喻或象征，如小河，河里的影子，湖心的小船，星星，云，蛇，残余的酒，等等。可以说，没有一样东西是新奇的，它的新，不在用作隐喻的事物本身，而在于所要表现的与用作隐喻的东西之间的新颖的联系。如《蛇》写“我”因爱人不在身边而感到的寂寞和对她的思念。用蛇这个常见的动物作隐喻，一般往往取蛇的不常发出叫声，而冯至则用蛇的修长比喻寂寞，这样就不与人雷同。诗人的想象，应该是对两个事物之间的某种联系或相似之处的新发现，应该是第一次发现。

寂寞本是抽象无形的概念，与中国人习惯心理上可怕的蛇风牛马不相及，但是19世纪20年代后期的青年普遍感到苦闷，找不到“喷射口”，这就与蛇之细长、无言的特点有了一定的相似的联系。诗人用它来比喻，不仅赋抽象的概念以具象生动的特色，而且抓住了主要特征，展开思想的翅膀，写出了更奇幻的意境。

十四行集(二十一)

冯　至

我们听着狂风里的暴雨，

我们在灯光下这样孤单，
我们在这小小的茅屋里
就是和我们用具的中间

也有了千里万里的距离：
铜炉在向往深山的矿苗
瓷壶在向往江边的陶泥；
它们都像风雨中的飞鸟

各自东西。我们紧紧抱住，
好像自身也都不能自主。
狂风把一切都吹入高空，

暴雨把一切又淋入泥土，
只剩下这点微弱的灯红
在证实我们生命的暂住。

（选自《十四行集》，文化生活出版社 1949 年版）

这首诗是冯至著名诗集《十四行集》中的第 21 首。

当时诗人在西南联大任教，为避敌机轰炸，一段时间寄居在离城约 15 里的一个林场的茅屋里。本诗便是就一个暴风雨夜晚茅屋内外的景象，抒写对现实的感受和生命意义的体验。诗人采用意大利和法国十四行体“四四三三”的分段形式。充分发挥十四行诗“起、承、转、合”的结构功能，有层次地展现诗人当时对宇宙人生所作的沉思。开篇先写屋外的狂风骤雨，震天撼地，仿佛一切都在动荡飘摇，而屋内只有一盏土制的油灯发出一点光亮。这时正处于抗日战争的艰苦岁月，诗人暂时蛰居异乡，他的心灵感到无比的寂寞和孤单。可是就在这狂风暴雨的黑夜里，诗人从自然界中发现了一种哲理。第二节是承前推进，诗人驰骋想象，开拓意境，描述这种孤寂之感的渐渐延伸、扩展，以至于充溢于整个空间，似乎眼前的“铜炉”、“瓷壶”也在“向往”各自生命的本原，因而和自己“有了千里万里的距离”。这实际是把主体的感受注入无生命无感觉的客体之中，或者说是把抽象的情思对象化具象化。第三节转而写孤单的自身也好像不能自主，也在接受狂风暴雨的洗礼。狂风暴雨使自身的心灵得到净化，排除了一切杂念。最后一节写由此而悟出的哲理:生命对于个体来说是短暂的,犹如暴风雨之夜微弱的灯红,唯有宇宙才是永恒的本体。既然个体生命是一种暂住,我们就应保持自己的淳朴和本真,而不要为外物所拘役和束缚。关于这个意思,诗人在当时写的一篇散文中说得更为直接:"夜夜常起的狂风,好像要把一切都给刮走。这时有如身在荒原,所有精神方面所体验的,物质方面所获得的,却失却了功用。"(《一个消逝了的山村》)

冯至善于从日常生活中发现哲理,以清晰可睹的意象来表现内心的独特感受,给人以深刻的启示。对于十四行这一外来诗体,诗人运用得圆熟自如。他不是刻板地拘守格律,而是根据诗歌的内容和汉语的特点,灵活地加以变化,有时采用变体,有时采用跨句,使音节匀称,韵脚整齐,以表现连绵不断的思绪。

死　水

闻一多

这是一沟绝望的死水，
清风吹不起半点漪沦。
不如多扔些破铜烂铁，
爽性泼你的剩菜残羹。

也许铜的要绿成翡翠，
铁罐上锈出几瓣桃花；
再让油腻织一层罗绮，
霉菌给他蒸出些云霞。

让死水酵成一沟绿酒，
漂满了珍珠似的白沫；
小珠们笑声变成大珠，
又被偷酒的花蚊咬破。

那么一沟绝望的死水，
也就夸得上几分鲜明。
如果青蛙耐不住寂寞，
又算死水叫出了歌声。

这是一沟绝望的死水，
这里断不是美的所在，
不如让给丑恶来开垦，
看他造出个什么世界。

（选自《死水》，新月书店 1928 年版）

闻一多(1899—1946)，原名闻家骅，湖北浠水人。现代著名诗人，学者和民主战士。《死水》是闻一多的重要代表作之一。1925 年诗人回国后，目睹了国内军阀混战、民不聊生的惨状，产生了怒其不争的愤激情绪。本诗通过对“死水”这一具有象征意义的意象的多角度、多层面的谱写，揭露和讽刺了腐败不堪的旧社会，表达了诗人对丑恶现实的绝望、愤慨和深沉的爱国主义感情。诗中的“一沟绝望的死水”是半封建半殖民地旧中国的象征。诗人抓住死水之“死”，先写死寂，次写色彩，再写泡沫，突出了死水的污臭、腐败，把“绝望”的感情表现得淋漓尽致。闻一多是新诗格律的倡导者和开拓者，《死水》则是他对新诗格律的“最满意的试验”。他强调新诗格律要具备“三美”：音乐美、绘画美、建筑美。在本诗中运用了许多富有色彩的语词和物象，并以词藻的绚丽多彩反衬了内容之丑，使“死水”的面目越显可憎可厌。

诗人首先用“这是一沟绝望的死水”，其中“绝望”和“死”这两个字增加了肯定的力量。然后诗人又用“清风吹不起半点漪沦”，以侧面描写手法对“死水”之令人绝望作了进一步的阐述，说明任何想改造这死水的努力对这绝望的死水都起不到任何作用，死水真是死得绝望透顶。于是诗人在彻底绝望之后，就转而破罐破摔了——“不如多扔些破铜烂铁，爽性泼你的剩菜残羹”。当然，这是诗人的嫉愤之语，也是无奈之语，也许还包含诗人的一种期望：既然没有办法挽救，就让你这“死水”死得更加痛快，物极必反，也许死到彻底，就会给重建一个新世界创造出机会来。所以，这表面的破罐破摔其实是一种以毒攻毒。死水并没有像作者所期望的那样彻底死掉。相反，“也许铜的要绿成翡翠，铁罐上锈出几瓣桃花。再让油腻织一层罗绮，霉菌给他蒸出些云霞”。这段诗中有四组对比鲜明的意象。“铜锈”与“翡翠”、“铁锈”与“桃花”、“油腻”与“罗绮”、“霉菌”与“云霞”，这四组意象有共同的特点，就是表面看起来有些许相像，实质上却是美丑两极，而且不难辨别。

的确有一些无耻之徒就是要把“铜锈”说成是“翡翠”，把“铁锈”说成是“桃花”，把“油腻”说成是“罗绮”，把“霉菌”说成是“云霞”，他们本来就是颠倒黑白、混淆是非、指鹿为马的高手。在此作者通过这四组对比，把当时那些粉饰太平的无耻之徒的嘴脸展示给世人看。这些无耻之徒还能够把发绿发臭的死水说成是“绿酒”，他们还能把“白沫”说成是“珍珠”，他们还能把气泡说成是“大珠”，只不过往往会被“偷酒的花蚊”咬破。其实咬破的何止是珍珠样的“气泡”，咬破的其实是这些无耻之徒的谎言。

但是，就是这样的一沟死水，也仍然能够被人夸得有几分鲜明。其实鲜明的来源就是到处泛滥的白沫。然而，无耻之徒们的无耻还在继续，“如果青蛙耐不住寂寞，又算死水叫出了歌声。”一个“算”字，把无耻之徒的骗子嘴脸展示给大家看：他们可以把青蛙耐不住寂寞而发出的无聊叫声也美化成为歌声！

绝望到无奈，诗人再次强调说“这是一沟绝望的死水，这里断不是美的所在。不如让给丑恶来开垦，看他造出个什么世界”。可以说，诗人放弃得很决绝，但是这种决绝是来自绝望，所以，也就挟带了巨大的痛苦。

面对令人绝望的现状，诗人是这么痛苦，甚至要放弃自己的关心了，似乎要对虚伪的国家不闻不问了，然而，正是这不闻不问的绝望才赋予了诗歌巨大的力量。有时诗歌就是这样，诗人越痛苦，诗歌越有力。诗人痛苦的情绪使《死水》的抨击力量大得仿佛就像一把大铁锤，一下子就把那些祸国殃民的骗子们锤扁在历史的舞台上。

所以，诗人的绝望才是关心。诗人的放弃其实就是斗争。写作此诗的诗人和后来进行最后一次演讲的诗人并没有什么本质的不同。

发　现

闻一多

我来了，我喊一声，迸着血泪，
“这不是我的中华，不对，不对！”
我来了，因为我听见你叫我；
鞭着时间的罡风，擎一把火，
我来了，不知道是一场空喜。
我会见的是噩梦，哪里是你？
那是恐怖，是噩梦挂着悬崖，
那不是你，那不是我的心爱！
我追问青天，逼迫八面的风，
我问，（拳头擂着大地的赤胸）
总问不出消息；我哭着叫你，
呕出一颗心来，——在我心里！

（选自《死水》，新月书店1928年版）

《发现》是闻一多归国不久的作品。1925年5月，闻一多怀着振兴民族的壮志雄心，终于提前踏上了阔别三年的祖国大地。他的心情万分激动，满怀喜悦：“这真是说不出的悲喜交集——滚滚的江涛向我迎来，然后这里是青山，那里是绿水”，“我又投入了祖国的慈怀”（《回来了》）。但一跨进国门，他便发现国内的现状与美好的理想完全相反。呈现在眼前的是国土破碎，洋人横行，军阀混战，民不聊生，教育腐败，文坛冷落的景象。无情的现实将闻一多从“诗境”推入“尘境”。作者痛苦至极，血液沸腾、怒火中烧，他饱蘸着爱和恨的情感，无比沉痛地写下这首《发现》。诗人大声呼喊，上下求索，出路何在？可“总问不出消息”，只得长歌当哭，并以此作为对于军阀统治的抗议。祖国虽然被弄得面目全非，但她那美好的形象仍然珍藏在中国人的心中。山河即使破碎，但爱国之心难灭，这就是《发现》中诗人可贵的发现。

《发现》高度集中反映了诗人归国时期幻想破灭的悲愤心情，表达了对于军阀统治的强烈不满和对理想中国的热烈追求，真切地表现了闻一多的爱国精神和高尚人格。这是闻一多的爱国诗篇，感情是如此炽热，又如此深沉，如此浓郁，又如此赤诚。它既具有屈原以来古典浪漫主义诗歌的传统特色，又表现出诗人闻一多的鲜明个性。

诗的开头两行总写我“来”(归国)后的“发现”和感受。这种“发现”和感受，使诗人痛苦、愤怒，使他不能不“迸着血泪”呐喊。第三、四、五行，承上写我“来”的前后的情状。诗人在此表述了自己为什么“来”(因为听见你——中华的呼唤)、怎样“来”(包括行动和心情：“鞭着时间的罡风”可理解为争取时间，从速回归；“擎一把火”，是说明自己为国为民的抱负雄心)。“来”的结果是一场空喜。归国前的热情与归国后的痛苦，形成了鲜明的对比。第六、七、八行，是将眼前的中华具象化。黑暗中国给诗人的感觉就像“噩梦挂着悬崖”，令人毛骨悚然。诗的最后四行，写在苦痛中对于理想中国的追求。极度的失望、痛苦，使诗人近乎疯狂，但他在失望与苦痛之中，仍眷恋着心爱的中华。理想的祖国，只在诗人心中。

期望愈深，失望也愈甚，当诗人踏上多年怀念的祖国大地时，他日夜思念的祖国，他在异邦用全部心血歌颂的祖国，依然是破碎的山河、挣扎在死亡线上的人民。诗中“呕出一颗心来，——我在心里”可以体现诗人的爱国情怀。诗人不由得迸着血泪地喊：“这不是我的中华，不对，不对！……我会见的是噩梦，哪里是你？那是恐怖，是噩梦挂着悬崖，那不是你，那不是我的心爱！”

《发现》的感情相当真挚、强烈。这种真挚的感情，正如诗人自我剖白的那样：“我只觉得自己是座没有爆发的火山，火烧得我痛，却始终没有能力炸开那禁锢我的地壳，放射出光和热来。”全篇充溢着的激情像烈马一样横冲直撞地奔跃，像狂瀑一样在急流直下地喷泻，毫无一点修饰。

整首诗在艺术上是颇具特色的。特点之一就是率真的抒情与奇幻的想象相结合。诗人的激动、兴奋、失望、痛苦和追寻，往往是以幻想的形象出现，这样便使得他那一腔爱国热情，焕发出浪漫主义的奇光异彩。特点之二就是它体现了诗人对于新诗格律的追求。《发现》共 12 行，每行 11 字(最后一行：“呕出一颗心来，——在我心里！”破折号处，原为“你”字，这样也是 11 字了。)基本上由一个三字尺(由三字组成的音节)、一个四字尺和两个二字尺组成，既注意“节的匀称、句的均齐”，又保持节奏的和谐一致，这些都体现了诗歌《死水》的艺术风格。

《发现》的构思也十分出色。诗人写回国后的失望和悲愤之情,没有像一般人那样,先写想象中的祖国如何美好,而是一开头就单刀直入,以强烈的悲愤之情把读者紧紧抓住,吸引人去追索、去探求。结尾出人意料地揭示出诗的主题,表现出诗人对祖国忠贞不渝的爱。明代评论家谢榛在《四溟诗话》中说:"凡起句当如爆竹,骤响易彻;结句当如撞钟,清香有余。"《发现》的开头和结尾正具有这样的美感效果。

雪花的快乐

徐志摩

假若我是一朵雪花,
翩翩的在半空里潇洒
我一定认清我的方向——
飞飏,飞飏,飞飏,——
这地面上有我的方向。

不去那冷寞的幽谷,
不去那凄清的山麓,
也不上荒街去惆怅——
飞飏,飞飏,飞飏,——
你看,我有我的方向。

在半空里娟娟的飞舞,
认明了那清幽的住处,
等着她来花园里探望——
飞飏,飞飏,飞飏,——
啊,她身上有朱砂梅的清香!

那时我凭藉我的身轻,
盈盈的,沾住了她的衣襟,

贴近她柔波似的心胸——
消溶，消溶，消溶，——
溶入了她柔波似的心胸！

（选自《志摩的诗》，新月书店 1928 年版）

徐志摩（1896—1931），浙江海宁人，中国现代著名诗人，20 世纪 20 年代中后期到 30 年代初期新月诗派的代表诗人，著有《志摩的诗》、《翡冷翠的一夜》、《猛虎集》、《云游》等诗集。徐志摩热烈追求“爱”、“自由”与“美”，追求“人”与“自然”的“和谐”，他将潇洒空灵的个性和不受羁绊的才华和谐地统一于诗歌中，形成了飞动飘逸的艺术风格。徐志摩总在不拘一格的试验与创造中，追求美的内容与美的形式的统一，以其美的艺术珍品提高着读者的审美力。

这首诗开头的“假若我是”点明抒情主人公雪花的形象即诗人自己。全诗借一朵雪花的言语、行动，写出寻觅中的专注、飘落时的欢乐，婉转地抒发了诗人对心中美好事物热情、勇敢、执著的追求精神。诗中散发着朱砂梅清香的姑娘，不宜狭窄地理解为理想中的爱人，她应是一切美好事物的化身。

在艺术上，诗歌契合了前期新月诗派提出的“三美”主张。全诗四节，各节结构相同而内容略异，显示时间、空间的延续、推移，从而抒写了雪花的形象自上而下、回旋飞扬的动态。诗行每行三顿，节奏舒缓；韵式起伏有致，全诗营构出的是一派轻盈流动的意境。

沙扬娜拉

徐志摩

最是那一低头的温柔，
像一朵水莲花不胜凉风的娇羞，
道一声珍重，道一声珍重，

那一声珍重里有蜜甜的忧愁——
沙扬娜拉！

（选自《志摩的诗》，新月书店1928年版）

诗人徐志摩于1924年5月陪泰戈尔访问日本。这是组诗《沙扬娜拉十八首》中的最后一首。沙扬娜拉，日语"再见"、"珍重"的音译。

也许是受泰戈尔耳提面命之故吧，《沙扬娜拉》这组诗无论在情趣和文体上，都明显受泰翁田园小诗的影响，所短的只是长者的睿智和彻悟，所长的却是浪漫诗人的灵动和风流情怀。诗人在短短的五行诗句中，表达了对日本文化风物的赞美和神往，表现了对日本女郎依依惜别的深情。

诗的伊始，以一个构思精巧的比喻，描摹了少女的娇羞之态。"最是那"三个字，流露出作者由衷的赞叹和赞美。"低头的温柔"与"水莲花不胜凉风的娇羞"，两个并列的意象巧妙地重叠在一起，让人感到一股朦胧的美感透彻肺腑。诗人捕捉到的是女郎道别时的一刹那的姿态，"温柔"，"娇羞"，"蜜甜的忧愁"，准确地传达出少女楚楚动人的韵致，以及诗人的依依惜别的情怀。"蜜甜的忧愁"当是全诗的诗眼，使用矛盾修辞法，不仅拉大了情感之间的张力，而且使其更趋于饱满，可谓是全诗传神之处。从"沙扬娜拉"的道别声中听出"蜜甜的忧愁"，用的是听觉转换成味觉的"通感"手法。

三叠式的互道珍重，情透纸背，浓得化不开水。"沙扬娜拉"是迄今为止对日语"再见"一词最美丽的音译，既是杨柳依依的挥手作别，又仿佛在呼唤那女郎温柔的名字。悠悠离愁，千种风情，尽在不言之中！

本诗十分微妙而逼真地勾勒出送别女郎的形态和内心活动。短短五句，既有语言又有动作，更有缠绵的情意，真是声情并茂，形神兼备。诗人绘态传神的艺术表现手法也就充分突现出来。

无疑，这诗是简单的，但我们又会赞叹它的美丽；其美丽也许正因为其简单吧。诗人的功力正在于以寥寥数语，便构建起一座审美的舞台，将司空见惯的人生戏剧搬演上去，让人们品味其中亘古不变的世道人情！

再别康桥

徐志摩

轻轻的我走了，
正如我轻轻的来；
我轻轻的招手，
作别西天的云彩。

那河畔的金柳，
是夕阳中的新娘；
波光里的艳影，
在我的心头荡漾。

软泥上的青荇，
油油的在水底招摇；
在康河的柔波里，
我甘心做一条水草！

那榆荫下的一潭，
不是清泉，是天上虹
揉碎在浮藻间，
沉淀着彩虹似的梦。

寻梦？撑一支长篙，
向青草更青处漫溯，
满载一船星辉，
在星辉斑斓里放歌

但我不能放歌，

悄悄是别离的笙箫；
夏虫也为我沉默，
沉默是今晚的康桥！

悄悄的我走了，
正如我悄悄的来；
我挥一挥衣袖，
不带走一片云彩。

（选自《猛虎集》，新月书店 1931 年版）

这是徐志摩第二次欧游归来时写下的一首诗，它作于 1928 年 11 月 6 日，发表在《新月》一卷十期上。1918 年 8 月徐志摩赴美留学，修银行学和社会学。后来，他放弃了在哥伦比亚大学唾手可得的博士学位，于 1920 年 9 月 24 日渡大西洋去英国，想师从罗素学习，但罗素已被康桥（剑桥）大学解聘。徐志摩得到狄更生的介绍，取得了特别生的资格，在康桥大学随意听课。1921 年至 1922 年秋，徐志摩在康桥生活了一年，回国时曾写了一首诗《康桥，再会吧》。1925 年 7 月，徐志摩第一次去欧洲旅游，在伦敦再见罗素，回国后写了散文名篇《我所知道的康桥》。1928 年 6 月中旬，他第二次欧游，7 月曾到英国康桥大学叙旧，在归国途中船到中国海上的时候，写下了这首《再别康桥》。诗作以缠绵凄婉的笔调，抒写了诗人对康桥无限留恋和依依惜别的心情，微妙地展露了因“康桥理想”的幻灭而无限哀伤的情怀。

《再别康桥》像一幅赏心悦目的水彩画，诗人用语言的彩笔向读者展现了康桥的风光。作者说过：“一个人要写他最心爱的对象，不论是人是地，是多么使他为难的一个工作！你怕，你怕描坏了它，你怕说过分恼了它，你怕说得太谨慎辜负了它。”徐志摩在这首诗中描写康桥，笔调飘逸潇洒，遣词用字都恰到好处。诗人没有登高临远去作一幅“鸟瞰图”，他既不写康桥周围庄严宏伟的教堂，也不描写蜚声欧洲、风格别具的皇家学院的建筑群，而是抓住康桥的典型景物，着力写康河和康河河畔迷人的自然风光。康河是世界上一条以秀丽著称的河，康桥的性灵也全在这一条河上。

从诗的第二自然小节开始，诗人连用四个小节层次分明地勾画出了康河的妩媚动人：先写河畔的垂柳——在那 4、5 月间的艳丽的黄昏，夕阳的余晖把康河岸边的垂柳镀上了一层金色，那婀娜多姿的柳条儿随风摇曳，她的倩丽的倒影在潋滟的水波之中，宛若一位娇艳柔美的新娘……次写河中的水草——在康河清澈的水波里，散布着绿油油的水草，它们随着和风微波轻轻地起伏荡漾，好像在向岸边休憩的人们多情地招手……再写榆荫下的潭水——康河的上游河身曲折多湾，那里有闻名的拜伦潭，传说当年诗人拜伦常在那儿游玩，天上的彩虹穿过榆树浓密的绿荫映入清澈的潭水，彩虹清泉糅杂在一起，潭中五色斑斓，像梦境般的幽美……最后写康河泛舟——康河是美的，在夕阳西下的时刻，如果驾一叶小舟，撑一支长篙，穿过垂柳榆荫，划破水中的霞光彩虹，向着青草更深处漫溯，船儿便缓缓地驶进了一个神奇的境界。当你晚上归来时，天上星光灿烂，水中星火闪烁，连小船儿也载满了一船星辉……诗人描绘康桥的景物，目光不离康河。岸畔拂动的垂柳，河中摇曳的水草，上游清澈的拜伦潭，河上漫溯的轻舟，高处、低处、近处、远处的景物，都被诗人错落有致的绘进一幅画中，画面上不仅物象鲜明，色调柔和，而且非常有层次和透明感。通过诗人精心的描绘渲染，康桥的风貌活生生地展示到读者面前。

《再别康桥》像一支美妙动人的乐曲，诗人一脉深情，唱出了心灵里的歌声。前人指出："作诗本乎情景，孤不自成，两不向背。……景乃诗之媒，情乃诗之胚：合而为诗，以数言而统万形，元气浑成，其浩无涯啊。"（谢榛《四溟诗话》）徐志摩是位感情丰富的诗人，他在《再别康桥》中并不是单纯地歌咏康桥妩媚的自然风光，而是融情入景，用自己的心声去应和大自然。诗中的每一个诗句都染上了诗人的感情色彩。"那河畔的金柳，/是夕阳中的新娘；/波光里的艳影，/在我的心头荡漾。"前两句用拟人化的手法状写夕阳中随风摇曳的垂柳，以新娘作比，绰约动人；后两句诗人不说这"新娘"的艳影在碧波中荡漾，而说波光里的艳影在"我的心头"荡漾，客观景物上浸润着独特的主观感受，作者为康桥黄昏时分迷人景物所倾倒的情态，得到了生动的表现。下一节中的"在康桥的柔波里，/我甘心做一条水草"，同样是抒情味极浓的诗句。徐志摩挚爱康桥的一切，他的激荡不已的情思正显示出他对自然"性灵"的努力追求。在大自然温馨的怀抱中，他仿佛是一个天真无邪的孩童，看到康河的粼粼碧波和油油招摇的水草，他甚至想索性跳下水去，化为一条水草，永远和康河相亲。

《再别康桥》语言轻盈柔和，形式精巧圆熟。诗人将日常的口语作了洗练，却又丝毫不显露出雕琢的痕迹。随着感情的起伏，诗句自然地抒写出来，如清泉流泻，白云漂浮，都有一定的旋律和节奏。"轻轻的我走了，/正如我轻轻的来；/我轻轻的招手，/作别西天的云彩。"诗的起笔那么轻快自然，诗人缓歌曼吟，诗句从心中流出，没有一点艰难困苦之色。连用三个“轻轻的”，既写出了诗人与康桥难以割舍、依恋不尽的细腻感情，也为全诗定下了一个轻柔缠绵的基调。诗的结尾，只将第一节的诗句稍稍变动几个字，进一步深化了离别的情绪，在诗的格调上则保留了原来的旋律和节奏：“悄悄的我走了，/正如我悄悄的来；/我挥一挥衣袖，/不带走一片云彩”。全诗首尾呼应，形式十分完美。

采莲曲

朱　湘

小船呀轻飘，
杨柳呀风里颠摇；
荷叶呀绿盖，
荷花呀人样妖娆。
日落，
微波，
金丝闪动过小河。
左行，
右撑，
莲舟上扬起歌声。

菡萏呀半开，
蜂蝶呀不许轻来，
绿水呀相伴，
纯洁呀不染尘埃。
溪间，
采莲，
摇动了叶上珠圆。
拍紧，
拍轻，

桨声应答着歌声。

藕心呀丝长，
羞涩呀水底深藏，
不见呀蚕茧，
丝多呀蛹在中央？
溪头，
采藕，
女郎要采又夷疑。
波沉，
波生，
波上抑扬着歌声。

莲蓬呀子多，
两岸呀榴树婆娑，
云鹊呀欢噪，
榴花呀落上新罗。
溪中，
采莲，
耳鬓边晕着微红。
风定，
风生，
风飏荡漾着歌声。

升了呀月钩，
明了呀织女牵牛；
薄雾呀拂水，
凉风呀飘去莲舟。
花芳，
花香，
消融入一片苍茫；
时静，
时闻，

虚空里袅着歌音。

(选自《草莽集》,开明书店 1927 年版)

朱湘(1904—1933),安徽太湖人,“新月派诗人”。诗人回国后曾在安徽大学任外国文学系主任。他教书认真,很受学生欢迎,却常和夫人口角,生活不愉快,也极少和同事们来往。他对人热情直爽,但又倔强暴烈,容易轻信于人,更不洞察人情世故,处处上当。因得罪人太多,而后生活一天天窘迫,有时甚至付不起房钱。他常以写诗来抒发自己的愤怒和无奈之情,同时更把自己的理想追求寄托在诗中。其中比较有代表性的就是这首《采莲曲》。诗作写得甜美和谐,表现细腻,气韵舒雅,音节婉转抑扬。在诗的形式上达到这么考究精致的,真不多见。朱湘曾批评过闻一多用字的四个毛病:太文、太累、太晦、太怪。一般地说,能看到别人的毛病,并不等于自己没有同样的毛病。而在这些地方,朱湘在《采莲曲》中都尽量避免了。他的《采莲曲》,形式整齐,却不是豆腐干式的呆板,而是长短参差,错落有致,是有规律可循的变化。写得安详而细腻,将东方人近乎古典式的、富丽的色彩与优雅的音乐熔铸在诗行中。这完全是词曲式的格律,是古诗词在形式上的延伸与变格,但又富有深厚的时代气息。

这首写于 1925 年 10 月 24 日的作品细腻地描绘了江南农家少女采莲时的欢快劳动和初恋时的甜蜜情思。是采莲,还是爱恋?是爱恋,还是采莲?诗人朱湘把采莲和爱恋糅合在一起来加以描写,通过采莲来表现初恋时的“羞涩”和“微红”的心理变化以及甜蜜的情意;反过来又以初恋时的甜蜜来映照采莲的愉快,两者互为衬托,相得益彰。更令人欣喜的是诗人把农家姑娘的初恋写得那样含蓄自然,而又含情脉脉,充分地显示了诗人高超的艺术技巧。寥寥数笔,一个鲜明的艺术形象就呈现在读者的面前:一位美丽的农村少女划着一叶扁舟在溪水中愉快地采莲,“桨声应答着歌声”,她时时思念着心上的人儿,“羞涩呀水底深藏”,“耳鬓边晕着微红”,“虚空里袅着歌音”,千言万语,万般情意都统统融于采莲之中。

《采莲曲》中写的场面是欢乐愉快的,字词甜美、和谐,作者沉浸在理想的美好生活中,怡然自乐。可现实中,他却是一位悲剧性的诗人。自好难洁身,洁身难生存,诗人的悲剧,不是对那个不合理的社会的控诉吗?一个诗人,在黑暗的旧社会,没有同人民找到一个共同的基点,一同笑,一道哭,一起斗争,靠个人奋斗,凭个人意气横冲直撞,难免头破血流。尽管磨难对他太多,他还是在磨难之中暴露了自身的脆弱性;尽管创作的成就并没有带来多大的荣誉,他傲慢,孤僻,仿佛胜利全在他的掌握中。后来这悲剧的果实,社会原因是种子,诗人自身的弱点不同样也是酿成悲剧的因素之一吗?凡此种种,对于今天的诗坛,也提出了有益于我们思考的问题。

自己的歌

陈梦家

我挝醉了我的心胸掏出一串歌——
血红的酒里渗着深毒的花朵。
除掉我自己,我从来不曾埋怨过
那苍天——苍天也有它不赦的错。

要说人根本就没有一条好的心,
从他会掉泪,便学着藏起真情;
这原是苍天的错,捏成了人的罪,
一万遍的谎话挂着十万行的泪。

我赞扬过苍天,苍天反要讥笑我,
生命原是点燃了不永明的火,
还要套上那铜钱的枷,肉的迷阵,
我捧起两条腿盲从那豆火的灯。

挤在命运的磨盘里再不敢作声,
有谁挺出身子挡住掌磨的人?
黑层层的煤灰下无数双的粗手,
榨出自己的血甘心酿别人的酒。

年轻人早已忘记了自己的聪明,
在爱的戏台上不拣角色调情;

那儿有个司幕的人看得最清楚，
世上那会有一场演不完的糊涂？

我们纤了自己的船在沙石上走，
永远的搁浅，一天重一天——肩头，
等起了狂风逆吹着船，支不住腿，
终是用尽了力，感谢天，受完了罪。

在世界的谜里做了上帝的玩偶，
最痛恨自己知道是一条刍狗；
我们生，我们死，我们全不曾想到
一回青春，一回笑，也不值骄傲。

我是侥幸还留存着这一丝灵魂，
吊我自己的丧，哭出一腔哀声；
那忘了自己的人都要不幸迷住
在跟别人的哭笑里再不会清苏。

我像在梦里还死抓着一把空想：
有人会听见我歌的半分声响。
但这终究是骆驼往针眼里钻，
只有让这歌在自己心上回转。

我挝醉了我的心胸掏出一串歌——
血红的酒里渗着深毒的花朵。
一遍两遍把这歌在我心上穿过。
是我自己的歌，从来不曾离开我。

（选自《梦家诗集》，新月书店 1931 年版）

陈梦家（1911—1966），曾使用笔名陈慢哉，浙江上虞人，后期新月派重要诗人。《自己的歌》是陈梦家青年时代的早期作品，后收在《梦家诗集》里。他的诗以描写爱情和景物为题材，多为抒情小诗，而《自己的歌》直接反映社会、人生问题，具有较强的思想性。这与当时青年人善于探索人生、了解社会有着密切的联系。

《自己的歌》全诗共有10节，它并不是自己的赞歌、欢歌，而是对于自己的、也是对于社会的赞歌、怨歌。前5节揭露了黑暗社会里人们的虚伪与糜烂、欺骗与糊涂。诗中从“怨己”开始，“除掉我自己，我从来不曾埋怨过”，然后层层推进到“怨天”。“我赞扬过苍天，苍天反要讥笑我”；怨命运“挤在命运的磨盘里再不敢作声”；怨社会“世上那会有一场演不完的糊涂”。他埋怨自己，因为自己原先没有认识虚伪的社会，没有识破“人根本就没有一条好的心”；他埋怨苍天，且苍天“捏成了人的罪”；他埋怨命运把人推进这个“戏台”一样的社会，除了“司幕的人看得最清楚”以外，谁都在这个“戏台上不拣角色调情”。

后5节是要人们认识处于黑暗社会中的自己，唤起人们的醒悟。自己要不仅满足于“一回青春，一回笑”，不然，就会成为“上帝的玩偶”和“一条刍狗”。并且要有独立的人格，不能陷落在“别人的哭笑里”。梦里不能有那种像“骆驼往针眼里钻”的愚蠢念头。最后一节是与首节相呼应的。强调完全属于自己的只有“自己的歌”。

陈梦家在诗歌创作上曾就教于闻一多和徐志摩，因而颇受他们诗歌创作及理论的影响，十分重视诗歌创作的技巧和格律。《自己的歌》通过丰富的想象，运用了大量形象、生动的比喻表达了诗人对于黑暗、腐朽社会的诅咒的思想感情，具有较强的社会性和一定的进步意义。本诗在格律上十分讲究，始终四句一节，而且大体上比较整齐；从韵律上看，每句都押韵，两句一换韵，和谐而且有节奏感。但全诗有一个很大的局限性，即情调过于低沉消极、悲观。

弃　妇

李金发

长发披遍我两眼之前，
遂隔断了一切羞恶之疾视，
与鲜血之急流，枯骨之沉睡。
黑夜与蚊虫联步徐来，

越此短墙之角，
狂呼在我清白之耳后，
如荒野狂风怒号：
战栗了无数游牧。

靠一跟草儿，与上帝之灵往返在空谷里。
我的哀戚唯游蜂之脑能深印着；
或与山泉长泻在悬崖，
然后随红叶而俱去。

弃妇之隐忧堆积在动作上，
夕阳之火不能把时间之烦闷
化成灰烬，从烟突里飞去，
长染在游鸦之羽，
将同栖止于海啸之石上，
静听舟子之歌。

衰老的裙裾发出哀吟，
徜徉在丘墓之侧，
永无热泪，
点滴在草地
为世界之装饰。

（选自《微雨》，北新书局 1925 年版）

李金发（1900—1976），原名李淑良，笔名金发，广东梅县人，20 世纪 20 年代象征派代表诗人。《弃妇》是一首典型的象征主义诗作，也是李金发的代表作。“五四”退潮后，受过新思潮冲击的敏感的文学青年，开始从狂热的高歌呐喊转向苦闷彷徨。象征主义诗人逃避现实的以幻想为真实、以忧郁为美丽的“世纪末”思想开始出现。最突出地体现了早期象征主义诗歌的思想内容和艺术特色而又明显地留下了对法国象征派诗人“移植”痕迹的，就是被称为“诗怪”的诗人李金发。

《弃妇》使用了富有感染力的意象和新颖独特的比喻，来刻画弃妇这一突出而鲜明的形象。在这首诗里，诗人通过弃妇披散在两眼之前的长发和“衰老的裙裾”以及内心的隐忧与哀戚，展示出这位被世人所抛弃的妇女的深哀剧痛。诗的前两节以弃妇的口吻诉说自己的悲惨命运：被逐出家门后，只能露宿荒野，在断墙颓垣间苟且栖身，已完全厌倦人世了。于是，以披散在两眼之前的长发为屏障，来隔断丑恶人间向“我”投来的羞恶嫉视和一切尔虞我诈的流血争斗。但每当黑夜，“我”的心就如惊弓之鸟，惶恐不安，生怕有灾祸袭来。即使是细小的蚊虫鸣声，于“我”也似那种无数游牧战栗的荒野狂风怒号。在孤苦无助的处境中，唯求上帝之灵来怜悯抚慰“我”了，否则，“我”只有随山泉和红叶撒手而去。后两节突然改变了人称，以旁观者的视角写弃妇的“隐忧”和“哀吟”。她度日如年，尽管黑夜将至，一整天的“烦闷”也不能化为灰烬飘散，仍郁结在心底。这样还不如死去的好，让灵魂随游鸦之羽飞向天际，或者飘向海滨，逍遥地静听船夫的渔歌。最后一节写弃妇哀吟着“徜徉在丘墓之侧”，热泪早已干涸，只有心里的血泪点滴在草地，“装饰”这丑恶、冷酷的世界。

联系李金发在国外留学时期遭歧视打击和所受爱情创伤以及象征派诗歌宣泄的悲观厌世、消极颓废思想的浸染，可以领悟到这首诗有更深的内涵。在弃妇的形象上，诗人是寄寓了包括自己在内的许许多多被不公道的社会所遗弃的人的悲哀、惶恐、孤独与厌世的情绪的。可以说这是一首人生命运的悲歌。

《弃妇》这首诗有个很重要的特点，那便是奇特的想象。诗开头一段写夜幕降临，寄身颓墙断垣的弃妇顿生惶恐之感，如惊弓之鸟屏息凝神地倾听四周的动静，清细的蚊虫叫声在她听来也如“狂呼”那样惊心动魄。蚊虫的鸣声用“狂呼”来形容已属夸张，而由此联想到“如荒野狂风怒号：战栗了无数游牧”，这联想就更奇特了。而这正好表现了弃妇担惊受怕、预感到灾祸袭来的恐惧心理，浓重地渲染出笼罩在弃妇心头的孤苦无助的氛围。

这首诗具有一般象征诗“别开生面”的章法，即打破了语法逻辑的规范，在意象与意象、词语与词语之间存在着跳跃性。

李金发自称“爱秋梦与美女之诗人”、“以为能够崇拜女性美的人，是有生命统一之快感的人。能够崇拜女性美的社会，就是较进化的社会”。或许这就是他采用“弃妇”这一意象的原因吧。“美丽”被抛弃、被毁灭，这何止是痛呀！

苍白的钟声

穆木天

苍白的　钟声　衰腐的　朦胧
疏散　玲珑　荒凉的　蒙蒙的　谷中
——衰草　千重　万重——
听　永远的　荒唐的　古钟
听　千声　万声

古钟　飘散　在水波之皎皎
古钟　飘散　在灰绿的　白杨之梢
古钟　飘散　在风声之萧萧
——月影　遥遥　遥遥——
古钟　飘散　在白云之飘飘

一缕一缕　的　腥香
水滨　枯草　荒径的　近旁
——先年的悲哀　永久的　憧憬　新觞——
听一声　一声的　荒凉
从古钟　飘荡　飘荡　不知哪里　朦胧之乡
古钟　消散　入　丝动的　游烟

古钟　寂蛰　入　睡水的　微波　潺潺
古钟　寂蛰　入　淡淡的　远远的　云山
古钟　漂流　入　茫茫　四海　之间
——暝暝的　先年　永远的快乐　辛酸

软软的　古钟　飞荡随　月光之波
软软的　古钟　绪绪的　入　带带之银河

——呀　远远的　古钟　反响　故乡之歌——
渺渺的　古钟　反映出　故乡之歌
远远的　古钟　入　苍茫之乡　无何

听　残朽的　古钟　在灰黄的　谷中
入　无限之　茫茫　散淡　玲珑
枯叶　衰草　随　呆呆之　北风
听　千声　万声——朦胧　朦胧——
荒唐　茫茫　败废的　永远的　故乡　之　钟声
听　黄昏之深谷中

(选自《旅心》,创造社出版部 1927 年版)

穆木天,一个自称是"一个永远的旅人","寂寞是他的心影"的诗人,在诗歌中总流露出忧郁、伤感的情调。这主要跟诗歌是诗人的思想感情与外界物象的相互融合有关。作者是一个具有丰富阅历的人。1931 年加入左翼作家联盟,发起中国诗歌会。1933 年创办《新诗歌》,提倡"捉住现实,歌唱新世纪的意识"、"使诗歌成为大众的歌调"等口号,对新诗有很大影响。《苍白的钟声》,这首作于 1926 年的作品,是一名进步知识分子面对农村衰败景象的心境的淋漓尽致地抒写。

"钟声",应该是许多骚人墨客的所爱,不管是从玩味的情趣还是从赞赏的情趣入笔,也不管是描写悠扬、洒脱的钟声或是激越、昂扬的钟声,都有不少作品。而这首《苍白的钟声》则是把钟声描写得了无生机,在诗的每一节,作者都用他的不同视角去触及和反映那钟声的残朽与衰落。

作者分六节描写,作者将自己的视角从实境引向虚幻。在诗中的前四节,渲染着一种沉重、哀婉而又无可奈何的氛围。在第一节着意渲染出一点:苍白的钟声。飘荡在荒凉蒙蒙的山谷中,四周是"衰草　千重　万重",接下来三节则将四周景象进一步扩展。让钟声在"风声、月影、水面、树梢、坟墓、游烟、山间还有东海"之中飘散。第五节中,视角已经进入虚幻之境,写钟声随月光之波飞入银河。月宫与银河,曾有不少美丽、动人,富有浪漫色彩的传说,然而这首诗沉重的钟声、沉重的心境使传说中的浪漫境界没有出现。遥遥天宇中,回荡着的依旧是古钟,依旧是故乡之歌:"呀,永远的……无何",诗人又重新将诗境拉回现实,在第六节更加浓重的气氛中结束全文,使残朽、无奈的气氛表现得鲜明、强烈,达到较强艺术

效果。一切意境都恰如其分地表现出钟声的苍白,只是觉得有几句字词有点生涩,比如"水波之皎皎"、"风声之萧萧"等。语言不够精练,这可能是 20 年代白话新诗的特点或不足。

第一遍读这首诗,最明显的感觉就是诗的节奏把握得恰到好处。诗作将音节尽量拉开,与散缓飘散的钟声具有契合一致的节奏感、韵律感。可从直观上感觉到滞缓的钟声,从而感受到当时中国生活节奏之延续的荒诞与难以忍受。尤其是最后的"荒唐 茫茫 败废的 永远的 故乡 之 钟声/听 黄昏之深谷中"更使人产生捣毁这古钟,奏起新生活号角的冲动。诗作一般都有其象征意义或其意境,这首也不例外。作者描写古钟之声的飘摇,从而展现中国当时的社会现实。

"苍白的钟声",要的不是人们的"同情",而是希望通过那冗长飘摇的钟声去敲醒沉睡的人们去开始新的生活!

我从 café 中走来……

王独清

我从 café 中走来,
身上添了
中酒的
疲乏,
我不知道
向哪一处走去,才是我底
暂时的住家……
啊,冷静的街衢,
黄昏,细雨!

我从 café 中走来,
在带着醉
无言地
独走,

我底心内
感着一种,要失去故国的
浪人底哀愁……
啊,冷静的街衢
黄昏,细雨!

(选自《圣母像前》,光华书局1926年版)

王独清(1898—1940),陕西长安人。一个贵族浪漫主义诗人,一个追求纯诗的象征主义诗人。

那阴湿的黄昏,酒后的疲乏对应着游子的乡思和生存的困惑。《我从café中走来……》正表现出了诗人若断若续的思绪和醉后起伏跌宕的内心的哀愁。

全诗把语句拆散,运用参差不齐的韵律,构成一首错综杂合的诗,其中有象征派的氛围,也有浪漫派的情调,有古典士大夫式的颓废感,更有属于现代浪子的无家可归感。

"冷静的街衢","黄昏的凄凉","细雨"的绵绵不断,加之"中酒的"困惑、昏眩,可以说把海外游子"失去故园的","浪人底哀愁",点染得淋漓尽致。但这显然不是这首诗打动人的底蕴,它在此只是提供了一些零碎的意象,或者是一些模糊游移的情绪。我们透过这外在的意象,感受到那种氛围的铸造和语言的回环重叠的结合。

首先,诗着力勾勒的是人物醉酒后的印象世界。酒本身的朦胧效果,对印象世界的闪烁迷离营造了一种不同凡响的氛围,让读者不再停留在现实的表面,而努力去体会这背后更隽永的东西。

其次,本诗叠字叠句的运用,逐渐地将全文提升为一种回环复沓的情调结构。诗第一句与末两句在两节诗中完全相同,两节诗中其余行的字数也相同。第二行与第五行押韵,第三、六行押韵,第四、七行押韵。表面参差不齐的诗行正表现出诗人高低不平的情绪,而两节的重复回环终将诗组合成一种一贯的音调与旋律。

本诗宣泄了一种醉后断续的、起伏的状态,但最动人之处仍是这种回环不绝的情调。这种情调把外在的氛围与诗人内在的病态体验,把醉后的印象与个人的遭遇结合在一起,使诗具有了极深远的底蕴。它既有对过去没落贵族生活的凭吊,也有对现代都市中颓废生活的悲哀,更有进入现代社会初始,人的漂泊不定和无家可归感……

《我从 café 中走来……》正体现了伤感、悲哀的叹息与圆润的音乐美的统一。它是一首世纪末的挽歌,又是一首现代浪子飘零、苦闷的心曲。

哀中国

蒋光慈

我的悲哀的中国,
我的悲哀的中国,
你怀拥着无限美丽的天然,
你的形象如何浩大而磅礴!
你身上排列着许多蜿蜒的江河,
你身上耸峙着许多郁秀的山岳。
但是现在啊,
江河只流着很呜咽的悲音,
山岳的颜色更惨淡而寥落!

满国中外邦的旗帜乱飞扬,
满国中外人的气焰好猖狂!
旅顺大连不是中国人的土地么?
可是久已做了外国人的军港;
法国花园不是中国人的土地么?
可是不准穿中服的人们游逛。
哎哟,中国人是奴隶啊!
为什么这般地自甘屈服?
为什么这般地萎靡颓唐?

满国中到处起烽烟,
满国中景象好凄惨!
恶魔的军阀只是互相攻打啊,
可怜的小百姓的身家性命不值钱!

卑贱的政客只是图谋私利啊，
哪管什么葬送了这锦绣的河山？
朋友们，提起来我的心头寒，——
我的悲哀的中国啊！
你几时才跳出这黑暗之深渊？

东望望罢，那里是被压迫的高丽；
南望望罢，那里是受欺凌的印度；
哎哟，亡国之惨不堪重述啊！
我忧中国将沦于万劫而不复。
我愿跑到那昆仑之高巅，
做唤醒同胞迷梦之号呼；
我愿倾泻那东海之洪波，
洗一洗中华民族的懒骨。
我啊！我羞长此沉默以终古！

易水萧萧啊，壮士吞仇敌；
燕山巍巍啊，吓退匈奴夷；
回思往古不少轰烈事，
中华民族原有反抗力。
却不料而今全国无生息，
大家熙熙然甘愿为奴隶！
哎哟，我是中国人，
我为中国命运放悲歌，
我为中华民族三叹息。

寒风凛冽啊，吹我衣；
黄花低头啊，暗无语；
我今枉为一诗人，
不能保国当愧死！
拜伦曾为希腊羞，
我今更为中国泣。
哎哟，我的悲哀的中国啊！

我不相信你永沉沦于浩劫，
我不相信你无重兴之一日。

(选自《战鼓》，北新书局 1929 年版)

蒋光慈(1901—1931)，早期无产阶级文学代表作家。《哀中国》一诗作于 1924 年 11 月，当时蒋光慈从苏联回国不久。他于 1922 年在苏联加入中国共产党，接受了俄国十月革命新思想的熏陶。回国时他饱含革命激情，却由于目睹祖国现实中的黑暗，流露出一些失望与惆怅的情绪，但没有因此消沉和放弃理想。他用自己的笔不停地战斗着，对黑暗进行无情的抨击和斗争，并且呼唤中国民众的觉醒。凡此种种，均能在《哀中国》中得以体现。诗作明显受拜伦《哀希腊》的影响。

《哀中国》一诗所表现的对中国现状的种种情感，一目了然。这便在于该诗独特的语言艺术。《哀中国》并没有将全诗落于"哀"字上，恰恰相反的是，更加突出表现了哀中产生的愤怒，由愤怒产生的决心。高昂的斗志并没有在黑暗中从此隐没，这一点，贯穿全诗，使得该诗不至于变成如对死者的哀悼之词。

全诗以两句"我的悲哀的中国"开始，直截了当，并且能引人关注和思考：为什么悲哀？怎么个悲哀法？而诗人紧接着先描写昔日祖国的美丽、浩大磅礴，接下去却以黑暗现状加以对比，情感急剧转变。

第二章节诗人通过一些事物描写，有实有虚，而较于第一章节，由宏观情感转入微观细节描写，通过对"外邦的旗帜"、"外人的气焰"、中国国土沦陷的描写，表明当时中国的状况，但并非平铺直叙，诗人用反问句和转折词"可是"，爱憎情感非常鲜明。

"哎哟，中国人是奴隶啊！"充分表达了诗人对当时中国民众缺乏反抗意识的怒其不争。该章节末尾用两个疑问句，提出问题。而接下来的第三章节中，以似答非答、未答却已答的形式说明原因：恶魔的军阀只是互相攻打啊，政客只是图谋私利啊。重在对当时军阀混战的抨击和嘲讽，嘲讽他们的卑微和无知。末尾两句，前句照应开头，形成回环之势；后句是诗人自设的疑问，也是千千万万爱国者共同的疑问，其中满含着的是惆怅和渴望。

第四章节，开头以高丽和印度的现状来加以警示，呼号中国民众从此振奋，引发全民众的危机感。接下几句，写诗人自己在亡国危机下对中国民众的奴性所表现出来的愤懑。

第五章节，诗人以中华民族的英雄典故和对中原人民奋力击退匈奴保家卫国的赞美，对当时中国民众的奴性提出了强烈的呵斥，并油然发出无可奈何的悲叹。相对第四章节，涉及周边国家现状和中国加以对比的横向描写，第五章节运用了古今对比的纵向描写，使文章跨度大，充分利用到了时空转换给诗带来的跳跃感。

第六章节是结尾章，诗人从自己出发写，将祖国与自己的命运关联和拜伦与希腊的命运关联相比较，抒发了自己无以保家卫国的亦羞亦耻感。随之又以“哎哟，我的悲哀的中国啊”照应题首。“我不相信你永沉沦于浩劫/我不相信你无重兴之一日”两句，以诗人亦愤亦坚决的态度，表达了对中国复兴的强烈愿望和信心，使诗的感情基调再度转向。

总的来说，该诗结构紧密，环环相扣，情感波澜起伏，内容有宏有微，有张有弛，纵横古今，节奏快慢交错，发人深省，又激人向上，是一个真正爱国者和革命家的心声和呐喊。

别了，哥哥

(算作是向一个 Class 的告别词吧！)

殷　夫

别了，我最亲爱的哥哥，
你的来函促成了我的决心，
恨的是不能握一握最后的手，
再独立地向前途踏进。

二十年来手足的爱和怜，
二十年来的保护和抚养，
请在这最后的一滴泪水里，
收回吧，作为恶梦一场。

你诚意的教导使我感激，
你牺牲的培植使我钦佩，

但这不能留住我不向你告别，
我不能不向别方转变。

在你的一方，哟，哥哥，
有的是，安逸、功业和名号，
是治者们荣赏的爵禄，
或是薄纸糊成的高帽。

只要我，答应一声说，
“我进去听指示的圈套”
我很容易能够获得一切，
从名号直至纸帽。

但你的弟弟现在饥渴，
饥渴着的是永久的真理，
不要荣誉，不要功建，
只望向真理的王国进礼。

因此机械的悲鸣扰了他的美梦，
因此劳苦群众的呼号震动心灵，
因此他尽日尽夜地忧愁，
想做个 Prometheus 偷给人间以光明。

真理和愤怒使他强硬，
他再不怕天帝的咆哮，
他要牺牲去他的生命，
更不要那纸糊的高帽。

这，就是你弟弟的前途，
这前途满站着危崖荆棘，
又有的是黑的死，和白的骨，
又有的是砭人肌筋的冰雹风雪。

但他决心要踏上前去，
真理的伟光在地平线下闪照，
死的恐怖都辟易远退，
热的心火会把冰雪溶消。

别了，哥哥，别了，
此后各走前途，
再见的机会是在，
当我们和你隶属着的阶级交了战火。

（选自《拓荒者》，1930 年第 4、5 期合刊）

殷夫（1910—1931），浙江象山人，原名徐柏亭，笔名殷夫、白莽等，中国无产阶级的优秀诗人。《别了，哥哥》是诗人投身革命之后所作的著名诗篇，写于 1929 年“四一二”事变两周年。那时，19 岁的诗人已经经历了 1927 年“四一二”和 1928 年夏的两次被捕。第二次出狱后，殷夫离开了同济大学，专门从事共青团和青年工人运动的工作，过着职业革命家的极端穷困生活，并断绝了与家庭的联系。

殷夫有三个哥哥、两个姐姐。大哥徐培根比殷夫大 15 岁，早年就读于杭州陆军小学堂，参加过辛亥革命的“学生队”，以后又入保定军校和北京陆军大学，父亲逝世后，大哥任杭州的浙军中校参谋，负起兄长的责任，对幼弟倍加照顾，将弟弟送到上海读中学。所以殷夫在诗中开头就称：“别了，我最亲爱的哥哥”，“二十年来手足的爱和怜，/二十年来的保护和抚养”，对哥哥过去诚意的教导表示感激。1927 年“四一二”事变前夕，大哥已是显赫一时的蒋介石北伐军总司令部的参谋处长，使殷夫能从他那里探听到事变即将发生的消息，但当殷夫接受上级领导的任务，再去司令部找他时，司令部已离开上海。第二天，就发生“四一二”事变，殷夫在浦东中学，被一位国民党员告密，逮捕入狱三个月，几乎被枪决，后经大哥保释出狱。1928 年，大哥去德国留学之前，资助倔强的弟弟进上海同济大学德文补习班。哥哥想按照自己的愿望改变弟弟的理想，走他同一的道路——这就是殷夫诗中所揭示出的“在你的一方，哟，哥哥，/有的是，安逸、功业和名号，/是治者们荣赏的爵禄，/或是薄纸糊成的高帽”。随着 1927 年“四一二”事变的发生和中国革命的深入，昔日统一战线中的同盟者变成篡夺革命成果的敌对力量，戴着纸糊高帽的统治者成了屠杀人民

的元凶。统治阶级刮起的血雨腥风以及政治目标的完全不同，导致了连接着兄弟情谊的纽带的断裂。殷夫在1928年第二次被捕入狱后几个月接到大哥从德国传来的信，——“你的来函促成了我的决心”。年轻的诗人在深情地回顾“二十年来手足的爱和怜”，既写了有浓厚手足之情的大哥对他的爱抚与培植，更抒发了面临严酷现实的感慨：“机械的悲鸣扰了他的美梦”、“劳苦群众的呼号震动心灵”，对哥哥的来信“相劝”，作了断然的回答，他不能听从哥哥“指示的圈套”，尽管那很容易获得一切的赐予——“从名号直至纸帽”。

《别了，哥哥》是一首一个阶级向另一个阶级诀别的宣言。他用铿锵的声音断然回答：决不要那“纸糊的高帽”和“荣誉”的“名号”，宣告与旧世界的彻底决裂；他要做普罗米修士，“不怕天帝的咆哮”，不怕“黑的死，和白的骨”，只望为劳苦群众的解放——“向真理的王国进礼”！

两年以后，1931年2月7日，年轻的诗人以生命和鲜血履行了他19岁时写下的战斗誓言。

茫茫夜（节选）

蒲　风

二

沙……沙……沙……，号号号！
汪……汪……汪……，号号号！
母亲，母亲在风声中惊醒，
向着黑暗，她睁大着眼睛；
倾着耳朵，谛听，谛听！
耳朵里，耳朵里旋转着种种声音！
　沙，沙，沙……号，号，号……
　汪，汪，汪……号，号，号……

拾起破烂的被，
她遮住了身边的乖儿，

小孩哇的一声惊醒了
"妈,妈……是什么?
暗,暗……什么都看不见;
妈,妈……我怕!"
"睡吧,宝宝!
快亮了,
不要怕!"
  沙,沙,沙,号号号,
  汪,汪,汪,号号号,
黑暗,大风,狗吠……
母亲想起了青,
想起了她心爱的失踪的儿子。
用着慈爱的心,
母亲一边轻拍着身边的宝宝,
一边低诉着——
"青,儿子,你回来吧,
家里虽然苦,
有我们的双手,总不缺你吃的米,
为什么,为什么你要远离乡里?
是他——那凶恶的兴,
他拿钱放利得罪了你?
是他——那多田的荣,
他抽收租谷触怒了你?
是他——由南洋回来的英,
他有钱买势恼恨了你?
…………
青,儿子,
他们会跟祖宗,风水强,
恨不得他们!恨不得他们!
——何苦和他们作对,青!
有钱有势哪个不怕?
有钱有势哪个不把你恭敬?
归来吧,青!

你没有对他们做什么，
纵是有，看你上代的面上，
他们也会饶赦你的。
在家里，你可以安心做工帮帮家；
你只要安心的做，
菩萨照顾我们，一天三餐哪用怕？
青嫂子也大了，
青，你该当归来呵！
上年，你突的丢弃了家，
你没有告诉我，
对她也没有提及半句话，
她急得暗地里流泪，
她说前世没修今世惩罚她。
据说你和几位同乡跟了穷人军，
你们由此地跑到那地，
又由那城跑到他城；
漫说我家没风水，就是做官，
青，你就不要她，
也不要白发的母亲？
……
唉！黑暗，狗吠，风号……
青，儿子，我想起了你！
……"
沙，沙，沙，号号号，
汪，汪，汪，号号号！

三

沙，沙，沙，
号，号，号
隐隐约约的，风在唱着答歌：
"母亲，母亲，母亲：
再不能屈服此生！
我们有的是力，有的是热血，

我们有的是万众一心的团结；
我们将用我们的手，
建造一切，建造一切！
为什么我们劳苦了整日整年
要饱受饥寒，凌辱，打骂？
为什么他们整年饱吃寻乐？
我们却要永远屈服他？
为什么天灾人祸年年报？
为什么苛捐杂税没停过？
为什么家家使用外国货？
为什么乞丐土匪这么多？
为什么？……
为什么？……
农田里我们使用犁耙，
工厂里我们转动机车，
木匠，泥水……我们一群，
谁说不是有力的创造者？
靠着我们的手，
什么也能够进行，
母亲，母亲，不要惊！
为着我们大众我离开了家，
为着我们的工作离开了你和她！
母亲，母亲，别牵挂！”
号号号，沙沙沙！
号号号，沙沙沙！
（选自《茫茫夜》，上海国际编译馆 1934 年版）

蒲风（1911—1943），原名黄日华，广东梅县人，中国诗歌会代表诗人。在整个三四十年代，与现实主义为主流的文学思潮相对应，现实主义诗歌也占据新诗主潮的地位，其中蒲风与中国诗歌会为推进中国新诗现实主义诗潮的发展作出了应有的贡献。中国诗歌会成立于 1932 年 9 月，是由“左翼”诗歌组发起的诗人团体，其主要成员有蒲风、穆木天、杨骚、任均、柳倩、王亚平、温流等。它是现代诗歌史上第一个有组织、有纲领的革命

诗歌团体。该会的使命在于廓清当时诗坛的绮靡之风,加强诗与时代、与人民的联系,及时反映人民群众日益高涨的反帝爱国和争取民主的斗争,高扬“五四”以来的革命现实主义精神。该会还积极提倡诗歌的大众化运动,出版“歌谣专号”、“创作专号”,从理论到实践积极探索诗歌的大众化问题。

中国诗歌会里最活跃最有成就的诗人蒲风,1911 年 9 月 9 日出生于一户贫苦农民家庭里,中学阶段就加入共产主义青年团,亲眼目睹大革命的兴起及失败过程,经历过梅县农民的武装暴动,参加过家乡农民打土豪的行动,这为他后来的农村题材诗歌创作奠定了坚实的生活基础。因此,反映农村的黑暗现实,描写农民痛苦生活以及他们的觉醒、反抗和斗争,就成了蒲风诗歌创作的一个重要内容。其诗集《茫茫夜》和长篇叙事诗《六月流火》等,就是写这类主题的代表作品。

叙事长诗《茫茫夜》着重反映现实生活中光明与黑暗的搏斗,描绘了被压迫、被剥削的农民的痛苦和他们的反抗斗争。诗中写的是在狂风大作、乌云翻滚的黑夜里,一位母亲对“失踪”儿子的深情呼唤与怀念。诗中的母亲是个迷信、善良而尚未觉醒的劳动妇女,她不理解自己的儿子“青”为什么参加“穷人军”,深夜里用她慈爱的心呼唤着儿子早早归来,但她在狂风里,隐隐约约听到了风在回答:母亲,母亲,母亲,/再不能屈服此生!/我们有的是力,有的是热血,/我们有的是万众一心的团结;/我们将用我们的手/建造一切,建造一切!/为什么我们劳苦了整日整年,要饱受饥寒,凌辱,打骂?/……为着我们大众我离开了家,/为着我们的工作离开了你和她,/母亲,母亲,别牵挂!

《茫茫夜》让我们看到了严酷的农村现实、惨重的阶级压迫,以及不甘于受压迫受凌辱而奋起反抗的农村青年的坚定意志。儿子“青”正是个觉悟的革命者,他离家参加了“穷人军”,为了大众的解放而进行着斗争。诗篇结尾运用象征手法揭示农村日益尖锐的阶级对立必然引发革命斗争的历史必然性,以及广大农民必然由自发走向自觉的历史性转变。长诗通过母子对话的形式,凭借环境气氛的渲染,采用断句、短行、重叠所造成的节奏效果,读来真切动人,不仅催人泪下又使人精神亢奋。正因为有了千百万人的觉醒,就有了改天换地的力量,就能在“黑暗中诞生光明”,这就是《茫茫夜》真正想表达给读者的精神。

老　马

臧克家

总得叫大车装个够，
它横竖不说一句话，
背上的压力往肉里扣，
它把头沉重地垂下！

这刻不知道下刻的命，
它有泪只往心里咽，
眼里飘来一道鞭影，
它抬起头来望望前面。

（选自《烙印》，开明书店 1934 年版）

臧克家(1905—2003)，山东诸城人，中国现代著名诗人。《老马》描绘的这一匹马，由于生活的折磨而瘦弱不堪，但主人却不断施以重荷，它呢，对这不平和冤屈不说一句话，只是把头沉重地垂下，并且把泪往心里流。这匹有苦，有怒，但无力改变命运的老马，是一个象征，象征的是被压迫在中国最底层的农民。那时的农民，受着地主、官僚资产阶级的剥削压迫，同时又承受着军阀混战、列强入侵所造成的种种灾祸和苦难。作者采用的是忠实于生活的写实手法，具有十分强烈的真实感。诗作首先是细节的真实，其次是总体构思上的真实，诗中描绘的这个忍辱负重、坚忍不拔的形象，正是旧中国农民的真实写照。诗篇渗入了作者自己的思想感情，因而有着强烈的感染力和冲击力。

这八行短诗，从表面上看，写的是一匹负重受压、苦痛无比、在鞭子的抽打之下，不得不向前挣扎的老马。1927 年大革命失败后，诗人对蒋介石政权全盘否定，而对于革命的前途，又觉得十分渺茫。生活是苦痛的，心情是沉郁而悲愤的。这时的思想、情感与受压迫、受痛苦的农民有一脉相通之处，对于“背上的压力往肉里扣”的老马亦然。因此，诗人写老马，

实际上是写了许多受压迫的农民形象,同时也写了诗人自己。借咏物抒情的古诗,多如恒河之沙,有的明明是写物,最后点出主题,是写人,如白居易的《凌霄花》诗。有的从外表看是咏物的,其实也是借咏物发挥诗人的感慨,像杜甫的《瘦马行》和《病马》。萧涤非在注释杜甫的《瘦马行》时说:“是一篇写实而非抒情的作品,一则杜甫极爱马,二则这匹被遗忘的官马和他这时处境有着共同之点,故借马以寄托自己的身世之感。”关于第二篇《病马》,注曰:“这是一篇有寄托的咏物诗,其中有着作者自身的影子。”另外宋代李纲有一首名作《病牛》,也是借一条耕田受压的病牛也表现自己抗金壮志不得伸,反被流放的沉痛之感。

其实,可以用杜甫的《病马》、《瘦马行》和李纲的《病牛》写作情况与寄托,来理解臧克家的这首《老马》,时代各异,而感寓正同。写的既然是病马、病牛、老马,首先要对它们仔细观察,寻出特征,为它们的形象所感动,写出来的诗才能动人。如果仅仅拿它们作为象征性的图解,先有主题,然后拿它们来做标本,是决然写不好,也不会为人所喜爱的。写老马就是写老马本身,读者如何理解,那是读者的事,见仁见智,也不全相同。你说《老马》写的是农民,他说《老马》有作者自己的影子,第三者说,写的就是一匹可怜的老马,应该说都是可以的。

难　民

臧克家

日头坠到鸟巢里,
黄昏还没溶尽归鸦的翅膀,
陌生的道路,无归宿的薄暮,
把这群人度到这座古镇上。
沉重的影子,扎根在大街两旁,
一簇一簇,像秋郊的禾堆一样,
静静地,孤寂地,支撑着一个大的凄凉。
满染征尘的破烂的服装,
告诉了他们的来历,

一张一张兜着阴影的脸皮，
说尽了他们的情况。
螺丝的炊烟牵动着一串亲热的眼光，
在这群人心上抽出了一个不忍的想象：
“这时，黄昏正徘徊在古树梢头，
从无烟火的屋顶慢慢地涨大到无边，
接着，阴森的凄凉吞了可怜的故乡。”
铁力的疲倦，连人和想象一齐推入了朦胧，
但是，更猛烈的饥饿立刻又把他们牵回了异乡。
像一个天神从梦里落到这群人身旁，
一天灰色的影子，手里亮出一支长枪，
一个小声，在他们耳中开出天大的响：
“年头不对，不敢留生人在镇上。”
“唉！人到哪里灾荒到哪里！”
一阵叹息，黄昏更加苍茫。
一步一步，这群人走下了大街，
走开了这异乡，
小孩子的哭声乱了大人的心肠，
铁门的响声截断了最后一人的脚步，
这时，黑夜爬过了古镇的围墙。

（选自《烙印》，开明书店 1934 年版）

《难民》是臧克家第一本诗集《烙印》的第一首诗。闻一多认为《难民》是《烙印》中最“具有意义的诗”之一（《烙印·序》）。《难民》的意义在于它真实、形象地反映了 20 世纪 30 年代初期北方农民的苦难生活，从而揭露了旧中国的黑暗现实。

这首诗分为两部分。诗的前十八行为第一部分，描写一群难民薄暮时光逃难到一座古镇上。这部分又可分为三个层次。开头四句为第一层次，点明难民流落到古镇的时间。第五至十一行为第二层次，勾勒难民的外貌特征，描写难民在古镇的凄凉情景。第十二行至十八行为第三层次，描写难民的心理活动。难民们由薄暮笼罩的古镇上螺丝般的缕缕炊烟，不由得想起故乡屋顶上没有炊烟，凄凉吞灭了故乡。接着，诗人又写难民极度的疲倦使他们进入了梦乡，而饥饿又惊醒他们，从梦中回到异乡，更

感苦不堪言。诗人通过刻画难民的心态和动态，深刻而又具象地展现了旧中国农村的凄凉情景。诗的后十二行为第二部分，写难民被迫离开古镇颠沛流离。古镇上人所说的"年头不对，不敢留生人在镇上"的话，从侧面反映了30年代初北方农村破产所造成的动乱恐怖景象。

诗人善于捕捉生活中的形象，把情感的流向隐蔽在诗的形象里。诗中黄昏景色的渲染，难民满染征尘的古怪的服装、兜着阴影的脸皮的描写，古镇上驱赶难民者的动作、语言的刻画，展现了难民的凄凉、苦难的境况和30年代破产了的北方农村的恐怖景象。

这首诗在艺术表现手法上采用白描写法，真实简练地描写了一群难民在薄暮时光流落古镇到黑夜离开的过程，并不作主观上的说明、抽象的议论，也没有架空的抒情，在读者面前具体地展现了一幅流动的农民悲惨生活的形象图画。

诗人非常注重"炼字"。臧克家曾回忆说：这首诗的第二句开始写作"黄昏里煽动着归鸦的翅膀"，后来又改成"黄昏里还辨得出归鸦的翅膀"，最后定稿时才改为"黄昏还没溶尽归鸦的翅膀"。关于这个"溶"字的好处，他说："请闭上眼睛想一想这样一个景象：黄昏朦胧，归鸦满天。黄昏的颜色一霎一霎的浓，乌鸦的翅膀一霎一霎的淡，最后两者渐不可分，好似乌鸦的黑色被黄昏溶化了。"这个"溶"字传神地写出了黄昏颜色渐浓、溶化万物的情景。此外，这首诗中其他动词，如"扎根"、"支撑"、"兜"、"牵"、"抽"、"徘徊"、"吞"、"推"、"爬"等都用得很传神。

大堰河——我的保姆

艾　青

大堰河，是我的保姆。
她的名字就是生她的村庄的名字，
她是童养媳，
大堰河，是我的保姆。

我是地主的儿子；

也是吃了大堰河的奶而长大了的
大堰河的儿子。
大堰河以养育我而养育她的家，
而我，是吃了你的奶而被养育了的，
大堰河啊，我的保姆。

大堰河，今天我看到雪使我想起了你：
你的被雪压着的草盖的坟墓，
你的关闭了的故居檐头的枯死的瓦菲，
你的被典押了的一丈平方的园地，
你的门前的长了青苔的石椅，
大堰河，今天我看到雪使我想起了你。

你用你厚大的手掌把我抱在怀里，抚摸我；
在你搭好了灶火之后，
在你拍去了围裙上的炭灰之后，
在你尝到饭已煮熟了之后，
在你把乌黑的酱碗放到乌黑的桌子上之后，
在你补好了儿子们的为山腰的荆棘扯破的衣服之后，
在你把小儿被柴刀砍伤了的手包好之后，
在你把夫儿们的衬衣上的虱子一颗颗的掐死之后，
在你拿起了今天的第一颗鸡蛋之后，
你用你厚大的手掌把我抱在怀里，抚摸我。

我是地主的儿子，
在我吃光了你大堰河的奶之后，
我被生我的父母领回到自己的家里。
啊，大堰河，你为什么要哭？

我做了生我的父母家里的新客了！
我摸着红漆雕花的家具，
我摸着父母的睡床上金色的花纹，
我呆呆地看檐头的写着我不认得的“天伦叙乐”的匾，

我摸着新换上的衣服的丝的和贝壳的纽扣，
我看着母亲怀里的不熟识的妹妹，
我坐着油漆过的安了火钵的炕凳，
我吃着碾了三番的白米的饭，
但，我是这般忸怩不安！因为我
我做了生我的父母家里的新客了。

大堰河，为了生活，
在她流尽了她的乳液之后，
她就开始用抱过我的两臂劳动了；
她含着笑，洗着我们的衣服，
她含着笑，提着菜篮到村边的结冰的池塘去，
她含着笑，切着冰屑悉索的萝卜，
她含着笑，用手掏着猪吃的麦糟，
她含着笑，扇着炖肉的炉子的火，
她含着笑，背了团箕到广场上去
晒好那些大豆和小麦，
大堰河，为了生活，
在她流尽了她的乳液之后，
她就用抱过我的两臂，劳动了。

大堰河，深爱着她的乳儿；
在年节里，为了他，忙着切那冬米的糖，
为了他，常悄悄地走到村边的她的家里去，
为了他，走到她的身边叫一声"妈"，
大堰河，把他画的大红大绿的关云长
贴在灶边的墙上，
大堰河，会对她的邻居夸口赞美她的乳儿；
大堰河曾做了一个不能对人说的梦：
在梦里，她吃着她的乳儿的婚酒，
坐在辉煌的结彩的堂上，
而她的娇美的媳妇亲切地叫她"婆婆"
……

大堰河，深爱她的乳儿！

大堰河，在她的梦没有做醒的时候已死了。
她死时，乳儿不在她的旁侧，
她死时，平时打骂她的丈夫也为她流泪，
五个儿子，个个哭得很悲，
她死时，轻轻地呼着她的乳儿的名字，
大堰河，已死了，
她死时，乳儿不在她的旁侧。

大堰河，含泪的去了！
同着四十几年的人世生活的凌侮，
同着数不尽的奴隶的凄苦，
同着四块钱的棺材和几束稻草，
同着几尺长方的埋棺材的土地，
同着一手把的纸钱的灰，
大堰河，她含泪的去了。

这是大堰河所不知道的：
她的醉酒的丈夫已死去，
大儿做了土匪，
第二个死在炮火的烟里，
第三，第四，第五
在师傅和地主的叱骂声里过着日子。
而我，我是在写着给予这不公道的世界的咒语。
当我经了长长的飘泊回到故土时，
在山腰里，田野上，
兄弟们碰见时，是比六七年前更要亲密！
这，这是为你，静静的睡着的大堰河
所不知道的啊！

大堰河，今天，你的乳儿是在狱里，
写着一首呈给你的赞美诗，

呈给你黄土下紫色的灵魂,
呈给你拥抱过我的直伸着的手,
呈给你吻过我的唇,
呈给你泥黑的温柔的脸颜,
呈给你养育了我的乳房,
呈给你的儿子们,我的兄弟们,
呈给大地上一切的,
我的大堰河般的保姆和她们的儿子,
呈给爱我如爱她自己的儿子般的大堰河。

大堰河,
我是吃了你的奶而长大了的
你的儿子,
我敬你
爱你!

(选自《春光》1934 年第 1 卷第 3 期)

艾青(1910—1996),原名蒋海澄,笔名克阿、林壁等,浙江金华人,我国现当代伟大的现实主义诗人。在狱中写成的《大堰河——我的保姆》是艾青的成名作。诗人的同情是广阔的,诗人的赞美也是广阔的,诗人的目光注视着她:大堰河——我的保姆。在那个黑夜沉沉的世界里,诗人的目光诚挚而深沉,她,在诗人的目光里,清晰而明亮。诗人让她的形象立于诗坛,立于中国人民面前,诗人也因此成为一颗耀眼的明星,闪烁在中国的天空。她养育了诗人,也养育了诗人的诗——她的遭遇,她的性格,她的品格,她的情操,她的举手投足,都成为诗人以及诗人的诗的营养。也可以说,一个普通的女性,推出了一个伟大的诗人。而这首诗发表时,诗人还坐在监狱的铁窗之下,那目光仍在注视着故乡的那片土地。这首诗的成功,这首诗在诗坛产生的巨大影响,诗人似乎并没有太去注意,诗人还沉浸在对"大堰河"——自己的养母的怀念之中,还沉浸在对中国妇女命运的关注之中……

诗人出生在中国农村的土地之上,长在"大堰河"的怀中。她的奶汁——她用她的血肉酿成的生命之泉,不仅养育了诗人的身体,也养育了诗人的感情。诗人的出生是艰难的,父母因迷信儿子将来会"克"父母而并不欢迎他出世,这个世界似乎也并不欢迎他出世。而养母"大堰河"把全部的爱给了他。当他到了上学的年龄,离开养母回到亲生父母身边的时候,他感到了父母的陌生,更感到了养母对他的重要。养母的奶汁,可以说注定了诗人一生的命运——正直、善良、淳朴,因而有了更多的艰难和坎坷……

事实证明,诗人写这首诗,是一次历史性的选择。这是诗人把握住了机遇,把握住了悟性,也是诗人把握住了对诗的理解和忠诚。诗人与普通人一样,都有着自己的生活经历。诗人与普通人的不同,就在于诗人能把某种感觉变成艺术,变成诗。

无疑,现实生活为诗人提供了创作的基础。而《大堰河——我的保姆》能成为名篇,还在于诗人杰出的表现能力。

这首诗采用了朴实的写法。因为这首诗要写的是朴实的人、朴实的事、朴实的感情。这首诗,从头至尾,始终围绕着"我"与"她"的关系而写。从"我"所看到的、经历的、感觉的、想到的……来一层一层地写"她"。这样的构思很常见,而这首诗是优秀的代表。

抒情,是这首诗的血液。抒情性,是诗的本质之一。"我"对"她"的感情,在这首诗的诗行间起伏跌宕,催人泪下。这种感情是真实的、朴实的,来源于生活的积蓄。这种感情是生活酿制的酒,醇厚而浓烈。这是这首诗成功的基础之一。这种感情不是走马观花可以得到的,可以理解的。这种感情已成为诗人血肉的一部分,是诗人生命的一部分。因而诗人在抒情之中,抒的是血,而不是水。诗的抒情应该是血的抒情,才能感人至深,具有生命力。

这首诗的抒情有一个重要特色,那就是通过细节的描绘来抒情。这首诗几乎处处有着准确而生动的细节。这些细节极富表现力,是诗人从生活体验中精心选择的结果。这表现出了诗人惊人的观察力和把握能力。而感情,就熔铸于这些精彩的细节之中。

这首诗还有一个重要特色,那就是大量的排比句的运用。诗人运用语言,是根据情绪的需要而设置的。这首诗大量排比句的运用,就是情绪需要的结果。

如:"大堰河,含泪的去了!/同着四十几年的人世生活的凌侮,/同着数不尽的奴隶的凄苦,/同着四块钱的棺材和几束稻草,/同着几尺长方的埋棺材的土地,/同着一手把的纸钱的灰,/大堰河,她含泪的去了。"

《大堰河——我的保姆》这首诗不仅是艾青的成名之作,而且奠定了

艾青以后创作的总的取向。“真、善、美”，成为这总的取向中的重要基石。

雪落在中国的土地上

艾　青

雪落在中国的土地上，
寒冷在封锁着中国呀……

风，
像一个太悲哀了的老妇，
紧紧地跟随着
伸出寒冷的指爪
拉扯着行人的衣襟，
用着像土地一样古老的话
一刻也不停地絮聒着……

那从林间出现的，
赶着马车的
你中国的农夫
戴着皮帽
冒着大雪
你要到哪儿去呢？

告诉你
我也是农人的后裔——
由于你们的
刻满了痛苦的皱纹的脸
我能如此深深地
知道了
生活在草原上的人们的

岁月的艰辛。

而我
也并不比你们快乐啊
——躺在时间的河流上
苦难的浪涛
曾经几次把我吞没而又卷起——
流浪与监禁
已失去了我的青春的
最可贵的日子
我的生命
也像你们的生命
一样的憔悴呀

雪落在中国的土地上，
寒冷在封锁着中国呀……

沿着雪夜的河流，
一盏小油灯在徐缓地移行，
那破烂的乌篷船里
映着灯光,垂着头
坐着的是谁呀?

——啊,你
蓬发垢面的少妇，
是不是
你的家
——那幸福与温暖的巢穴——
已被暴戾的敌人
烧毁了么?
是不是
也像这样的夜间，
失去了男人的保护，

在死亡的恐怖里
你已经受尽敌人刺刀的戏弄？

咳，就在如此寒冷的今夜，
无数的
我们的年老的母亲，
都蜷伏在不是自己的家里，
就像异邦人
不知明天的车轮
要滚上怎样的路程……
——而且
中国的路
是如此的崎岖
是如此的泥泞呀。

雪落在中国的土地上，
寒冷在封锁着中国呀……

透过雪夜的草原
那些被烽火所啮啃着的地域，
无数的，土地的垦殖者
失去了他们所饲养的家畜
失去了他们肥沃的田地
拥挤在
生活的绝望的污巷里：
饥馑的大地
朝向阴暗的天
伸出乞援的
颤抖着的两臂。

中国的苦痛与灾难
像这雪夜一样广阔而又漫长呀！

雪落在中国的土地上，
寒冷在封锁着中国呀……

中国，
我的在没有灯光的晚上
所写的无力的诗句
能给你些许的温暖么?

(选自《北方》，文化生活出版社 1942 年版)

《雪落在中国的土地上》是诗人艾青在武昌写的一首感情真挚的诗。作者从家乡金华来到武昌，想积极投身于革命，但眼前的景象使作者的内心深处感到失望，人们依然沉醉于安逸的生活中，完全没有感觉到战争将要给他们带来灾难；当地权贵仍然生活在纸醉金迷的世界中，仍然靠他们那双利爪向农民们层层盘剥。

农民喜欢安逸的生活，但面对权贵们的压迫，也只是一忍再忍，这使作者感到悲痛。作者对农民有着深厚的感情，“我也是农民的后裔”，足见作者与农民有着千丝万缕的关系，对于中国农民的麻木，作者没有气馁，而是通过其文笔，唤起沉睡的人民，以积极的形态投身于抗战中，与农民们筑起一道坚固的城墙，抵御外敌入侵。

作者在写这首诗时，反复出现“雪落在中国的土地上，/寒冷在封锁着中国呀……”的诗节，这诗节每出现一次，便出现一幅“中国的土地”与之接近的画面。第一幅是：“那从林间出现的，/赶着马车的/你中国的农夫/戴着皮帽/冒着大雪/你要到哪儿去呢?”第二幅是：“沿着雪夜的河流……你/蓬发垢面的少妇”，……这一幅幅画面深沉地揭露了日本帝国主义带来的深重的灾难和痛苦，表现了诗人对人民命运的深切的同情与对祖国前途强烈的忧思：“中国的路/是如此的崎岖/是如此的泥泞呀”。

作者写诗不仅善于抓住事物的外形和本质的特点，而且善于用比喻、联想、象征、比拟等手法，使其诗中之“形”不仅有生命，而且有性格，正如作者自己所说：“给一切以性格，给一切以生命”，给人以“色授神与”，呼之欲出之感。作者认为，“只有在诗人的世界里，自然与生命有了契合……/风、土地、树木，都有了性格”。

作者在诗中多次写到“风”，由于作者心情、经历不同，其“风”的性格特点也不同。《雪落在中国的土地上》中的“风”，因当时国运的衰败，山河

破碎，满目凄零，哀鸿遍野，此时诗人满怀愁苦，报国无门，不知光明在何处，希望在何方，因而其“风”给人凄苦、悲凉之感。这首诗里作者用老妇比风，而老妇的形神的展示，全面描写性的意向，把“寒冷封锁着中国的大地”的困苦艰难异常鲜明的揭示出来了，充满了诗人的忧国哀思。

这首诗对唤醒中国人民起来反抗日本帝国主义侵略有巨大的积极作用，因此这首诗有伟大的时代意义。

我爱这土地

艾　青

假如我是一只鸟，
我也应该用嘶哑的喉咙歌唱：
这被暴风雨所打击着的土地，
这永远汹涌着我们的悲愤的河流，
这无止息地吹刮着的激怒的风，
和那来自林间的无比温柔的黎明……
——然后我死了，
连羽毛也腐烂在土地里面。

为什么我的眼里常含泪水？
因为我对这土地爱得深沉……

（选自《北方》，文化生活出版社 1942 年版）

这首著名的抒情短诗写于抗日战争开始后的 1938 年，当时日本侵略军连续攻占了华北、华东、华南的广大地区，所到之处疯狂肆虐，妄图摧毁中国人民的抵抗意志。中国人民奋起抵抗，进行了不屈不挠的斗争。诗人在国土沦丧、民族危亡的关头，满怀对祖国的挚爱和对侵略者的仇恨，写下了这首慷慨激昂的诗。全诗共两节。第一节用一只鸟儿生死眷恋土地作比喻，表达诗人对祖国的挚爱。诗人用“嘶哑”来形容鸟儿鸣唱的歌喉，并运用一系列意象表达歌唱的丰富内涵：暴风雨打击着土地，悲愤的河流,激怒的风,温柔的黎明——隐喻了祖国大地遭受的苦难,人民的悲愤和激怒,对光明的向往和希冀。诗人借鸟儿死后羽毛腐烂在土地里表达诗人对土地的眷恋,隐含了献身之意。第二节一问一答,诗人直抒胸臆,以"我的眼里常含泪水"的情状,托出了他那颗真挚、炽热的爱国心。在艺术表现上,诗歌写实和象征交织。诗人用写实和象征的手法,描绘了一组鲜明的诗歌意象,分别赋予"大地"、"河流"、"风"、"黎明"不同的象征和暗示意味。土地可以看作繁衍生长了中华民族的祖国大地的象征,"悲愤的河流"、"激怒的风"可以看作中国人民不屈不挠的反抗精神的象征,"林间的无比温柔的黎明"可以看作充满生机的解放区的象征。同时,诗歌具有强烈的抒情色彩。诗人用饱含浓情的诗笔书写抗战现实,歌唱神圣的民族解放战争,诗人更像那只痴情的鸟儿,声嘶力竭之后,连羽毛也腐烂在土地里面。鸟儿对土地的痴情,就是诗人愿为祖国母亲奉献一切的赤子之情。

雨　巷

戴望舒

撑着油纸伞,独自
彷徨在悠长,悠长
又寂寥的雨巷,
我希望逢着
一个丁香一样地
结着愁怨的姑娘。

她是有
丁香一样的颜色,
丁香一样的芬芳,
丁香一样的忧愁,
在雨中哀怨,
哀怨又彷徨;

她彷徨在这寂寥的雨巷，
撑着油纸伞
像我一样，
像我一样地
默默彳亍着
冷漠、凄清，又惆怅。

她默默地走近，
走近，又投出
太息一般的眼光，
她飘过
像梦一般地，
像梦一般地凄婉迷茫。

像梦中飘过
一枝丁香地，
我身旁飘过这女郎；
她默默地远了，远了，
到了颓圮的篱墙，
走尽这雨巷。

在雨的哀曲里，
消了她的颜色，
散了她的芬芳，
消散了，甚至她的
太息般的眼光
丁香般的惆怅。

撑着油纸伞，独自
彷徨在悠长，悠长
又寂寥的雨巷，
我希望飘过
一个丁香一样地

结着愁怨的姑娘。

(选自《小说月报》1928 年 8 月号)

戴望舒(1905—1950),笔名有戴梦鸥、江恩、艾昂甫等,生于浙江杭州,中国现代著名诗人。《雨巷》是诗人戴望舒的成名作,它是一首优美的抒情诗。在浓重的象征色彩的衬托下,诗人曲折幽微的内心世界,赤裸裸地呈现在读者面前。《雨巷》产生于 1927 年的夏天,当时,白色恐怖笼罩全国。彷徨和迷茫,是当时革命青年的主要心绪。而《雨巷》更是表现现实的黑暗和理想的幻灭在诗人心中的投影。在低沉而优美的调子里,一幅梅雨季节的江南小巷的阴沉图景呈现在面前。带着特有的哀伤,诗人把自己放在寂寥的雨巷中,做一个反复彷徨的孤独者。没有声音,没有欢乐,没有阳光,有的只是彷徨和哀怨。这悠长、狭窄而又寂寥的"雨巷",是当时黑暗而沉闷的社会现实的象征。他在孤寂中怀着一个美好的希望,希望自己心中的美好理想能够实现。但是,诗人明显知道,美好的愿望是很难实现的。于是,它转瞬即逝,像梦一样从身旁飘过,如同他笔下那默默离去的女子。留下的,只有自己依然在冷漠、凄清的现实中彷徨,再彷徨。在这里,诗人把握不住理想、不甘心放弃理想的复杂情绪显露无遗。

雨巷中,半路斜伸出来的丁香,带着淡淡的花香味,使诗歌呈现出一种迷离的美境。曾经,李煜也写过一曲关于丁香的《浣溪沙》:"手卷真珠上玉钩,依前春恨锁重楼。风里落花谁是主?思悠悠!青鸟不传云外信,丁香空结雨中愁。回首绿波三楚暮,接天流。"丁香结和雨中愁在这位南唐后主的笔下联结在一起,成了一个哀怨的叹号。丁香结,也就是丁香的花蕾,象征人们的愁心。而在戴望舒的笔下,丁香有了更深的意义。他想象了一个丁香一般地结着愁怨的姑娘,有丁香一样的颜色,丁香一样的芬芳,丁香一样的忧愁。于是,她成了含有忧愁的美好理想的化身,包含着诗人对美的追求,也包含着诗人美好愿望幻灭的痛苦。他曾经说过:"诗是由真实经过想象而出来的,不单是真实的,也不单是想象。"雨中丁香一样的姑娘在诗人的思想影响下,最后消散了,体现了诗人当时理想的幻灭。余恨长留,只有让自己在现实的雨巷中继续彷徨……

诗歌中灰暗的语言,为读者营造出一个伤感的氛围。"愁怨"、"哀怨"、"彷徨"、"寂寥"、"冷漠"、"凄清"、"惆怅"等词语的运用,超越时间和空间的限制,唤起了读者心中的共鸣,造成一种荡气回肠的旋律和流畅的音乐美。里面的寂寞和痛苦,萦绕心头,久久不散。

《雨巷》在新诗中,是一个"忧愁"的文本。诗中表现出来的"丁香"意象、迷离的音乐美和情绪的抑扬顿挫,使它呈现出一种异样的美感。在文学的雨巷中,读者往往不满足于"希望逢着一个丁香一样地结着愁怨的姑娘",而还想企图捉住她,于是,她"像梦中飘过一枝丁香"般飘过我们的身旁,消散在我们的视线中……这,就是它的"愁怨"所在。

我用残损的手掌

戴望舒

我用残损的手掌
摸索这广大的土地:
这一角已变成灰烬,
那一角只是血和泥;
这一片湖该是我的家乡,
(春天,堤上繁花如锦障,
嫩柳枝折断有奇异的芬芳)
我触到荇藻和水的微凉;
这长白山的雪峰冷到彻骨,
这黄河的水夹泥沙在指间滑出;
江南的水田,你当年新生的禾草
是那么细,那么软……现在只有蓬蒿;
岭南的荔枝花寂寞地憔悴,
尽那边,我蘸着南海没有渔船的苦水……
无形的手掌掠过无限的江山,
手指沾了血和灰,手掌粘了阴暗,
只有那辽远的一角依然完整,
温暖,明朗,坚固而蓬勃生春。
在那上面,我用残损的手掌轻抚,
像恋人的柔发,婴孩手中乳。
我把全部的力量运在手掌

贴在上面,寄与爱和一切希望,
因为只有那里是太阳,是春,
将驱逐阴暗,带来苏生,
因为只有那里我们不像牲口一样活,
蝼蚁一样死……那里,永恒的中国!

(选自《灾难的岁月》,星群出版社1948年版)

1942年春,戴望舒在香港被日本宪兵逮捕入狱。在狱中,他受尽酷刑的折磨,但他并没有屈服。在牢狱里写了《我用残损的手掌》等诗篇。这首诗,可分为两个部分。第一部分表现对祖国命运的深切关注:虽然自己的手掌已经"残损",却仍然要摸索祖国"广大的土地",触到的只是"血和灰",从而感觉到祖国笼罩在苦难深重的"阴暗"之中。第二部分写诗人的手终于摸到了"那辽远的一角",即"依然完整",没有为侵略者所蹂躏的解放区,诗人对这块象征着"永恒的中国"的土地,发出了深情赞美。描写沦陷区阴暗,从实处着笔,用一幅幅富有特征的小画面缀连。抒写解放区的明丽,侧重于写意,用挚爱和柔情抚摩,加之一连串亲切温馨气息的比喻,使诗章透现出和煦明媚的色彩。可以说这首诗既是诗人长期孕育的情感的结晶,也是他在困苦抑郁中依旧保持着的爱国精神的升华。

在艺术手法上,这首诗并不回避直接抒发和对事物进行直接评价的陈述方法,但思想情感的表达,主要还是通过形象的构成来实现。运用幻觉和虚拟是创作这首诗的主要手法。诗人在狱中,想象祖国辽阔土地就在眼前,不仅可以真切地看到它的形状、颜色,而且可以感触到它的冷暖,嗅到它的芬芳,这种幻觉的虚拟,强烈地表现了诗人对祖国的真挚情感。诗人在虚拟性的整体形象之中,又对现实事物做了直观式的细节描绘:堤上的繁花如锦障,嫩柳枝折断发出的芬芳,以及长白山的雪峰,夹着泥沙的黄河,岭南的荔枝花等。这一细节描绘正透露了诗人对祖国的眷恋、热爱之情,以及对祖国所遭受的沉重灾难所产生的哀痛。值得注意的是,在直观式的细节描绘之中,诗人还运用"虚拟性想象"的手法:触到水的"微凉",感受到长白山的"冷到彻骨",黄河水"夹泥沙在指间滑出",都是直观式描绘中存在的想象与虚拟,是诗的开头"我用残损的手掌摸索"这一幻觉的具体化。至于写到蘸着"没有渔船的苦水","手指沾了血和灰,手掌粘了阴暗",以及在写到对解放区的热爱时,说手掌轻抚"像恋人的柔发,婴孩手中乳",则是在想象性的虚拟中,结合着隐喻和明喻。尤其是"像恋

人的柔发,婴孩手中乳"这一比喻的贴切,包含的感情的丰富性,一再受到人们的称赞。

断　　章

卞之琳

你站在桥上看风景,
看风景人在楼上看你。

明月装饰了你的窗子,
你装饰了别人的梦。

(选自《鱼目集》,文化生活出版社 1935 年版)

卞之琳(1910—2000),曾用笔名季陵,祖籍江苏溧水,生于江苏海门。论诗者大都把卞之琳的《断章》看作是一首意蕴艰深的哲理诗,其实作为言情诗来读,诗味才足呢!那优美如画的意境,那浓郁隽永的情思,那把玩不尽的戏味,那独出机杼的题旨,细细品来,的确是别有一番滋味在心头。

诗的上节撷取的是一幅白日游人观景的画面。它虽然写的是"看风景",但笔墨并没有挥洒在对风景的描绘上,只是不经意地露出那桥、那楼、那观景人,以及由此可以推想得出的那流水、那游船、那岸柳……它就像淡淡的水墨画把那若隐若现的虚化的背景留给读者去想象,而把画面的重心落在了看风景的桥上人和楼上人的身上,更确切地说,是落在了这两个看风景人在观景时相互之间所发生的那种极有情趣的戏剧性关系上。

诗的上节以写实的笔法曲折传出了那隐抑未露的桥上人对风景的一片深情,以及楼上人对桥上人的无限厚意,构成了一幕"落花有意,流水无情"的戏剧性场景。但多情总被无情恼,那无情的风景,那忘情于景的桥上人能否会以同样的深情厚谊来回报那钟情于已的多情之人呢?面对着生活中这司空见惯的、往往是以无可奈何的遗憾惋惜和不尽的怅惘回忆而告终的一幕，诗人在下节诗里以别开生面的浪漫之笔给我们作了一个充溢奇幻色彩、荡漾温馨情调的美妙回答。

时间移到了月光如洗的夜晚。桥上人和楼上人都带着各自的满足与缺憾回到了自己的休憩之所。可谁又能想到，在这一片静谧之中，白日里人们所作的感情上的投资竟在不知不觉中得到了回报。

“明月装饰了你的窗子”，这不就是自然之景对桥上人白日里忘情于景的知遇之恩的热情回报吗？从“你”的那扇被“明月装饰了”的窗口上，我们可以想见到，此刻展现于桥上人眼际的会是一幅多么美丽迷人的月夜风光图啊！那桥、那水、那楼、那船、那柳……那窗外的一切一切都溶在这一片淡雅、轻柔、迷蒙、缥缈的如织月色之中，与白日艳阳照耀下的一切相比，显得是那么神秘，那么奇妙，那么甜蜜，那么惬意。面对这月光下的美景，怎能让人相信自然之景是冷漠无情、不解人意的呢？怎能不唤起人们对大自然的强烈钟爱呢？你爱自然，自然也会同样地爱你——这就是诗的理趣所在吧！

自然之景以其特有的方式回报了桥上人的多情，而桥上人又该以怎样的方式来回报楼上人的一片美意呢？诗以“你装饰了别人的梦”这一神来之笔对此作了饶有情致的回答，从而使楼上人那在现实生活中本是毫无希望的单恋之情得到了惬意的宣泄。

当我们品评着这首小诗的不同凡响的题旨，流连于这首小诗的含蓄隽永的意境之中时，我们为什么还要作茧自缚，像诠释一道深奥的哲学命题那样去对它作枯燥乏味的理性分析呢？

预　言

何其芳

这一个心跳的日子终于来临！
你夜的叹息似的渐近的足音，
我听得清不是林叶和夜风私语，
麋鹿驰过苔径的细碎的蹄声！
告诉我，用你银铃的歌声告诉我，

你是不是预言中的年轻的神？

你一定来自那温郁的南方！
告诉我那里的月色，那里的日光！
告诉我春风是怎样吹开百花，
燕子是怎样痴恋着绿杨！
我将合眼睡在你如梦的歌声里，
那温暖我似乎记得，又似乎遗忘。

请停下，停下你疲劳的奔波，
进来，这里有虎皮的褥你坐！
让我烧起每一个秋天拾来的落叶，
听我低低地唱起我自己的歌。
那歌声将火光一样沉郁又高扬，
火光一样将我的一生诉说。

不要前行！前面是无边的森林：
古老的树现着野兽身上的斑纹，
半生半死的藤蟒一样交缠着，
密叶里漏不下一颗星。
你将怯怯地不敢放下第二步，
当你听见了第一步空寥的回声。

一定要走吗？请等我和你同行！
我的足知道每一条平安的路径，
我可以不停地唱着忘倦的歌，
再给你，再给你手的温存。
当夜的浓黑遮断了我们，
你可以不转眼地望着我的眼睛。

我激动的歌声你竟不听，
你的脚竟不为我的颤抖暂停！
像静穆的微风飘过这黄昏里，

消失了，消失了你骄傲的足音！
呵，你终于如预言中所说的无语而来，
无语而去了吗，年轻的神？

（选自《汉园集》，商务印书馆1936年版）

何其芳（1912—1977），四川万县人，现代著名诗人、散文家、文学评论家。《预言》是何其芳早期的代表作。诗篇通过爱情的象征——“年轻的神”的悄然而来又悄然而去的抒写，表达了诗人既甜美而又哀怨的梦幻般的心境。前半部分是诗人对甜美爱情的怀想，后半部分则是爱情幻灭的忧伤。诗人以“年轻的神”的降临引起的“心跳”开头，又以“年轻的神”的悄然离去引起的心灵“颤抖”结尾，既写了神的行踪，又写了人的独白，人与神水乳交融，心与心前后呼应，完整地构成一部优美的梦幻交响曲。诗作明显地显示出象征主义诗歌的艺术特征。诗中的春花、秋叶等物象具有深刻的象征意蕴。“年轻的神”更具有多重象征意蕴。诗作语言精致、韵律和谐，体现出舒畅和谐的音乐美。诗人巧妙地在诗中使用了多处重复的语词和短语，从而产生跳动的节奏，给人“沉郁而又高扬”的美感。

《预言》从“年轻的神”降临的脚步声引起自己欣喜的“心跳”，到静穆的黄昏里消失了远去的“足音”，诗人有一个非常完整的艺术构思。一个序曲，一个尾声，加上中间的四个乐章，形成了一部优美的梦幻交响曲。而中间的四个乐章，每一段有对“年轻的神”的倾诉的相对独立的内容，各段之间又连环一样紧密相连。是抒情诗，又有情节的发展；是写“神”的行踪，又贯穿人的独白，开头的突然与惊喜和结尾的惆怅与余韵，呼应得十分和谐巧妙。作者曾倾心阅读过济慈和雪莱的抒情诗。在以神话人物为抒情题材和注重抒情诗的戏剧情节性方面，《预言》的构思显然是有所借鉴的。但就这首诗的形象的象征性来看，又更接近法国象征派诗的作品的特征。和戴望舒的《雨巷》比较起来，这位“年轻的神”的悄然来去，和那位“丁香一样的姑娘”的出现与消失，有类似构思的影子。不同的是，何其芳的这位“年轻的神”带有更多欢乐的色彩，而没有《雨巷》中那么浓重的惆怅与颓唐。《预言》全诗由形象的选择、构思，到抒情的基调，在怅惘中给人以舒缓、宁静、透明的感觉。

《预言》用和谐和富于音乐性的语言抒情，使这首诗具有鲜明的音乐美感的特质。全诗每节均为六行，大体一、二、四、六行押韵，各节的韵脚又不完全相同，随着抒情的需要换韵。有时四六行韵脚相同，与一二行相

异，富于变化性。为了增强音乐的美感，也为了加重抒情的色彩，诗人还自然而巧妙地运用诗句语言的复沓。复沓的方式又各有所异，不尽雷同。同样的语句反复，表达的感情色彩又各有差异。《预言》以诗人的整体创造，给人以广阔想象的天地和朦胧的美的境界。

我为少男少女们歌唱

何其芳

我为少男少女们歌唱。
我歌唱早晨，
我歌唱希望，
我歌唱那些属于未来的事物，
我歌唱正在生长的力量。
我的歌呵，
你飞吧，
飞到年轻人的心中
去找你停留的地方。

所有使我像草一样颤抖过的
快乐或者好的思想，
都变成声音飞到四方八面去吧，
不管它像一阵微风
或者一片阳光。

轻轻地从我琴弦上
失掉了成年的忧伤，
我重新变得年轻了，
我的血流得很快，
对于生活我又充满了梦想，充满了渴望。

（选自 1941 年 12 月 8 日《解放日报》）

诗人早期诗作艺术精致,色彩绚丽,以清新柔婉见长。诗人来到延安参加革命后诗歌变为平易朴实,乐观豪放。本诗即是何其芳先生全身心投入解放区这一全新的火热的生活后所写的。1941 年,那时正是旧中国艰难的年代,但在延安,诗人生活在另一个新天地之中,他情不自禁地要歌唱,要为少男少女们祝福。本诗一改诗人以前那种缠绵忧伤的爱情诗风格,流泻于诗人笔端的是一种奔放快乐、积极向上的诗句。

这是一首广为流传的抒情诗,诗中透露出一股像阳光、清泉一样纯净透明的气息。诗人通过对“早晨”、“希望”、“未来的事物”、“生长的力量”等对象的歌唱,抒发了对少男少女们的赤诚之情。诗是写给少男少女们的,但真正的主体是“我”。这里的少男少女,其实不是实指,而是代表着一种新的生活、新的希望和新的力量,所以诗人实际上是为新世界歌唱。通过全诗,我们可以看到诗人鲜明的形象,听到他深情的歌喉。

诗的第一节写了歌唱的是什么,连用四个“歌唱”、“早晨”、“希望”、“未来的事物”和“正在生长的力量”对“少男少女”的青春朝气进行热情赞颂。所以,也可以理解为“少男少女”就是“早晨”、“希望”、“未来的事物”和“正在生长的力量”。这四种事物都有一个共同的特点:积极向上,给人希望。这四句诗还暗含了另外一层政治意义,即歌颂延安的新天地和共产党领导下的新生活。第一节诗迎面扑来的清新明快的感觉,为全诗定下了基调。

第二节,承接第一节的歌唱,诗人继续高扬这种明快的调子,调动丰富的想象,把歌唱这种相对抽象的事物写得具体生动。“飞到年轻人的心中/去找你停留的地方”,这就使第一节中的所有“歌唱”、“早晨”、“希望”、“未来的事物”等抽象观念,似乎都获得了形体,诗的意境也由此逐渐形成。这里的“年轻人”实际上又与“少男少女”相照应,进一步突出诗人所要歌唱的新生事物和新生力量。“颤抖过的/快乐或者好的思想/都变成声音飞到四方八面去吧,/不管它像一阵微风/或者一片阳光。”这几句诗是这一节的精彩之处。诗人揭示了歌声的来源,乃是“快乐或者好的思想”,诗人来到延安这一片全新的天地里,每天接触新的事物、新的快乐、新的思想,他简直如刚来到世界的婴儿激动好奇地看这个世界,并热切地投入它的怀抱。诗人要把自己的快乐和好的思想尽快地变成歌声,长上翅膀,飞到四面八方,让每一个人都听到,尤其让少男少女们听到。在诗人那里,这是何等美好的心境!这里,诗人先把快乐和思想比成声音,又

把声音比成“微风”、“阳光”,互相构成比喻,显示了诗人丰富的想象力。

第三节是第二节诗意的进一步深化,着眼于“飞”,使第二节更具有实感。诗人写他为“少男少女们歌唱”,把忧伤抛在了一边,变得年轻了,对生活又充满了“梦想”和“渴望”。他的歌声、快乐和思想还长上了翅膀,飞到四面八方,表达了他融入一种新生活后无比喜悦的心情,充满着对新生的力量的歌颂之情。同时“不管它像一阵微风/或者一片阳光”两个漂亮的意象,使得第一、二两节诗腾空而起,化为微风,化为阳光,显得活泼而空灵。

最后一节情绪一转,诗人又用了一个绝妙的意象:“轻轻地从我琴弦上 /失掉了成年的忧伤” 以形象写抽象,使快乐这种心理感觉成为一种实在、可感的东西,便于读者理解。且与全诗起句“歌唱”两相呼应,并紧接着出现最后三行,构成了浑然一体的意境,有诗的韵味。诗人写他为“少男少女们歌唱”,把忧伤抛在了一边,变得年轻了,对生活又充满了“梦想”和“渴望”。这里暗含诗人现在与过去的对比:诗人在去解放区以前,思想和创作低沉、压抑,作品基调总是无端地呈现灰色调,未能给人积极向上的勇气;来到延安之后,诗人重新弹奏生活的琴弦,发出的琴声,已经“失掉了成年的忧伤”,而是变得轻快,变得健康。“又”字说明诗人的“梦想”和“渴望”一度消失。现在的诗人,再也不是过去的诗人了! 告别了旧我,诞生了新我。

这首诗以明快的思想鼓舞人,以炽烈的感情感动人,以优美的语言吸引人,表达诗人热爱青少年,热爱新生活,勇于塑造新我的思想感情;语言精练生动、刚健清新;节奏感强,押韵讲究,充分显示了诗人在诗艺上的造诣之深。

义勇军

田　间

在长白山一带的地方
中国的高粱
正在血里生长。

大风沙里
一个义勇军
骑马走过他的家乡，
他回来：
敌人的头，
挂在铁枪上！

给战斗者(节选)

田　间

五

我们
必须
战斗了，
昨天是愤怒的
是狂呼的，
是挣扎的
四万万五千万呵！
斗争
或者死……

我们
必须
拔出敌人的刀刃
从自己底
血管。

我们
人性的

呼吸，
不能停止；
血肉的
行列，
不能拆散。

我们
复仇的
枪，
不能扭断；
因为我们知道
这古老的民族
不能
屈辱地活着，
也不能
屈辱地死去。

我们一定要
高举双手，
迎接——自由
……

太阳被掩覆了，
看呵，
疆土的烽火，
已成了太阳。

堡垒被破坏了，
看呵，
兄弟的旗帜，
插在大路上。

光荣的名字，

——人民！
更顽强，
更坚韧。

六

……

我们
往哪里去？

在世界上，
没有大地，
没有海河，
没有意志，
匍匐地
活着，
也是死呀！

今天呀，
让我们
死吧，
我们会死吗？
——不，决不会！

我们是一个巨人，
生活就要战斗，
高贵的灵魂，
宁死也不屈服，
伸出
双手来，
迎接——自由！
光荣的名字
——人民！

人民呵!
前面就是胜利。

人民! 人民!
抓出
木厂里
墙角里
泥沟里
我们的
武器,
痛击杀人犯!

人民! 人民!
高高地举起
我们
被火烤的,
被暴风雨淋的,
被鞭子抽打的,
劳动者的双手,
斗争吧!

在斗争里,
胜利
或者死
……

七

在诗篇上,
战士底坟场
会比奴隶底国家
要温暖,要明亮。

(选自《给战斗者》,希望社 1943 年版)

田间(1916—1985),安徽无为县人,晋察冀派的代表诗人。《义勇军》是一首有着浓烈时代生活气息的饱满政治抒情诗。诗篇在短短几行质朴无华的素描里,把中华民族优秀儿女的勃勃英气,极动人地表现了出来。在抒情方式上,诗人把欲抒之情紧紧依附在产生感情的直接对象上,再把直接的对象客观地显现出来,让人们直观地感知出感情来。这是一首简短的街头诗,全诗运用远景、中景和特写三个镜头,以白描笔法刻画了一位义勇军的英勇形象。

《给战斗者》是一首抒情长诗。全诗通过一幅幅叠印的画面,一声声激切的呼唤,控诉了日本侵略者的血腥罪行,歌颂了勤劳勇敢的中国人民,抒发了在民族生死存亡的关头,誓用战斗夺取胜利的气概和决心。

在诗的开篇部分,诗人强忍着满腔的怒火,只是以极其冷静的笔触,如实地描写了日本侵略者如何"在没有灯光/没有热气的晚上"突然袭击中国的,以及他们对中国人民的屠杀。寥寥几笔,就勾勒出了中国人民的灾难和日本侵略者的凶残。而接下来的第一段,则可以说是一个过渡,它没有什么具体的内容和描写,只是概括地说明:号角已经吹响,中国人民站起来了。到第二段,作者才以一种喜悦兴奋的心情,具体地描述了"七七事变"以后中国人民的全面抗战,以及我们为什么要抗战的理由。在第三段,作者又把笔墨洒开去,以一种无限深沉和依恋的心情,以一种非常粗犷而又形象鲜明的语言,追溯到我们这个民族的遥远的过去,我们的祖先是怎样世世代代在这块土地上耕种生息的。到第四段,作者又把笔一下收拢过来,在敌人侵犯蹂躏、肆意绞杀的今天,我们到底"是战斗呢,还是屈服"?于是,针对上面所提出的问题,作者在第五段中作出了鲜明的回答:我们必须战斗;我们不能"屈辱地活着",也不能"屈辱地死去"。到第六段,作者则更进一步地鼓励人民:我们不要怕死,我们不会死,我们"宁死也不屈服",我们的"前面就是胜利"。这实际上就是告诉人民,我们即使在杀场上战死了,也要比做一个亡国奴更光荣,更值得骄傲。

此诗采用"长短句"的艺术形式。这种"长短句"可以说是作者为了增强诗句情绪上的力度而故意安排的。诗中往往把一句话拆成数行,虽然占去一些篇幅,好像拖沓一些,实际上恰恰相反,显得简短、干脆,给人一种铿锵的力,如同"一声声的'鼓点'",令人热血沸腾、精神振奋,不自禁地迈着坚定而沉着的步伐,一步步地走向战场,迎击敌人。闻一多称田间为"时代的鼓手",《给战斗者》充分体现了"时代的鼓手"的艺术风格。

孤　　岛

阿　垅

在掀腾的海波之中，我是小小的孤岛，如同其他的孤岛
在晴丽的天气，我能够清楚地望见大陆边岸底远景
似乎隐隐约约传来了人声，虽然远，但是传来了，人声传来
有的时候，也有一叶小舟渡海而来，在我底岸边小泊
而在雾和冬的季节，在深夜无星之时，我
不能看到你了，我只在我底恋慕和向往的心情中看见你为我留下的影子

我，是小小的孤岛，然而和大陆一样
我有乔木和灌木，你底乔木和灌木
我有小小的麦田和疏疏的村落，你底麦田和村落
我有飞来的候鸟和鸣鸟，从你那儿带着消息飞来
我有如珠的繁星的夜，和你共同在里面睡眠的繁星的夜
我有如桥的七色的虹霓，横跨你我之间的虹霓
我，似乎是一个弃儿然而不是
似乎是一个浪子然而不是
海面的波涛嚣然地隔断了我们，为了隔断我们
迷惘的海雾黯澹地隔断了我们，想使你以为丧失了我而我以为丧失了你
然而在海流最深之处，我和你永远联结而属一体，连断层地震也无力使你我分离
如同其他的孤岛，我是小小的孤岛，你底儿子，你底兄弟

（选自《白色花》，人民文学出版社1981年版）

阿垅（1907—1967），本名陈守梅，又名陈亦门，浙江杭州人，著有诗集《无弦琴》，文学评论集《人与诗》、《诗与现实》等。

阿垅是“七月”派重要成员之一，1946年间在成都编写文学刊物《呼吸》，《孤岛》就是在那时写成的，那时正值国共对峙时期，“七月”派诗人提倡以“主观战斗精神”来“突入”人生，把主客体渗透于创作中，成为自觉的行动。诗歌相对减弱了乐观明朗的色彩，而显示出沉重感。希望用诗这一形式表达自己的感情，同时反对黑暗的社会腐朽的统治，追求光明和自由。

这首诗歌具有峻厉、桀骜的气质。我们不难设想，对于阿垅这样一位有着先天性叛逆精神的诗人，当被挤压到了连最小的私人生活空间都要剥夺的地步，将会意味着什么。而挤压留给个人的空间越小，心灵反弹中要求的空间就越大，灵魂对于理想的愤怒求诉就越强烈。这样，总汇在阿垅生命中的激愤便由近及远地直指覆盖着人类漫长历史的大黑暗，并促使他以绝不妥协的姿态与之对峙。

《孤岛》描绘了一个像弃儿似的孤悬于海中的“孤岛”，它远离“大陆”，看来无所归依，但实际上它是大陆伸延出的一部分，两者在海流深处“永远联结而属一体”。诗作正是借这样一个似断实连的自然景观，一往情深地表达了作者与正义力量及事业的不可分割的血肉联系，流露出作者对真理、对正义力量的景仰和锲而不舍的追求精神。表达了作者对于当时国统区黑暗统治的反抗，以及力图推翻其统治的强烈的正义感和激情。什么也阻止不了他对正义事业的追求和热情。

本诗的暗喻手法和补充式复句对表现题旨、抒发感情起了极大的作用。诗作采用暗喻的手法，不正面写出题旨。诗中所描绘的孤岛暗喻抒情主人公“我”，诗作以深情的笔墨反复抒写的“孤岛”对于“大陆”的恋慕和认同，便是生活在国统区的诗人对于革命根据地和革命力量的向往；“波涛”与“海雾”要隔断孤岛和大陆，社会上反动邪恶势力也隔断着诗人与革命力量的联系。这些描写，给人以确定不移的印象。同时也表达了作者对祖国和民族命运的关怀，含蓄而富有诗意地表达了题旨。更进一步地表达了诗人对当时社会现实中丑恶现象的不满，争取自由、民主的明天，期望用“孤岛”与“大陆”那种即使被迫分开其实血肉相连的意象自比，用诗歌来鼓舞人们冲破黑暗走向光明。

同时，诗作补充式的复句、排比的句式、散文式的自由抒唱，使诗具有一种明丽显豁的意境和回肠荡气的力量，增添了诗歌的艺术魅力。语言深刻而有力，读来让人感到热血沸腾、激情昂扬。阿垅这一政治抒情诗式的形式也继承并发展了新诗现实主义的传统。诗歌用朴素、自然、明朗的真诚的诗句表情达意，追求意象美和散文美，是一首不得不读的好诗。

泥　　土

鲁　藜

老是把自己当作珍珠
就时时有怕被埋没的痛苦

把自己当作泥土吧
让众人把你踩成一条道路

（选自《白色花》，人民文学出版社 1981 年版）

鲁藜(1914—1999)，福建同安县人。幼年即随父母出国，侨居越南。少年失学，尝尽殖民地生活的苦难。1932 年回国，考取乡村师范实验学校，不久学校因“赤化”被查封。他即参加地下革命工作，奔走于全国各地，从事过各种职业。1938 年到达延安，进抗大学习。同年写了组诗《延河散歌》。之后，一直辗转于陕甘宁边区等地从事文艺宣传工作。1949 年天津解放，即随军进天津，主持天津文联工作。1955 年，因胡风集团问题受牵连，中断创作。1980 年得到平反，并恢复诗歌创作。出版的诗集有：《醒来的时候》、《锻炼》、《星的歌》、《时间的歌》、《红旗手》，以及 1983 年由人民文学出版社出版的《鲁藜诗选》等。

《泥土》一诗，发表于 1945 年，可是，在 10 年之后，它却因它的作者而受到批判。但是，真正的艺术品一经发表，就会成为社会的财富，批判是不能消灭它的。40 年后的今天，它仍然为读者所喜爱。

这首小诗，是作者创作力旺盛时期的作品，诗虽然很短，却也激荡着理想的波涛，包容着作者对人生的思索和追求。作者以十分通俗而精练的语言，揭示了一个非常重要的生活哲理：如果把自己当成珍珠，就免不了惧怕被埋没的痛苦；而如果把自己当成泥土，让人们去踩成道路，这样你就会获得人生的愉快和满足。曾有人认为把自己比作泥土的比喻不恰当，这是没有从比喻的真正含义去理解。它无非说明，个人要随时为人民贡献一切,必要时,甚至要牺牲自己。比喻生动地表现了这种个体和整体的关系。泥土,这是一个蕴涵比较丰富的形象,它可以是草木的养料和赖以挺立的基础,可以是建筑的元素,当然也可以是铺设道路的材料。一个人的一生,能成为人民前进道路上的一抔泥土,这是有价值的人生,应该感到幸福。只要从积极方面去正确理解,就会发现,诗作为我们展示的精神境界是非常高尚,非常理想化的。在艺术上,诗作主要运用了形象的对比,即用珍珠和泥土相比,诗意显得更为鲜明、强烈。

作者在写这首诗之后,过了四年,又写了一首《我是蚯蚓》的诗,在诗里,作者表示很高兴去做一条"吃的是泥土","住的是泥土","和泥土一同呼吸",死后"和泥土埋在一起"的蚯蚓。可见,作者对泥土有多么深厚的情愫!对于这样献身于泥土的精神和行为,卑微者也许觉得是人生的痛苦,但高尚者认为是最大的幸福,因为泥土意味着故乡的怀抱、祖国的胸脯。作者说过,诗人的心灵"必须经常和人民共命运"才能反映时代,这两首诗,是作者这个创作思想的体现。

惊　蛰

绿　原

当羊队面向栅栏辞别了旷野
当向日葵画完半圆又寂寞地沉落
当远航的船只卸卷白帆停泊了
当城市泛滥着光辉像火灾

从那没有灯和烛的院落出来
我将芒鞋做舟叶
划行在这潮湿的草原上

草原上,我来了
好不好,你
蓝色的　海的泡沫

蓝色的　梦的车轮
蓝色的　冷谷的野蔷薇
蓝色的　夜的铃串呀
呀，星……
星被监禁在
云的城墙和
云的楼阁里去了

然而，星是没有哭泣的啊
露水不是星的泪水啊

当星逃出天空的门槛
向这痛苦的土地上谢落
据说就有一个闪烁的生命
在这痛苦的土地上跨过

那么，我想
——十九年前，茂盛的天空
那一片丰收着金色谷粒的农场里
我是那一颗呢

今天
我旅行到这潮湿的草原上来了
我要歌唱……
但我也要回去的
等我唱完了我的歌
等我将歌声射动雷响
待我将雷声滚破了
人类的喧哗的梦。

（选自《童话》，希望出版社 1942 年版）

绿原(1922—　)，原名刘仁甫。这首诗选自绿原的第一本诗集《童话》。《童话》出版时，绿原 20 岁；而写这首诗时还只有 19 岁。这是一个多梦的年纪。但这首诗里的抒情主人公不是在梦着爱情，而是以童话般的深幻感受着人生的历程。从诗中我们看到：他的“梦”虽是“从那没有灯和烛的院落出来”，穿着芒鞋走在潮湿的草原上的，但他还是满带天真无忧的神态去问“冷谷的野蔷薇”：“我来了/好不好”，他梦想着蓝天上的星星也是被“云的城墙”监禁着的，但又觉得“星是没有哭泣的”。他甚至更梦想到：当星逃出天空的门槛，向这块土地凋落时，也就会有“一个闪烁的生命/在这痛苦的土地上跨过”；而由此他又进一步联想到：当年自己降生时，又是哪一颗星星凋谢了呢？想得多稚气又多美丽。是的，他降生的这块土地是痛苦的，但他相信自己也是“一个闪烁的生命”，在潮湿的草原上一边艰辛地行走，一边还是要歌唱，要将自己的歌声把雷惊醒，让雷声滚破人类的噩梦。显而易见，这是一种要以自己的诗歌去把众生唤醒的象征性说法。所以，这首诗实在是一个生命健旺的少年诗人在抒唱健旺的生命，它虽然也蕴涵着诗人生存在黑暗、阴湿的环境中的苦难的感受，但总的基调是乐观的。

绿原在《人之诗·自序》中曾提到诗集《童话》：“由于其中一些当时显得新鲜的想象，一度引起了注意。”《惊蛰》一诗的确也处处显示着绿原敏感的诗感，新鲜的想象，丰盈的意象；在略显飘忽、朦胧的诗境中，透现出了俊逸的风姿。

赞　美

穆　旦

走不尽的山峦的起伏，河流和草原，
数不尽的密密的村庄，鸡鸣和狗吠，
接连在原是荒凉的亚洲的土地上，
在野草的茫茫中呼啸着干燥的风，
在低压的暗云下唱着单调的东流的水，
在忧郁的森林里有无数埋藏的年代。
它们静静地和我拥抱：
说不尽的故事是说不尽的灾难，沉默的

是爱情，是在天空飞翔的鹰群，
是忧伤的眼睛期待着泉涌的热泪，
当不移的灰色的行列在遥远的天际爬行；
我有太多的话语，太悠久的感情，
我要以荒凉的沙漠，坎坷的小路，骡子车，
我要以槽子船，漫山的野花，阴雨的天气，
我要以一切拥抱你，你，
我到处看见的人民呵，
在耻辱里生活的人民，佝偻的人民，
我要以带血的手和你们一一拥抱。
因为一个民族已经起来。

一个农夫，他粗糙的身躯移动在田野中，
他是一个女人的孩子，许多孩子的父亲，
多少朝代在他的身边升起又降落了
而把希望和失望压在他身上，
而他永远无言地跟在犁后旋转，
翻起同样的泥土溶解过他祖先的，
是同样的受难的形象凝固在路旁。
在大路上多少次愉快的歌声流过去了，
多少次跟来的是临到他的忧患；
在大路上人们演说，叫嚣，欢快，
然而他没有，他只放下了古代的锄头，
再一次相信名词，溶进了大众的爱，
坚定地，他看着自己溶进死亡里，
而这样的路是无限的悠长的
而他是不能够流泪的，
他没有流泪，因为一个民族已经起来。

在群山的包围里，在蔚蓝的天空下，
在春天和秋天经过他家园的时候，
在幽深的谷里隐着最含蓄的悲哀：
一个老妇期待着孩子，许多孩子期待着

饥饿,而又在饥饿里忍耐,
在路旁仍是那聚集着黑暗的茅屋,
一样的是不可知的恐惧,一样的是
大自然中那侵蚀着生活的泥土,
而他走去了从不回头诅咒。
为了他我要拥抱每一个人,
为了他我失去了拥抱的安慰,
因为他,我们是不能给以幸福的,
痛苦吧,让我们在他的身上痛苦吧,
因为一个民族已经起来。

一样的是这悠久的年代的风,
一样的是从这倾圮的屋檐下散开的
无尽的呻吟和寒冷,
它歌唱在一片枯槁的树顶上,
它吹过了荒芜的沼泽,芦苇和虫鸣,
一样的是这飞过的乌鸦的声音。
当我走过,站在路上踟蹰,
我踟蹰着为了多年耻辱的历史
仍在这广大的山河中等待,
等待着,我们无言的痛苦是太多了,
然而一个民族已经起来,
然而一个民族已经起来。

(选自《穆旦诗选》,人民文学出版社 1986 年版)

穆旦(1918—1977),原名查良铮,浙江海宁人,现代著名诗人。穆旦1935 年考入清华大学外语系。抗日战争爆发后,随清华大学、北京大学、南开大学三校师生从长沙步行至千里之外的边城昆明。1940 年在西南联大毕业后留校。1942 年 5 月毅然加入中国远征军赴缅甸作战。这些经历对他的创作产生了深刻的影响。抗战以来穆旦的心灵和肉体受到了双重的考验,长沙至昆明的艰苦之旅,在诗人眼前展开的是烽火连天、山河破碎的现实,使他产生对民族生存现状的痛苦记忆。这种见闻和经历引起诗人对坚忍不拔的民族性格的深思。《赞美》充满了对中华民族坚韧的生存力的礼赞。

全诗共四节。第一节，诗人仿佛站在历史的高度，鸟瞰满目疮痍的中华大地，用密集的意象群来充分展现眼中所见。这大地是辽阔美丽的，有走不尽的起伏的山峦，数不尽的密密的村庄，有美丽的河流草原，动听的鸡鸣和狗吠，但这是一片呼啸着干燥的风的荒凉土地，低压的暗云下，滚滚东流水唱着单调的歌，表现的是诗人复杂的精神世界。“荒凉的亚洲的土地上”一句，点出了时代的环境，字里行间流露着对这片土地既爱且怨的感情。诗人对土地有太多的话语、太悠久的感情，他要拥抱的人民是在耻辱里生活的佝偻者。但“我”是和这土地一起受难呻吟着过来的，对土地充满着爱，而且从这爱的力量中他感受到一个伟大的史实：“一个民族已经起来”。第二节和第三节，诗人重点写了“他”——一个农夫。这个农夫是千百万中国人民的缩影，他勤劳善良，有超常的忍耐力，惯于隐忍，安于苦难，然而在日寇铁蹄的践踏下，他毕竟起来了，他放下了“古代的锄头”，走上了抗战的行列。这是觉醒了的人民走上了反抗的道路，这意味着他们除了忍受饥寒、疲劳外，还要面临流血和死亡。这是多么伟大的人民啊，所以诗人要“拥抱每一个人”。最后一节，诗人以两种相互交叉的感情，写了他复杂的内心感受，“悠久的年代的风”，年复一年吹过“倾圮的屋檐”，给人带来了“无尽的呻吟和寒冷”；吹过“枯槁的树顶”，“荒芜的沼泽”，与“虫鸣”及“乌鸦的声音”相应和。这一切使诗人感到无言的痛苦，然而“一个民族已经起来”，所以“我”并不失望，仍有勇气生存下去。

诗篇具有广大的包容性。本诗并不想以小见大，而是力图对所见所感作整体的把握，以表示复杂深刻的感情。重要处不吝惜笔墨，铺排下去。本诗是一首民族生存力的讴歌。全诗尽管流露了低沉悲怆的情调，但贯穿全诗的是一种强烈的爱。作者从“耻辱里生活的人民，佝偻的人民”的身上，看到了时代的闪光、民族的转机。诗人把希望寄托在舍家保国、义无反顾的农夫身上。当战争打破了乡村的安宁，农夫便听从时代的召唤，踏上一条征战之路。“他”是单个人，又是一群人的代表，甚至象征着我们整个中华民族。全诗表达了作者对“一个民族已经起来”的坚定信念。

诗八首(选一)

穆　旦

八

再没有更近的接近，
所有的偶然在我们间定型；
只有阳光透过缤纷的枝叶
分在两片情愿的心上，相同。

等季候一到就要各自飘落，
而赐生我们的巨树永青，
它对我们不仁的嘲弄
(和哭泣)在合一的老根里化为平静。

(选自《穆旦诗选》,人民文学出版社1986年版)

穆旦的《诗八首》是属于中国传统中的“无题”一类的爱情诗。这里选的其中第八首,已是这部爱情交响诗的最高亢的尾声。

第一句暗示了人的生命的死亡的“季候”的到来;但是,自然或造物主赐给我们的爱情却永远不会老,也就是利用诗的语言说的“巨树永青”。诗歌抽象的可以说的道理却是:两颗心靠得很近很近,以至于没有距离(亲密无间)。他们获得了真正的爱情,因为他们之间有了互相的深刻的理解和爱,他们之间也就融为一体了。人生的爱,常包含有许多“偶然”的因素,此时,偶然(偶然往往是爱情的发端)已不存在。这里说“所有的偶然在我们间定型”,是一种真实的体认。“所有的偶然在我们间定型”,实际上就是只有必然的意思。它包含了“爱莫大于心相知”这样深层的潜台词在里面。用象征性的树的语言来说,就是:

只有阳光透过缤纷的枝叶
分在两片情愿的心上,相同。

"两片情愿的心",就是一切都自愿的、义务和权力融为一体的爱的至高境界。而此时的阳光,则是一种比喻,让两颗心像树叶分享阳光一样相同。这里的相同,是爱的本质而非形态意义上的。已经消失了爱的性别差异,或年龄差距,或一切可能的人与人的差别,是真正意义上的我爱你,你爱我了。若硬要说阳光也有所指,那便是抽象的"爱"的本体了。而你我挚爱,不过是爱的本体的变形和具体的实现而已。

等季候一到就要各自飘落,
而赐生我们的巨树永青,

"季候"暗示生命的大限的来临,各自飘落的只有接受爱的阳光的树叶(爱的肌体),而爱情这棵巨树却是永远常青,永不凋零的。飘落的不仅是叶子,叶落归根的哲理在诗人的思考中仍然潜在地在起作用。然而,更加深刻和复杂的思想,却隐藏在最后的两行诗中:

它对我们不仁的嘲弄
(和哭泣)在合一的老根里化为平静。

"它"这个造物主在最后又一次出现了。自然创造了人,创造了人的生命的爱情,也创造了人的生命对自然的回归。"不仁的嘲弄",与此诗开头相呼应,指的是第一首诗讲的,在"你"的爱情尚未成熟的时候,使"我的哭泣,变灰"等等,那里曾说,"那只是上帝玩弄他自己"。可与这里的"不仁"参读。所谓"哭泣",指的是前面说的"我的哭泣,变灰",或者是"上帝"为他的"痛苦"而"哭泣"均可。我以为,指后者可以理解起来可能更顺一些。这里是说,到了那个时候,创造了人和万物的大自然(造物主和上帝)的嘲弄与痛苦,也将和我们合在一个"老根"(永恒的自然里),一同化为一片平静。

最后一节诗,我们可以说,这是诗人用他整个生命体验和认识唱出来的一段对于人类的爱情,也是自我的爱情的永恒赞歌。

珠和觅珠人

陈敬容

珠在蚌里,它有一个期待

它知道最高的幸福就是
给予，不是苦苦的沉埋
许多天的阳光，许多夜的月光
还有不时的风雨掀起巨浪
这一切它早已收受
在它的成长中，变作了它的
所有。在密合的蚌壳里
它倾听四方的脚步
有的急促，有的踌躇
纷纷沓沓的那些脚步
走过了，它紧敛住自己的
光，不在不适当的时候闪露
然而它有一个期待，它知道
觅珠人正从哪一方向
带着怎样的真挚和热望
向它走来。那时它便要揭起
隐蔽的纱网，庄严地向生命
展开，投进一个全新的世界。

（选自《中国新诗》1948 年第 3 期）

陈敬容（1917—1989），四川乐山人，著名“九叶诗派”女诗人。《珠和觅珠人》选择了一个独特角度，在蚌的珠和觅珠人这两个意象的关联中来开掘深刻的人生哲理意蕴：理解是沟通人与人美好感情的桥梁，被理解是一种最高的幸福。诗篇象征了诗人很深，也很美的心境。珠和觅珠人已经成为蕴涵很深的象征意象。诗人在两个意象的关联中暗示了一种个人与时代、个人和伟大事业的关系。她宁愿“给予”而决不“苦苦的沉埋”。她懂得这“给予”不是轻易的抉择，而是要认清真正的价值。一个人最美好的价值就在这毅然抉择之后的“投进”中得到实现。诗人以现代人的复杂意识，通过珠与觅珠人的关系，构筑了一个复杂多元的整体。诗歌采取的是以哲理为主干的心理流程的立体抒情方式。抒情诗带上了情节展开的特色，诗人的深刻哲理就在这情节展开中得到实现。

这首诗写在 1948 年春天，诗人身处黎明前夕的上海。诗人经过艺术的升华，把这心境升腾到一种哲理的高度。陈敬容以现代人的复杂意识，

通过珠与觅珠人的关联,为她的诗的世界构筑了一个复杂多元的整体。她改变了传统以情感为主干的咏珠的平面构思,而组建了现代以哲理为主干的写珠的心理流程的主体的抒情方式。抒情诗带上了情节展开的特色。诗人的深刻哲理思考就在这情节展开中得到实现。珠和觅珠人的关系是确定的,而这两者的意象内涵又是不确定的,可以写爱情,可以写人生,也可以写时代与人的哲理思考……总之,这是象征诗的朦胧美"给予"诗人的权利。也许这正是《珠和觅珠人》的艺术魅力之所在。

金黄的稻束

郑　敏

金黄的稻束站在
割过的秋天的田里,
我想起无数个疲倦的母亲
黄昏路上我看见那皱了的美丽的脸
收获日的满月在
高耸的树巅上
暮色里,远山
围着我们的心边
没有一个雕像能比这更静默。
肩荷着那伟大的疲倦,你们
在这伸向远远的一片
秋天的田里低首沉思
静默,静默,历史也不过是
脚下一条流去的小河
而你们,站在那儿
将成为人类的一个思想。

(选自《中国新诗》1948 年第 1 期)

郑敏(1920—　),女,"九叶诗派"代表诗人之一。《金黄的稻束》这首现代诗,是郑敏的代表作。

这首诗一开始就将其关注力集中在一束"金黄的稻束"上。它不是摆在那里,而是"站在"收割后的田野上(这为后来"雕像"的出现做了铺垫)。当大地空旷,这样一幅美丽的图画出现在秋后的田野上,它比一切更动人,更能调动诗人对历史和生命的感受和沉思。由此,诗人想起"无数个疲倦的母亲",而这是赋予生命的母亲、产后的母亲、默默肩负着生命的艰辛和希望的母亲。因为这种联想,一种诗的情感被进一步调动起来,"黄昏的路上我看见那皱了的美丽的脸",诗人以动情的笔触和见证人的眼光赋予这种疲劳以美丽的性质(后面,由于展开对历史和人类活动意义的思索,进而赋予母亲的疲劳以"伟大"的性质)。接着,诗人展开对收获后黄昏景色的刻画:"收获日的满月在/高耸的树巅上/暮色里,远山/围着我们的心边",正是在这万物围来,大地无比宁静、饱满、透明的境界里,诗人的目光再次投向黄昏田野上那站着的金黄的稻束:"没有一个雕像能比这更静默",无论是英雄的雕像、伟人的雕像,在此刻,都没有这样一种"雕像"更宁静沉默。它们静默,是因为此时无声胜有声,是因为这种母亲的疲倦、美丽和坚忍已超出了一切言说。这是一种动人的肯定和赞颂,而又不流于空泛。接下来的"肩荷着那伟大的疲倦,你们……",诗人由远距离的观看和联想,转向对表现对象直接抒情,进而赋予母性的疲倦和坚忍以超越一切的伟大性质。正是在这"弱者的伟大"中,在这默默承受一切的生命姿态中,"历史也不过是/脚下一条流去的小河";至此,那肩负着伟大的疲倦和辛劳的母亲的形象,在一片收割后的田野的映衬下,展现在我们面前。

诗人不单是借景抒情,而是力求通过具体的物象和对人类存在的联想和思索,来把握更本质、更具有思想含量的诗意。她以"金黄的稻束"为起点,将收割后的疲倦和静默、"母亲"和人类历史活动的意义联系起来,因而具有一种更为感人的力量。在具体写法上,诗人并没有在字面上将"金黄的稻束"直接比为"母亲",或是直接比为"雕像",而是在这两者之间来回闪动,展开联想和沉思。它们在诗中同时存在,相映成辉。读后,黄昏收割过的田野里"金黄的稻束"这一意象像静默的雕像一样令人难忘,而母亲的疲倦、母亲的无言的坚忍和美丽又激起我们对历史和生命的无尽的沉思。值得称道的还有这首诗的语言,它们不仅很美,而且富有雕塑的质感和深长的意味。诗的最后一句"而你们,站在那儿/将成为人类的一个思想",因为有上文的铺垫而顺理成章,并不显得空洞,一种"抽象的

思”和“具体的形”在此完美地合为一体。

《金黄的稻束》是20世纪40年代中国经典诗库中一首魅力独具的诗作,也是郑敏艺术风格的集中体现。它以一种温情饱满的静穆,将秋天田野里金黄的稻束同无数疲倦的母亲及其“皱了的美丽的脸”,一体化地凝固在黄昏中,然后又以高悬在树巅上收获日的满月、暮色中“围着我们的心边”的远山等静默的空间场景和诗人自己同化了的心像,将“肩荷着那伟大的疲倦”这一指认中稻束和母亲的双重形象置于其中,最终汇聚出人类母亲那种“疲倦的圣者”的形象。

风　景

辛　笛

列车轧在中国的肋骨上
一节接着一节社会问题
比邻而居的是茅屋和田野间的坟
生活距离终点这样近
夏天的土地绿得丰饶自然
兵士的新装黄得旧褪凄惨
惯爱想一路来行过的地方
说不出生疏却是一般的黯淡
瘦的耕牛和更瘦的人
都是病,不是风景!

(选自《辛笛诗稿》,人民文学出版社1983年版)

辛笛(1912—　),原名王馨笛,生于天津,现代作家,“九叶诗派”诗人。“九叶诗派”诗人的共同特点是将中国古典诗歌的艺术手法,转化成蕴藉含蓄、清新隽永的现代诗风。辛笛正是这一诗派的代表性人物之一。

诗人看到的车窗外“比邻而居的是茅屋和田野间的坟”,这一景象是十分写实的,在40年代的农村随处可见,但此处突出地将茅屋和坟这两个意象同时组合在一个画面中,并用连词“和”来连接,诗的蕴意也就从写实上升为哲理的思考:生与死的距离近得出奇,中国人竟是如此浑浑噩噩地了结一生。第一、二句以铁轨喻“中国的肋骨”,以列车喻“社会问题”,比喻新奇、生动,含义深刻,揭示了旧中国贫穷、黑暗的社会现实,也为全诗定下了沉重的基调。第三、四句是对车外景象的写实和议论,诗人取茅屋与坟入诗,既勾画农村的萧条,也由生死距离之短,写出农民一生之可悲可叹。第五、六句以色彩的不同,表现出自然与人的对比,第六句中“新”与“旧”也形成了鲜明的反差,第五、六两句表现出对被抓的壮丁悲惨境况的深切同情。将风景的描绘机智地加以变形,引入社会问题的关注,形成特殊的反讽效果。在奔驰的列车上,诗人的视点不再固定在某处,而是变动不居的。无疑,这种移动的观察与那种沉默的静观具有显著差别,与静观常常把观察的某物作为自我移情的对象相反,移动的观察更多地将景物视作外在于自己的东西,诗人无意或来不及将自身投射到外部景物上。火车一方面成为诗人进行观察的特殊“窗口”:诗人在晃动的列车上,在混合着各种语音和气味的车厢里,透过玻璃窗或开着的窗子,他看到陌生或熟悉、单调或繁复的风景,不免会生出某种新鲜感或惊异感,甚至获得关于这些风景的全新体验和发现。另一方面,正是移动的火车促使诗人将观察的视角从静态调整为动态,他更多地以一种旁观者或过客的心态,去面对那些来去匆匆的景物。也许,在诗人看来,那些转瞬即逝的景物也许就是更为真实的现实,他们会把眼前的景物,与时间的短暂、对往昔的追忆以及云游中的“怀乡病”等主题联系在一起,这些也是后来众多诗人在他们的记游诗中频繁抒写的主题。加强对外部现实的关注,强化诗歌中的审视景物的方式,这正是中国现代新诗的一种能力——“透视”现实的能力。物是人非、心境波动都是导致其感受发生迁移的原因。这也正是40年代诗歌与20—30年代诗歌的不同之处。体现了新诗的用“视力”处理现实的能力,也反映了30—40年代中国现代诗歌主题的嬗变和诗人与时代关系的转变:诗歌的触角越来越贴近现实,诗人的眼光越来越趋于审视。

当代诗歌部分

DANGDAI SHIGE BUFEN

枪给我吧

未　央

松一松手，
同志，
松一松手，
把枪给我吧……

红旗插上山顶啦，
阵地已经是我们的。
想起你和敌人搏斗的情景，
哪一个不说：
老张，你是英雄！

看你的四周，
侵略者的军队，
被你最后一颗手榴弹
炸成了肉酱。

你的牙咬得这么紧，
你的眼睛还在睁着，
莫非为了你的母亲放心不下？
我要写信告诉她老人家，
请答应我作她的儿子。

莫非怕你的田园荒芜？
你知道，
家乡的人们，
会使你田园的禾苗长得更茁壮。

不是，不是！
我知道你有宏大的志愿。
你的枪握得多紧，
强盗们还没被撵走，
你誓不甘心……

松一松手，
同志，
是同志在接你的枪！
枪给我吧，
让我冲向前去，
完成你未尽的使命！

1953年10月

（选自《祖国，我回来了》，长江文艺出版社1953年版）

未央（1930— ），原名章开明，湖南临澧人。是建国初期涌现的年轻诗人，1950年随中国人民志愿军赴朝鲜，归国后出版了他的第一本诗集《祖国，我回来了》引起诗坛的瞩目。《枪给我吧》就是他的代表作之一。

未央的抒情诗最显著的特点是：质朴自然，感情炽烈。何其芳曾这样赞美他的诗歌“好像有一种火一样能够灼伤人的东西”。他的诗文，短小却容量大，平凡的文字中吐露着不平凡的感情表达。

《枪给我吧》是一首表现牺牲英雄的颂歌。它精心抓住了一个内涵丰富的细节来表现死者的英雄气概和内心世界，写得很有深度。作品一开始就以简短有力的诗句扣住读者的心：“松一松手，/同志，/松一松手，/把枪给我吧……”这几声短促的呼唤，立刻把我们带进了这样一个场景中：一场残酷的战斗刚刚结束，我们的英雄经过英勇的搏斗，最后光荣牺牲。但是，他手中的枪仍然握得那么紧，这一令人激动的细节立刻把志愿军战士的英雄气概以及他们战斗到底的决心鲜明地表现出来。站在牺牲了的战友跟前，首先要告诉战友的，是红旗插上山顶的喜讯，而这一胜利又是与战友的流血牺牲分不开的。这样，诗人很自然地描写出英雄作战时的勇敢与牺牲时的壮烈：“看你的四周，/侵略者的军队，/被你的最后一颗手榴弹/炸成了肉酱。”这是一个多么高大的英雄形象。但是，诗人接下来笔锋一转,通过自问自答的方式,一下子深入到英雄的内心世界,“你的牙咬得这么紧,/你的眼睛还在睁着”。“莫非为了你的母亲放心不下?”“莫非怕你的田园荒芜?”死不瞑目,是不是有心事牵挂?是对亲人和家园的眷恋吗?这两件事恐怕是青年战士最关心的了,未央在这里写到了英雄的平凡之处,那就是他们也有常人的七情六欲,诗人这样的表现显然丰富了英雄的形象。但是诗人随即就把这两件事都否定。英雄之所以死不瞑目,手不松枪,是因为“强盗们还没被撵走,/你誓不甘心”,这是对英雄思想的开掘,是全诗的画龙点睛之笔。原来我们的英雄心里想的不是自己的家庭,个人的利益,而是祖国交给的战斗任务还没有最后完成。志愿军战士那种高度的革命责任感和国际主义精神便水到渠成地表现出来了。诗的最后一段,再次呼唤同志松一松手,这不仅是呼应开头,使之形成一个完整统一的整体,而且还表现出在烈士握枪不放的英雄气概的鼓舞下,“我”要立刻接过枪,冲上前,完成烈士未尽的使命。这就使诗歌情感的发展上升到了一个新的“制高点”。

综观全诗,诗人没有表现恢弘的战斗场面,而是截取了烈士握枪的一个情节,由此引发开去,完成了全诗的构思。整首诗,语言是朴实的,气氛是悲壮的,内含是丰富的,即使是在今天和平的环境中来读,也还有着震撼心灵、催人奋发的力量。何其芳评价说未央的诗情是“强烈的、有力的,好像有一种火一样能够灼伤人的东西”,可谓精当之言。

葡萄成熟了

闻　捷

马奶子葡萄成熟了,
坠在碧绿的枝叶间,
小伙子们从田里回来了,
姑娘们还劳作在葡萄园。

小伙子们并排站在路边,
三弦琴挑逗姑娘心弦,

嘴唇都唱得发干了，
连颗葡萄子也没尝到。

小伙子们伤心又生气，
扭转身又舍不得离去；
“悭吝的姑娘啊！
你们的葡萄准是酸的。”

姑娘们会心地笑了，
摘下几串没有熟的葡萄，
放在那排伸长的手掌里，
看看小伙们怎么挑剔……

小伙子们咬着酸葡萄，
心眼里头笑眯眯：
“多情的葡萄！
她比什么糖果都甜蜜。”

1952—1954 年
乌鲁木齐—北京
（选自《天山牧歌》，作家出版社 1956 年版）

闻捷(1923—1967)，原名赵文节，江苏丹徒人。1943 年开始创作。闻捷是五六十年代抒情诗的代表，他曾在西北边疆工作采访过，十分热爱和熟悉当地各民族人民的生活，1955 年发表了《吐鲁番情歌》等诗作，结集为《天山牧歌》出版，这是当代文学史上第一部反映边疆少数民族的抒情诗集。他的诗篇具有浓厚的地方色彩和鲜明的民族特色，笔调细腻优美，风格清新明丽，出版后不仅备受文坛瞩目，而且在群众中也风行一时，广为流传。《葡萄成熟了》就选自组诗《吐鲁番情歌》，《吐鲁番情歌》组诗中每一首诗都洋溢着青春的热情，体现了边疆少数民族青年男女崭新的精神面貌，闪烁着时代的光芒。

全诗共五节，以叙事为主。第一节写马奶子葡萄成熟了，坠在碧绿的枝叶间，小伙子们从田里回来了，想要吃葡萄。这一节主要是交代了这首

诗的场景，前两句写景，引起下文其中一个"坠"字，让人们可以想象葡萄又紫又大沉甸甸地挂在枝头上，令人垂涎欲滴，更突显了小伙子们从田里回来的欣喜。姑娘们还在劳作，说明园里硕果累累，无言中透露着她们的快乐。整首诗笼罩上了一层欢快、舒适的外纱，使读者开篇即感觉轻松、舒畅。后两句描写了当地人民辛勤劳动和忙碌着的场景。劳动之余，发生了的美丽的故事，由此展开。第二节给人以青春、活泼的感觉，"小伙子们并排站在路边，/三弦琴挑逗姑娘的心弦"。表现出小伙子们为了吃葡萄，费尽心思讨好姑娘欢心，此句中的三弦琴体现了民族的特色，给本诗蒙了一层浪漫的气息，读者想起这场景便能想象到小伙子们、姑娘们那青春、羞涩的面孔，再往下，小伙子们嘴唇都唱得发干了，连一颗葡萄也没尝到，点出小伙子们讨姑娘们欢心的目的，也表现出小伙子们对姑娘们的热情。第三节"小伙子们伤心又生气，/扭转身又舍不得离去"，埋怨姑娘们吝啬，这一节有对小伙子们心理、动作以及语言的描写，充分表达了小伙子们对于姑娘们的情感，对吃不到葡萄感到不甘心，更舍不得离开姑娘们，于是用激将法"你们的葡萄准是酸的"，准确地表现了小伙子们的率性、可爱与机智。第四节终于写到了姑娘们的反应。面对小伙子们的挑逗与讥讽，"姑娘们会心地笑了，/摘下几串没有熟的葡萄"。诗的第一节已经交代葡萄成熟了，而在这一节姑娘们却摘下几串没熟的葡萄，放在那排伸长的手掌里，显然是捉弄小伙子们并不是姑娘们真的吝啬，只是为了惩罚小伙子们吃不到葡萄就说葡萄酸的话吧。看看小伙子们怎么挑剔，姑娘们用酸葡萄去捉弄小伙子们的反应。本节写得轻快、幽默，不只姑娘们会心的笑了，连读者也会心地笑了。想象到节末那个省略号中，小伙子们吃到酸葡萄的表情，都会会心的一笑吧。第五节，小伙子们终于吃到了葡萄，虽然吃的是酸葡萄，但心眼里仍是笑眯眯的"多情的葡萄！/她比什么糖果都甜蜜"。酸酸的葡萄，由于是姑娘们摘的，带着情的葡萄，寄托了少男少女的心事，引出了发生在葡萄成熟时期的一段浪漫往事，她的滋味在小伙子们心里比什么糖果都甜蜜，也许那就是爱的味道。最后一句话，点明了主题，让读者都尝到了甜蜜的味道。

整首诗，气氛欢悦、轻松，以幽默的笔触，表达了男女之间美丽、纯洁的爱。诗人借助小说、散文的叙事手法，巧妙运用典型细节，推动情节的发展。在抒情写人中，诗人善于捕捉生活中最富有色彩和深意的隐喻，如马奶子葡萄的成熟应是比喻小伙子的，然而更深层是要隐喻姑娘们的成熟。诗中还借用了伊索寓言"狐狸吃不到葡萄说葡萄是酸的"的典故，为诗歌增添了喜剧色彩。这首诗歌还运用了许多的对比，开始小伙子为得不到姑娘们的青睐而自慰葡萄是酸的和最后得到姑娘们的酸葡萄却说是比糖果还甜蜜，心里头笑眯眯的，这一对比使作品的情感更加的丰富，情节更加的生动，有节奏感了。

桂林山水歌

贺敬之

云中的神呵，雾中的仙，
神姿仙态桂林的山！

情一样深呵，梦一样美，
如情似梦漓江的水！

水几重呵，山几重？
水绕山环桂林城……

是山城呵，是水城？
都在青山绿水中……

呵！此山此水入胸怀，
此时此身何处来？

……黄河的浪涛塞外的风。
此来关山千万重。

马鞍上梦见沙盘上画：
"桂林山水甲天下"……

呵！是梦境呵，是仙境？

此时身在独秀峰！

心是醉呵，还是醒？
水迎山接入画屏！

画中画——漓江照我身千影，
歌中歌——山山应我响回声……

招手相问老人山，
云罩江山几万年？

——伏波山下还珠洞，
宝珠久等叩门声……

鸡笼山一唱屏风开，
绿水白帆红旗来！

大地的愁容春雨洗，
请看穿山明镜里——

呵！桂林的山来漓江的水——
祖国的笑容这样美！

桂林山水入胸襟，
此景此情战士的心——

是诗情呵，是爱情，
都在漓江春水中！

三花酒掺一分漓江水，
祖国呵，对你的爱情百年醉……

江山多娇人多情，

使我白发永不生！

对此江山人自豪，
使我青春永不老！

七星岩去赴神仙会，
招呼刘三姐呵打从天上回……

人间天上大路开，
要唱新歌随我来！

三姐的山歌十万八千箩，
战士呵，指点江山唱祖国……

红旗万梭织锦绣，
海北天南一望收！

塞外的风沙呵黄河的浪，
春光万里到故乡。

红旗下：少年英雄遍地生——
望不尽：千姿万态“独秀峰”！

——意满怀呵，情满胸，
恰似漓江春水浓！

呵！汗雨挥洒彩笔画：
桂林山水——满天下！……

1959年7月旧稿
1961年8月整理于北戴河
（《人民文学》1961年第10期）

贺敬之（1924— ），山东峄县人。1939年在四川参加抗日救亡活动，开始发表作品。1940年赴延安，后与丁毅等合著歌剧《白毛女》。有诗集《放歌集》、《贺敬之诗选》等。贺敬之我国当代著名诗人，他创作的诗歌既有题材重大、雄浑豪放的长篇政治抒情诗，如《放声歌唱》、《雷锋之歌》等，也有"词格清美"，描写优美的风景，音韵精美的抒情短章，如《回延安》、《三门峡歌》和《桂林山水歌》等，这类诗歌也脍炙人口，广为流传。贺敬之的这类抒情短章常常采用群众喜闻乐见的民歌体，而《桂林山水歌》正是这种形式的体现。诗人采用了陕北民歌"信天游"的方式，诗由两行一节组成，语言自然流畅，有如行云流水，音韵节奏和谐。在诗的开篇，就把读者引向一种让人神往的艺术境界，诗人抓住了桂林山水的自然特征，用一种近乎于咏叹调的形式赞美桂林山水，诗人用"云中的神呵，雾中的仙"来形容桂林山水的山，用"情一样深呵，梦一样美"来形容漓江的山水，神与仙的描写使诗的开头就具有奇妙的色彩，有一层神秘感。"如情似梦漓江的水"描写非常的细腻，从中可看出漓江水的温柔动人，更给漓江的水披上了一层神秘的面纱，极具浪漫主义色彩。接着诗人咏叹"山几重呵，水几重"，水面辽阔，峰峦叠嶂。桂林城被山、水围绕着，青山绿水，一个世外桃源之景，一个千千万万人"梦里寻他千百度"的美妙旷境。作者既大胆又准确地把桂林山水表现得极富特征又引人遐想，耐人寻味，读后似乎有一种比原始的自然现实更新更美的感觉，达到了更幽深神妙的风景画图和艺术境界。这样的地方是让人心驰神往的。但作者没有停留在单纯的描摹桂林山水，而是加上了自己对桂林山水独特的感受，注入了政治情怀。由赞美桂林山水扩展到对祖国美好山河的歌颂，这是对主题的进一步升华，把普通的吟咏山水之情，发展成为爱国主义的颂歌。例如诗歌通过描写景物来折射出祖国的焕然一新，"桂林的山来漓江的水/祖国的笑容这样美！/桂林山水入胸襟，/此景此情战士的心"。诗人从桂林山水联想到"祖国的笑容"，用桂林山水形容"祖国的笑容"，让人们通过桂林山水的图景观看祖国的未来，强烈地抒发了作者的爱国主义胸怀，深情的赞美伟大祖国和革命战士，这不但绝妙地描绘出"祖国的笑容这样美"，也同时进一步歌颂和美化了桂林的山水。诗人的感情是奔放而又深沉的，诗人的笔调是潇洒而又含蓄的，他高唱着"江山多娇人多情，/使我白发永不生"，最后引用了"刘三姐"故事，诗人十分浪漫地去"招呼刘三姐呵打从天上回"，唱出了祖国的繁荣昌盛，唱出了激动人心的高音。最后以"桂林山水——满天下"结尾，一个"满"字是对前人名句"桂林山水甲天下"的"甲"字巧妙点化，既写出了诗人对祖国未来充满了信念和祝福，又生动、准确而充分地表达出诗人的全部奔腾澎湃而深沉浑厚的激情。从总体上看这首诗音韵柔和,韵式美妙。虽然这首诗具有当时强烈的政治氛围,我们仍然可以从中看出作者对祖国的语言有很深的造诣。

通观全文,该诗均由两行一节组成,语言自然流畅,有如行云流水。短句和句子多用对仗,形成了全诗节奏匀称而音调铿锵的音乐美。全诗借景抒情,情感的抒发是淋漓尽致的。读此诗是一种美的享受,它的情感和艺术气息至今仍然能够深深地感染读者。

雾中汉水

蔡其矫

两岸的丛林成空中的草地;
堤上的牛车在天半运行;
向上游去的货船
只从浓雾中传来沉重的橹声,
看得见的
是千年来征服汉江的纤夫
赤裸着双腿倾身向前
在冬天的寒水冷滩喘息……
艰难上升的早晨的红日,
不忍心看这痛苦的跋涉,
用雾中遮住颜脸,
向江上洒下斑斑红泪。

1957 年

(选自《生活的歌》,人民文学出版社 1982 年版)

蔡其矫(1918—),福建晋江人,少年时代曾在印度尼西亚生活。1935 年在上海读中学时,开始创作诗歌,1938 年入延安鲁迅艺术学院学习。建国后曾为福建省文联专业作家,出版的诗集有《回声集》、《涛声集》、《双虹集》、《福建集》等。

《雾中汉水》是诗人蔡其矫在1957年岁末下放长江流域规划办公室挂职锻炼时，选取离京沿途所见所闻，掺合其对当时社会政治生活的理解写成的一首短诗。全诗不过一百余字，没有具体分节，但从内容上看大致可以分成两部分：从两岸中的草地到浓雾中传来的橹声，为第一部分，诗人一开始用极富想象性的语言为读者呈现出奇特的美景：在汉江上看两岸的丛林如同空中的草地一般，而两岸堤上的牛车也同样像是在天半运行。这是多么美丽的景象，多么浪漫的环境，这立足于现实又超越现实的景物描写给人以与众不同的奇异感觉。这一切被雾笼罩，显得亦真亦幻，不管是谁读了这两句，都会以为诗人在赞美雾中汉水的美景，诗人曾经被视为山水诗人，对写景有深厚的功力。然而，诗的第三句便开始发生转折。读者可以体会到"向上游去的货船"在逆流中的艰难前行，而"从浓雾中传来沉重的橹声"更加深了这一感受。"沉重"一词与开篇两句形成强烈的反差，把前面所营造的唯美氛围给打破得一干二净，开始转入本诗真正意境。诗中的气氛变得深沉了。诗的第二部分则引出了纤夫这一形象，在第三、四句中说在浓雾中，货船都看不清，只能听见它发出橹声，但是在这里诗人却又看见了"千年来征服汉江的纤夫"，那"赤裸着双腿倾身向前，/在冬天的寒水冷滩喘息"的纤夫却是真真实实地映入人的眼皮底下，其形象是那样鲜明生动。这正是中国人民在千百年来险峻的道路上艰苦跋涉的写照。究竟是什么导致了作者只见纤夫不见船的情况呢？只能是诗人那颗关注劳苦大众的心，诗人这颗忧国忧民的心，使他看到了在艰辛劳动的纤夫。最后四句，表面上写的是红日，但还是为衬托纤夫们的艰难生活服务的。"艰难上升的早晨的红日"点明了大概时间：太阳才刚刚升起。表明纤夫们工作时间之早，而纤夫们"痛苦的跋涉"更是让太阳都用雾来遮脸，诗人感觉到生活有如艰难上升的红日，他觉得也不能不为之落泪，"向江上洒下斑斑红泪"。最后一句，诗人运用拟人手法，在他人眼中辉煌灿烂的江波的闪烁，在诗人看来却是迸溅跳荡的和血的泪珠。十分平常的景色带上了自己的感情色彩，使之成为衬托气氛的一部分。

诗人当时所处的50年代正是社会主义改造和发展的火热时期，是欢歌畅舞的时代。然而他却不回避也无法回避现实问题。这首诗的情调大不同于当时流行的天真和浮夸，表达了诗人对生活独特而严峻的感受。诗人在自己对生活现象和自然景物的独特的观照中，通过特别的意象和独异的生命体验，捕捉到一种苦涩浓重的诗意，淋漓尽致地表现了诗人自己悲悯的情怀。全诗采用了一种场景对比的手法，把唯美与现实、写实与写意、景和情互相交融生发，使这首色彩特别的山水诗中也拥有了自然和社会的双重意味。

望星空(节选)

郭小川

一

今夜呀，
我站在北京的街头上。
向星空瞭望。
明天哟，
一个紧要任务，
又要放在我的双肩上。
我能退缩吗？
只有迈开阔步，
踏万里重洋；
我能叫嚷困难吗？
只有挺直腰身，
承担千斤重量。
心房呵。
不许你这般激荡！
此刻呵，
最该是我沉着镇定的时光。
而星空，
却是异样的安详。
夜深了，
风息了，
雷雨逃往他乡。
云飞了，

雾散了，
月亮躲在远方。
天海平平，
不起浪，
四围静静，
无声响。

但星空是壮丽的，
雄厚而明朗。
穹窿呵，
深又广，
在那神秘的世界里，
好象竖立着层层神秘的殿堂。
大气呵，
浓又香，
在那奇妙的海洋中，
仿佛流荡着奇妙的酒浆。
星星呵，
亮又亮，
在浩大无比的太空里，
点起万古不灭的盏盏灯光。
银河呀。
长又长，
在没有涯际的宇宙中，
架起没有尽头的桥梁。

呵，星空，
只有你，
称得起万寿无疆！
你看过多少次：
冰河解冻，
火山喷浆！
你赏过多少回：

白杨吐绿，
柳絮飞霜！
在那遥远的高处，
在那不可思议的地方，
你观尽人间美景，
饱看世界沧桑。
时间对于你，
跟空间一样——
无穷无尽，
浩浩荡荡。

（选自《人民文学》1959 年第 11 期）

郭小川(1919—1976),原名郭恩大,河北丰宁人。曾先后出版《投入火热的斗争》、《致青年公民》、《雪与山谷》、《将军三部曲》、《甘蔗林——青纱帐》、《郭小川诗选》等十余本诗集。

在新中国诗坛上,诗人郭小川一直享有“战士”之誉,作为“战士”诗人,他总是服从指挥,他的诗篇也是以抒写革命激情为主,但是《望星空》这首诗歌却是郭小川作品中最富有艺术个性的力作之一。从这首诗作中,我们可以看到一个认真而诚恳的思考生活的诗人形象。郭小川独特的艺术个性体现在:他深刻地看到了一片和谐中的某些不和谐,看到了个人的时间与历史的时间的不尽一致。历史高邃地转换和迈进,把许多人裹进来奔向前去,也把许多人抛出了生活的轨道。……有限的个人生命,怎样才能与无限广阔的发展相通？无限的追求又怎样才能体现在个人有限的努力之中？这一思考构成了郭小川五六十年代最具深度的几首抒情诗及叙事诗的主题。

《望星空》一诗,原是为 1959 年人民大会堂的落成而作,写于同年 4 月到 10 月,历时半年,三易其稿。发表于《人民文学》1959 年第 11、12 期。全诗共有 230 多行,分为 4 章,从情感的起伏和内容的展开来看,明显地分为前后两个部分。

在第一、二章,诗歌的内容写的是一个夜晚诗人站在北京街头,向星空眺望,面对浩瀚星空,心中涌起有关人生、宇宙的超越时空的思绪,显示了那个时代较为少见的强烈的自我意识。作者首先对星空进行了赞美。“啊,星空,/只有你,/称得起万寿无疆！……你观尽人间美景,/饱看世界

沧桑。/时间对于你,/跟空间一样——,/无穷无尽,/浩浩荡荡。"诗中的"我"面对这无边无际的宇宙不免感慨到,"我在人间生长/但比起你来/人间还远不辉煌"。这里诗人真诚而坦率地流露了对革命进程中某种忧郁和痛苦的自我反省和一度"感到惆怅"的心情,并由此感受到一种人生的短暂的伤感,"在伟大的宇宙的空间,人生不过流星般的闪光。在无限的时间的洪流里,人生仅仅是微小又微小的波浪"。但是一进入第三、四章,诗人就掉转笔调,全力描写了人民大会堂的灯火,她使得"天黑了,星小了,高空显得暗淡无光",而"当我怀着自豪的感情,/再向星空瞭望,/我的身子,/充溢着非凡的力量",诗的后半部分显然对前半部分的诗思提出了诘难,由此可以看出,诗人采用的是前后的一抑一扬的手法,前面对人生的感叹伤感实际上是为了对后面抒发人间沸腾的战斗生活所作的一个铺垫。诗人最终仍是体察出人生的壮丽,想到了人类征服自然的豪迈气概,并由此感到自己"充溢了非凡的力量",表现出"我们要把广漠的穹窿,变成繁华的天安门广场"的非凡气概。

虽然《望星空》仍然是以歌颂"人定胜天的伟大力量,歌颂人民在党的领导下迎难而上,去建设美好、幸福的人间天堂"的时代主题,但是它的表现手法比较曲折,特别是在结构上欲扬先抑之间,诗人力图展示一个在当时显得较为深刻、别致的思考角度和过程:不囿于现成流行的观念,注意表述生活和个人的情感世界的复杂性,努力思考现实的严峻性、斗争的坚定性与广博的人性情感之间的矛盾统一关系。因此,这首诗歌在当时超越了诗歌局部时空的限制,达到当代诗歌未曾达到的深度。

从诗的修辞和语言上看,这首诗具有音乐美,像郭小川的其他诗作一样极适宜反复吟咏,正如诗人所说:"诗应当是叮当作响的流水"。诗中比喻夸张手法的运用,有着当时时代颂歌的特征。反问的运用,则给人以强烈的说服力、感染力和想象力。

悬崖边的树

曾 卓

不知道是什么奇异的风

将一棵树吹倒了那边——
平原的尽头
临近深谷的悬崖上

它倾听远处森林的喧哗
和深谷中小溪的歌唱
它孤独地站在那里
显得寂寞而又倔强

它的弯曲的身体
留下了风的形状
它似乎即将倾跌进深谷里
却又像是要展翅飞翔……

1970 年

（选自《悬崖边的树》，四川人民出版社 1981 年版）

曾卓（1922— ），原名曾庆冠，湖北黄陂人。抗日战争期间在重庆开始诗歌创作。曾编辑《诗垦地丛刊》、《诗文学》杂志。1955 年受胡风错案株连。1979 年平反。有诗集《门》、《悬崖边的树》、《老水手的歌》等。

诗人牛汉曾经说过："曾卓的诗即使是遍体鳞伤，也给人带来温暖和美感"。这首《悬崖边的树》正是通过对悬崖边的树的意象，创造了一个在沉重时代深受苦难而又坚持信念的中国知识分子的形象。这首诗是受难者内心感情和生活信念的倾诉，抒发身处逆境中的坚定不移的信念。

诗在一开头就营造出一种孤独凄凉的氛围——有一棵树被"不知道是什么奇异的风"吹到了临近深谷的悬崖，在这样的环境中，悬崖边的那棵树显得那样孤独而又无助，它似乎是被喧嚣的世界所遗弃，只能默默地"倾听远处森林的喧哗/和深谷中小溪的歌唱"，然而它却并没有就此消沉灭亡，它的坚强性格使它更顽强地生存下来。当流逝的岁月在它身上打下深刻的烙印，弯曲的身体留下风的形状时，就在别人为它即将跌入深渊而担忧惊恐时，他却把这作为展翅飞翔的起点，在逆境中奋起，在绝望中寻求希望。诗的前一部分描写的景是一种孤独、寂寞、凄凉的，但是整首诗所表现出来的却是一种积极的思想，一种奋发向上的精神。虽然那棵树"孤独地站在那里"，"显得寂寞"，然而它却又表现出"倔强"的性格，在大家都以为它"即将倾跌进深谷里"时，它"却又像是要展翅飞翔"，通过这点睛之笔，使全诗峰回路转，使树的命运有了大转弯，给人一种蓬勃向上的力量。通过"倾跌进深谷"与"展翅飞翔"两个截然不同的极端的有机结合，紧扣读者的心弦，在矛盾中体现生命的真谛，在平淡中体现不平淡的人生。全诗不仅是树的"展翅飞翔"，而且还是人类的"展翅飞翔"，人生也是如此，在失望中寻求希望，在灭亡中寻求生存，这才是个强者。

全诗意境深远。诗人运用借代拟人的手法，巧妙地将生命浓缩成一棵树，用这独特的比喻告诉人们：生命像一棵树，注定要孤独地承受许多风雨，美好的结局往往在惊心动魄的经历之后，关键就在于我们有足够的信念！悬崖边的树，就是诗人的自我形象，也是那些身处逆境而不屈不挠的人的形象。可以想象诗人经历中那段寂寞、痛苦的日子。如此艰难的境遇之下，仍然能够发出激昂的声音，坚韧地站立着，这就是新年的力量。这首诗表面上很平淡，其实背后蕴涵深刻的含义，有很浓重的时代气息。本诗所写的悬崖边艰苦的生长环境，凄凉与喧嚣的对比，让人不由有一种沉重之感。了解诗人的生活经历后，便会觉得写得很贴切，含蓄写出诗人在受到"胡风事件"被牵连后的境遇。

这首诗简短而有力，朴实地唱出心中的歌，没有喧哗，没有装腔作势，没有矫揉造作，语言平淡。这首诗的思绪情感并不直接陈述而寄托在对自然界的"物象"的描绘中，显得含蓄、自然。因此本诗中多处运用象征手法："奇异的风"也许就是诗人所处时代的社会的那种压迫，不景气，黑暗，让人们饱受折磨。"悬崖边"指的就是当时诗人身处绝境，在生死一线之间，对森林的喧哗和小溪的歌唱的向往是诗人追求自由，追求幸福的渴望，而"它孤独地站在那里，/显得寂寞而又倔强"这句表现了这首诗所表现的诗人的形象：虽然处于逆境但也决不放弃，坚持不懈地奋斗。即使身体已被压弯，而万事都处在寂静之中，正如鲁迅先生说的"不在沉没中爆发，就在沉没中灭亡"。

全诗寄予了作者深挚而坦诚的情感，以及通脱的生活态度，这给诗增添了某种坚忍的意志，读了让人有一种奋发向上的激情。

重读《圣经》

——“牛棚”诗抄第 n 篇

绿　原

儿时我认识一位基督徒，
他送给我一本小小的《福音》，
劝我用刚认识的生字读它：
读着读着，可以望见天堂的门。

青年时期又认识一位诗人
他案头摆着一部厚厚的《圣经》，
说是里面没有一点科学道理，
但却不乏文学艺术最好的味精。

我一生不相信任何宗教，
也不擅长有滋味的诗文。
惭愧从没认真读过一遍，
尽管赶时髦，手头也有它一本。

不幸“贯索犯文昌”：又一次沉沦，
沉沦，沉沦到了人生的底层。
所有书稿一古脑儿被查抄，
单漏下那本异端的《圣经》。

常常是夜深人静，倍感凄清，
辗转反侧，好梦难成，
于是披衣下床，摊开禁书，
点起了公元初年的一盏油灯。

不是对譬喻和词藻有所偏好，
也不是要把命运的奥秘探寻，
纯粹是为了排遣愁绪:一下子
忘乎所以，仿佛变成了但丁。

里面见不到什么灵光和奇迹，
只见蠕动着一个个的活人。
论世道，和我们的今天几乎相仿，
论人品(唉!)未必不及今天的我们。

我敬重为人民立法的摩西，
我更钦佩推倒神殿的沙逊;
一个引领受难的同胞出了埃及，
一个赤手空拳，与敌人同归于尽。

但不懂为什么丹尼尔竟能
单凭信仰在狮穴中走出走进;
还有那彩衣斑斓的约瑟夫
被兄弟出卖后又交上了好运。

大卫血战到底，仍然充满人性:
《诗篇》的作者不愧是人中之鹰;
所罗门毕竟比常人聪明，
可惜到头来难免老年痴呆症。

但我更爱赤脚的拿撒勒人:
他忧郁，他悲伤，他有颗赤子之心;
他抚慰，他援助一切流泪者，
他宽恕，他拯救一切痛苦的灵魂。

他明明是个可爱的傻角，
幻想移民天国，好让人人平等。
他却从来只以“人之子”自居，

是后人把他捧上了半天云。

可谁记得那个千古的哑迹，
他临刑前一句低沉的呻吟：
“我的主啊，你为什么抛弃了我？
为什么对我的祈祷充耳不闻？”

我还向马丽娅·马格达莲致敬：
她误落风尘，心比钻石更坚贞，
她用眼泪为耶稣洗过脚，
她恨不能代替恩人去受刑。

我当然佩服罗马总督彼拉多：
尽管他嘲笑“真理几文钱一斤？”
尽管他不得已才处决了耶稣，
他却敢于宣布“他是无罪的人！”

我甚至同情那倒楣的犹大：
须知他向长老退还了三十两血银，
最后还勇于悄悄自缢以谢天下，
只因他愧对十字架的巨大阴影……

读着读着，我再也读不下去，
再读便会进一步堕入迷津……
且看淡月疏星，且听鸡鸣荒村，
我不禁浮想联翩，惘然期待着黎明……

今天，耶稣不止钉一回十字架，
今天，彼拉多决不会为耶稣讲情，
今天，马丽娅·马格达莲注定永远蒙羞，
今天，犹大决不会想到自尽。

这时“牛棚”万籁俱寂，

四周起伏着难友们的鼾声。
桌上是写不完的检查和交代，
明天是搞不完的批判和斗争。

"到了这里一切希望都要放弃。"
无论如何，人贵有一点精神。
我始终信奉无神论：
对我开恩的上帝——只能是人民。

1970 年

（选自《人之诗》，人民文学出版社 1983 年版）

绿原(1922—)，原名刘仁甫，湖北黄陂人。1940 年开始创作诗歌，1949 年任《长江日报》文艺组副组长，1955 年受胡风错案株连，"文化大革命"后恢复名誉，曾任人民出版社副总编辑。出版有诗集《又是一个起点》、《集合》、《人之诗》、《我们走向海》等。

绿原是当代一位著名的诗人，一个富于进取精神的诗人，他的诗歌创作从一开始就善于从活的现实生活中寻找材料。《重读〈圣经〉》写于"文化大革命"中期，该诗的副标题是"牛棚"诗抄第 n 篇。正如该诗副标题所说，诗人当时正处于蒙难中，正被关在牛棚中，没有人身自由。在"文化大革命"这个特殊的艰难的时期中，绿原无法直接表达出心中的愤慨，无法直接指斥当时混乱的非人道的黑暗的现实，只有通过诗来曲折地表达自己的思想感情。

全诗有 20 节，根据内容，大致可以分为三大段，第一段为第 1—6 节写的是从不信仰宗教的诗人在"文化大革命"沉沦到了人生的底层时，只有靠一本抄家后漏下的《圣经》来排遣愁绪。诗歌的前三节显然是一种铺垫，而后三节则不仅是一个反讽，原来一直不信宗教的诗人却只有译本《圣经》可读，而且还点明了诗人重读《圣经》的处境，也许这个艰难处境，正是读懂《圣经》最恰当的语境。第 7—17 节是第二大段，是全诗的主体，内容丰富，历数了《圣经》中的一些人物事迹，在抒情中夹叙夹议，其中含有深长的寓意，隐喻"文化大革命"动乱中的世道和人品。这里采用了大量的比喻和暗示。正面歌颂《圣经》中的一些人物，表达诗人之所爱，寄寓向往和追求，诗人感叹现实社会中的"人品"，呼吁英勇、诚信、仁爱，特别是对耶稣的评说，既表现出他对处于灾难中的人民的同情，对自己蒙难的迷茫，也表现了他对自己为人的某种自许。诗人还采用诸如“致敬”、“佩服”、“同情”等反语对《圣经》中的另一些人物表达憎恨之情，并提醒自己以免“堕如迷津”，诗人名为马丽娅·马格达莲、彼拉多、犹大辩解，实为对他们的丑恶无耻、滥杀无辜、叛卖行径进行暴露，对他们所谓“坚贞”、“不得已”、“愧对”的表白给以含蓄的谴责，同时也用他们来比照现实。诗人引用《圣经》故事的目的十分清楚，就是要否定“文化大革命”。“今天，耶稣不止钉一回十字架，/今天，彼拉多决不会为耶稣讲情，/今天，马丽娅·马格达莲注定永远蒙羞，/今天，犹大决不会想到自尽。”诗人一沉痛激愤之情，对“文化大革命”期间好人遭难，坏人更没有人性的现实进行猛烈的抨击。

最后三节是第三段，诗人用明确的语言来谴责这个黑暗的时代，表明自己真实的信仰。

《重读〈圣经〉》出于一个蒙难诗人的特殊处境，《重读〈圣经〉》具有鲜明的时代特色，在写对《圣经》的认识和态度时，语气平和，节奏舒缓，叙述从容，有深沉的哲理含蕴。待思绪进入《圣经》故事，诗人便牢牢地把握特殊身份地位，用比喻和暗示来写社会人生，情感虽激越起伏，思想却隐蔽含蓄。之后，再让思绪跳出《圣经》，回到现实，再愤怒中表达无奈，在无奈中寄托希望。通过议论把全诗推向高潮，并通过议论让诗篇悄然而止。这种构思不仅使全诗带有明显的叙事成分，而且有着诗人无尽的希望寄托，并呈现出一种沉郁婉转而又激情昂扬的格调。

华南虎

牛　汉

在桂林
小小的动物园里
我见到一只老虎。

我挤在叽叽喳喳的人群中
隔着两道铁栅栏

向笼里的老虎
张望了许久许久,
但一直没有瞧见
老虎斑斓的面孔
和火焰似的眼睛。

笼里的老虎
背对胆怯而绝望的观众
安详地卧在一个角落,
有人用石块砸它
有人向它厉声呵喝
有人还苦苦劝诱
它都一概不理!

又长又粗的尾巴
悠悠地在拂动,
哦,老虎,笼中的老虎,
你是梦见了苍苍莽莽的山林吗?
是屈辱的心灵在抽搐吗?
还是想用尾巴鞭击那些可怜而又可笑的观众?

你的健壮的腿
直挺挺地向四方伸开,
我看见你的每个趾爪
全都是破碎的,
凝结着浓浓的鲜血,
你的趾爪
是被人捆绑着
活活地铰掉的吗?
还是由于悲愤
你用同样破碎的牙齿
听说你的牙齿是被钢锯锯掉的
把它们和着热血咬碎……

我看见铁笼里
灰灰的水泥墙壁上
有一道一道的血淋淋的沟壑
象闪电那般耀眼刺目！

我终于明白……
羞愧地离开了动物园。

恍惚之中听见一声
石破天惊的咆哮，
有一个不羁的灵魂
掠过我的头顶
腾空而去，
我看见了火焰似的斑纹
火焰似的眼睛，
还有巨大而破碎的
滴血的趾爪！

（选自《牛汉诗选》，花城出版社1998年版）

牛汉(1923—　)，原名史成汉，山西定襄人。1944年从事编辑工作，曾任人民文学出版社诗歌组组长，“文化大革命”后曾任《中国作家》主编。出版有诗集《彩色的生活》、《爱与歌》、《海上蝴蝶》、《沉默的悬崖》等。

牛汉的《华南虎》是一篇托物言志的佳作。诗作写于1973年6月，“文化大革命”动乱时期，这正是人妖颠倒、黑白混淆的年代，许多人失去了自由。诗人以一颗敏感的心，强烈地感受到这种悲怆和苦难，同时也感受到了每一个有血性的中国人不屈的灵魂和挣脱禁锢、向往自由的顽强斗争精神。因此，诗人在这首诗里把这苦难和血性赋予了一个有生命的肌体——被囚禁的华南虎，借此表现出对自由的追求和对不屈灵魂的赞美，在当时这显然就有了深刻的现实意义。人，可以被监禁，可以失去人身自由，但是“华南虎”所象征的不屈的灵魂却是不可监禁的。在那样的时代和环境里，诗人能够“为我们留下了一个时代的痛苦而崇高的精神面貌”，能写出这样的诗确实是难能可贵的。

诗的开篇就描写了诗人在桂林动物园里看到一只华南虎的情景，它本属于大山与森林，属于大自然的自由的儿子，现在却被囚禁在铁笼里，供人观看、呵斥、捉弄。这既是现实性的描述，又是超现实的喻指。初看上去，似乎“老虎”很安于笼中生活，似乎习惯了牢笼里的日子，但是诗人紧接着笔锋一转，却发现了老虎的另一种表现，它对叽叽喳喳的人群一概不理，又长又粗的尾巴，在悠悠地拂动，这哪里是胆怯，而是一种傲气的体现，接着诗人对老虎进行了一系列的细节描写，写到了“我”发现老虎的每个趾爪都“凝结着浓浓的鲜血”以及“灰灰的水泥墙壁上”，“一道一道的血淋淋的沟壑”，“我终于明白……”是的，它挣扎过，它向对围困它的牢笼怒吼过，它甚至不惜齿爪全都破碎，它一直都向往着外面的世界，自由的世界。可是昏眩在铁笼子依旧囚禁着它，它依旧生活在一个扭曲的生命环境中。然而也正是这种扭曲的生命环境，虎，这个不屈的生命更爆发出更大的能量，显示出更顽强的意志，更不屈的灵魂。明白了这一切，诗人似乎从这只老虎的境况中看到了自己。“我”羞愧地离开了动物园。最后，诗人也在想象中看到了老虎的“火焰似的斑纹，火焰似的眼睛”，他从灵魂深处爆发了抗争的欲望，他呐喊着，人可以被监禁，可以被流放，可以失去人身自由，但是像华南虎的不屈的灵魂却是不可监禁的！此时，诗人心底的咆哮与想象中华南虎的咆哮已经很难分辨了。

牛汉擅长写在生命的扭曲中那不屈的灵魂。综观全诗，通过“我”对“老虎”的不理解到理解的过程，写出“老虎”不屈精神的价值，反衬出虎的高洁。这首诗运用了象征的艺术手法。这首诗正是通过对“虎”这样一个形象的象征性描写，暗示和表现人对自由的追求，对于苦难的反抗，对不屈灵魂的赞美。这一系列沉重而巨大的内容都是对“虎”的象征性描述中表现出来的。以华南虎作为象征，表现的是自己在困难中不屈的人格和对自由的渴望。全诗风格硬朗，直率。敢于披露事实，借华南虎雄伟的形象和精神来比喻自己满腔的热情和对“文化大革命”时期一系列社会现象的悲愤之情。在构思和语言上，诗作表现得也十分自然而质朴，不留雕琢痕迹，读来就像生活本身一样真实可信。风格上凝重而又深沉，很有张力，表现了作者诗艺的圆熟。

冬

穆　旦

1

我爱在淡淡的太阳短命的日子，
临窗把喜爱的工作静静做完；
才到下午四点，便又冷又昏黄，
我将用一杯酒灌溉我的心田。
多么快，人生已到严酷的冬天。
我爱在枯草的山坡，死寂的原野，
独自凭吊已埋葬的火热一年，
看着冰冻的小河还在冰下面流，
不只低语着什么，只是听不见。
呵，生命也跳动在严酷的冬天。
我爱在冬晚围着温暖的炉火，
和两三昔日的好友会心闲谈，
听着北风吹得门窗沙沙地响，
而我们回忆着快乐无忧的往年。
人生的乐趣也在严酷的冬天。
我爱在雪花飘飞的不眠之夜，
把已死去或尚存的亲人珍念，
当茫茫白雪铺下遗忘的世界，
我愿意感情的激流溢于心田，
来温暖人生的这严酷的冬天。

2

寒冷，寒冷，尽量束缚了手脚，
潺潺的小河用冰封住了口舌，

盛夏的蝉鸣和蛙声都沉寂，
大地一笔勾销它笑闹的蓬勃。
谨慎，谨慎，使生命受到挫折，
花呢？绿色呢？血液闭塞住欲望，
经过多日的阴霾和犹疑不决，
才从枯树枝漏下淡淡的阳光。
奇怪！春天是这样深深隐藏，
哪儿都无消息，都怕峥露头角，
年轻的灵魂裹进老年的硬壳，
仿佛我们穿着厚厚的棉袄。

3

你大概已停止了分赠爱情，
把书信写了一半就住手，
望望窗外，天气是如此肃杀，
因为冬天是感情的刽子手。
你把夏季的礼品拿出来，
无论是蜂蜜，是果品，是酒，
然后坐在炉前慢慢品尝，
因为冬天已经使心灵枯瘦。
你那一本小说躺在床上，
在另一个幻象世界周游，
它使你感叹，或使你向往，
因为冬天封住了你的门口。
你疲劳了一天才得休息，
听着树木和草石都在嘶吼，
你虽然睡下，却不能成梦，
因为冬天是好梦的刽子手。

4

在马房隔壁的小土屋里，
风吹着窗纸沙沙响动，
几只泥脚带着雪走进来，

让马吃料,车子歇在风中。
高高低低围着火坐下,
有的添木柴,有的在烘干,
有的用他粗而短的指头
把烟丝倒在纸里卷成烟。
一壶水滚沸,白色的水雾
弥漫在烟气缭绕的小屋,
吃着,哼着小曲,还谈着
枯燥的原野上枯燥的事物。
北风在电线上朝他们呼唤,
原野的道路还一望无际,
几条暖和的身子走出屋,
又迎面扑进寒冷的空气。

(选自《穆旦诗选》,人民文学出版社 1986 年版)

《冬》是著名诗人穆旦晚年创作中最重要的作品之一,也是在他整个创作中非常突出的诗作。诗人 1953 年从美国芝加哥大学学习回国,在南开大学任教,政治生活一直处于动荡时期。王佐良曾特别提到《冬》之于穆旦的意义:“当它还以手稿形式在朋友间流传的时候,引起了安慰和希望:安慰的是,经过将近 30 年的坎坷,诗人仍有那无可企及的诗才,写得那样动人;希望的是,虽然这诗的情调是沉静而又哀戚的(试看每一节都以‘严酷的冬天’作结),但有点新的消息,恰恰在‘严酷’之前端出了‘跳动的生命’,‘人生的乐趣’,‘温暖’。当时‘四人帮’已倒,虽然十一届三中全会还未召开,但人们心里充满了期待,所以朋友们也觉得这一下好了,穆旦将有第二个花期了,而且必然会写得更深刻,更豪迈,像《冬》所已预示了的那样。”并且还说:“他的这首《冬》可以放在他最好的作品之列,而且更有深度。”另有诗评家也认为,这首诗是他 1976 年诗歌的“压卷之作”。

全诗共分为四个部分,每一个部分都相对独立存在,各有各的内容,但每一个部分之间又通过一条感情主线相互联系在一起。使整首诗的结构严谨,各部分之间割舍不断。整首诗的写作手法很平淡,很通俗,以平实的叙述为主。

第一部分主要描写了“我”对冬的看法和感受,这里的“我”可以理解为是作者自己也可以看成是与作者同一时代的,与作者有着相同经历的人。在这一部分中作者通过“我”这一意象表明了作者的喜爱之情。诗的第一句就说:“我爱在淡淡的太阳短命的日子,/临窗把喜爱的工作静静做完。”但是这里的喜爱并不是对冬而言的,因为在下文中作者用“严酷”来形容冬。作者所喜爱的是在冬季中所做的事,在诗中作者写道“生命在跳动”,“感情的激流溢于心田”,这说明作者实际喜爱的不是冬而是以上这些。表达了作者对于生命、亲情、友情的向往,渴望去回忆美好的时光,品味人生,享受生活。虽然表面看上去平淡无奇,但却充满了感情。为下面几个部分继续抒情做了铺垫。

第二部分紧接着第一部分继续描写、抒情。这一部分大量地运用了拟人这种修辞手法,形象的描写出了冬的严酷。诗中写冬使手脚被束缚,使笑闹平息,使生命受到挫折等。在这一部分中作者开始将冬这一意象形象化、具体化,使得冬给读者一种寂静、冷酷、灰暗的感觉。这样就照应了前一部分,作者其实不爱冬。在这一部分中有一句话“奇怪！春天是这样深深隐藏”,这里可以十分明显地看出作者对春天的向往,对春天的期盼。表明作者的内心充满了希望,这种希望不会因为环境的恶劣而削减。在这一部分的最后作者写到“年轻的灵魂裹进老年的硬壳,/仿佛我们穿着厚厚的棉袄”。这一句使得整个第二部分从简单的对冬季自然环境的描写转入了作者内心思想的描写。这一句作者运用了比喻和拟人两种修辞手法,使得“年轻的灵魂”与“我们”相同,“老年的硬壳”与“厚厚的棉袄”相同。作者想要说明我们是年轻的,有朝气的,只不过现在没有表现出来罢了。为什么我们没有表现出应有的那种朝气蓬勃呢?因为受到了客观的外部条件的制约,冬就是制约着我们的外部条件。只要冬天一过去我们会像脱去棉袄那样将老年的硬壳脱去,重新焕发出青春与激情。这里抒发了作者希望焕发出青春与激情,抛弃过去的那一种沉闷的生活,也表明了作者对新时代充满追求和理想。这里是整首诗感情的第一个高潮。

第三部分又重新回到了对冬的描写,但没有直接描写冬的自然景色,而是通过人们在冬天里所做的事描写了冬的特点,冬成为了感情、好梦的刽子手,使心灵枯瘦,使你的行动受到限制。这就承接了上文,冬是制约着我们的外部条件。这样一来冬就更加形象化、具体化了。冬不再只是一个季节,而是一个特定的社会环境。到这里作者的情感终于明朗化,作者不喜欢这个社会环境,要追求一个新的社会环境。一个开放的、充满感情的、自由的社会。

第四部分是全诗的收尾部分,特别感人,诗人以平实朴素的笔调,描写冬夜旷野里一群粗犷旅人,在简陋的土屋里经过短暂的歇息后,又跨进无边黑夜,走上漫漫长旅,在"枯燥的原野上枯燥的事物"的广漠背景上,这些粗犷人群的身影使人怦然心动,它象征着在生命的最后时刻,在绝望的边缘里,诗人仍不放弃生存、抗争和追问的努力。这一部分看上去与全诗的关联并不是很大,但事实上这一部分是全诗感情的延续,人们从来没有停止过向冬挑战,哪怕是在暴风雪最猛烈的时候。给人以无限的想象空间。作者崇尚这种精神,这也是作者要抒发的感情,向往自由,不屈服,为了理想决不妥协。再一次地表达了作者对新时代充满追求和理想,这是全诗情感的第二次高潮。

这是一首感情明朗、主题鲜明的抒情诗。通过对冬的描写,凝聚和概括了诗人晚年的人生感受和思考。在北方寒冷的冬季里,诗人反复吟诵"人生本来是一个严酷的冬天",寒冷使心灵变得枯瘦,就连梦也经不起寒风的嘶吼,唯有友谊和亲情聊可慰藉,唯有工作可以抵御它的侵袭。它大约是穆旦生前最后一首诗作,《冬》表明,穆旦经过漫长诗歌翻译生涯,以及人生的不断磨砺与锤炼,其诗歌技艺越发娴熟精湛了。

鱼化石

艾 青

动作多么活泼,
精力多么旺盛,
在浪花里跳跃,
在大海里浮沉;

不幸遇到火山爆发,
也可能是地震,
你失去了自由,
被埋进了灰尘;

过了多少亿年,

地质勘察队员在
岩层里发现你，
依然栩栩如生。

但你是沉默的，
连叹息也没有，
鳞和鳍都完整，
却不能动弹；

你绝对的静止，
对外界毫无反应，
看不见天和水，
听不见浪花的声音。

凝视着一片化石，
傻瓜也得到教训：
离开了运动，
就没有生命。

活着就要斗争，
在斗争中前进，
当死亡没有来临，
把能量发挥干净。

（选自 1978 年 8 月 27 日《文汇报》）

《鱼化石》是艾青在“文化大革命”之后，重返诗坛写的一首象征性短诗。最初发表于 1978 年 8 月 27 日《文汇报》。诗人复出之后的作品思想更趋成熟，感情深沉，富于哲理。在表现手法上，他的诗作一方面仍然承续了他以往诗歌的单纯、朴素、明朗的特点，不需要注释，一读就懂；另一方面，诗人也有意识地融入了较多的现代派手法中有活力的成分。通过捕捉鲜明生动的艺术形象，反映现代生活，表现抽象的观念、哲理。通过把象征性的形象同哲理性的思考结合起来，抒发对时代、社会、人生的认识。这首《鱼化石》一诗，是一首托物言志的诗。诗人就用极朴素平易的语言，不仅把鱼化石的具象描绘得栩栩如生，而且在描绘鱼化石的同时，又使人无不感到诗人是在倾泻自己深入的思考——活生生的人，活生生的生命竟被变成“鱼化石”。这种痛苦，这种灾难，怎能不令人震撼？活的生命转化为死的化石，如此大的蜕变，需要多大的力量。从诗中我们可以感觉到诗人对我们国家动荡灾难的反省、深思。

《鱼化石》共分七小节，大致可分为三部分。第一部分是第一节到第三节，主要讲述鱼变为化石的过程。第一节描述了这条鱼活着的时候是多么的活泼，充满了生命力，“动作多么活泼，精力多么旺盛，在浪花里跳跃，在大海里浮沉”，作者从活泼的动作、旺盛的精力以及鱼儿在水花中跳跃的姿势很好地描写了鱼儿原来的意气风发，给人一种愉悦的感觉，脑海里也不禁浮现出一条快乐的鱼儿在水中自由地畅泳滑翔的情景。但是，鱼儿的快乐自由生活不幸遭遇了火山或是地震，失去了自由和生命变成了鱼化石。诗人以朴素、自然的语言，简单地描画了几亿年的变迁，在这朴素如语的文字中，人们能体味出其中深深的悲切。

第二部分是第四节到第五节，描述了变成了鱼化石的鱼，那种状态是那样的无知无觉，毫无生命力，这个过程鱼失去了自由，失去了生命。它和第一部分的描写截然相反，形成鲜明对比，想象奇特自然内涵丰富。

第三部分是第六节到第七节，诗人以敏锐的眼光和睿智的思索向读者揭示了斗争与生命同在的思想，道出全诗主题：“活着就要斗争，/在斗争中前进”，诗人对斗争与生命的思考，有感于鱼化石这一具体事物，通过这一具体事物，补白描写，用虚实相生的传统诗歌技法，表现超越具体的象征意味。坚守“说真话”的信念。“活着就要斗争，/在斗争中前进”。

全诗特点首先是表现艺术手法单纯却极有力。诗人不仅善于在生活中观察思考，而且还善于把他从生活中领悟的哲理和他作为诗人的品格，在诗作中予以表达。诗人从自己对人生的深刻理解中，提炼出闪耀着思想火花的哲理，凝聚在生动鲜明的形象之中，让深切的见解、真挚的感情，同鲜明的形象融于一体。诗歌语言朴素、自然，有口语的明快节奏。形式单纯、朴实，情思却深沉往复。整首诗情景交融，意境深邃，诗味浓郁，而作者的独特魅力在于诗人以意象手段加工自我内心感受的能力与表现，使情思的抒发与形象的塑造有机结合在一起，情思因有了形象的包裹而显得具体可感，形象因有了情感的灌注而显得丰厚、饱满。

峨日朵雪峰之侧

昌　耀

这是我此刻仅能征服的高度了：
我小心翼翼地探出前额，
却惊异于薄壁那边
朝向峨日朵之雪彷徨许久的太阳
正决然跃入一片引力无穷的山海。
石不时滑坡，
引动棕色深渊自上而下的一派嚣鸣，
像军旅远去的喊杀声。
我的指关节铆钉一般锲入巨石罅隙。
血滴，从撕裂的鞋底渗出。
真希望有一只雄鹰或雪豹与我为伍。
在锈蚀的岩壁，
但有一只小得可怜的蜘蛛
与我一同默想着这大自然赐予的
快慰。

(1962 年)

昌耀(1936—2000)，原名王昌耀，湖南桃源人，当代著名诗人。曾任青海省作家协会副主席。很长时间受到不公正待遇。昌耀 1954 年开始发表作品，而真正引起广泛注意是 80 年代以后的事情。出版的作品集有《昌耀抒情诗集》、《情感历程》、《噩的结构》，以及 1998 年 12 月由人民文学出版社出版的编年体诗选《昌耀的诗》。

昌耀诗最大的独特之处，首先在于其表现对象西部高原的独特以及由此显示的“民间”性质。“昌耀用诗歌堆垒了一座西部高原”，昌耀的诗歌展示的是一个石头的西部，那么冷硬而荒寒，又那么的让一切生命肃然起敬、顶礼而拜伏。昌耀诗歌艺术的独特之姿不仅体现在他 1978 年复出后的作品中，其实在他早期诗作中均已初露端倪。如人们多次提到的语言趋于成熟的《高车》(1957)、《峨日朵雪峰之侧》(1962)等。昌耀的诗作底蕴深厚、粗犷、有力，跟他的个性有关系，也跟他长期生活的青海那广袤、险峻的土地与山川有极大的关联。

在《峨日朵雪峰之侧》中，昌耀有一种对生命的原始野性的独特敏感和强烈认同。我们可以想象，青春的昌耀一脚跨入西部是怎样被其原始的粗野、躁动，厉石般的生命锐力所折服，以至于在自我的生命罹难之后，还能面对原始荒野发出这样由衷的惊叹，而全然不见个人的哀痛。这首诗中的“我”是登山勇士的自我写照。显示着真诚而博大的理想主义。诗歌的开篇说明“我”历经艰辛征服了许多高度，在高度之上，“我”吃惊地看到一派壮丽的雪峰落日景象，听到了滑坡的石引动深渊的嚣鸣。视听合一的效果不单产生审美意义上的崇高，而且在读者的生理上引发一阵紧张。当周围的一切都在“自上而下”地远去时，“我”坚守高度就绝非易事：手指插入岩缝，血滴渗出鞋底……而在这样的岩壁之上，与“我”为伍的只是一只小得可怜的蜘蛛。昌耀对一只常常被人忽略的蜘蛛，表达了深深的敬意啊，“真渴望有一只雄鹰或雪豹与我为伍。/在锈蚀的岩壁，/但有一只小得可怜的蜘蛛/与我一同默想着这大自然赐予的/快慰。”对生命的热爱、对生命力的赞颂，全由这只蜘蛛得到表露。作为渺小的生灵，蜘蛛比“宏大”的雄鹰和雪豹，更能理解一个罪人的“快慰”。从渺小中看见伟大，从细微处见出宏大，是这种苏格拉底式伎俩的真正精髓。唯有经历沧桑的攀登者，才能写出这样结实而沉着的诗篇。昌耀的诗歌美学贯注的是原始自然之美，尤其偏向于雄奇、狞厉、森严的刺痛生命的粗野。昌耀诗歌对主流诗坛的疏离中显示的民间性质，以及生命感悟独特的原始本能性质，意象的粗朴、自然性质，语言节奏的凝重、元初性质，在这首诗中均已充分显现。

这是四点零八分的北京

食　指

这是四点零八分的北京，

一片手的海浪翻动；
这是四点零八分的北京，
一声雄伟的汽笛长鸣。
北京车站高大的建筑，
突然一阵剧烈地抖动。
我双眼吃惊地望着窗外，
不知发生了什么事情。
我的心骤然一阵疼痛，一定是
妈妈缀扣子的针线穿透了心胸。
这时，我的心变成了一只风筝，
风筝的线绳就在妈妈手中。
线绳绷得太紧了，就要扯断了，
我不得不把头探出车厢的窗棂。
直到这时，直到这时候，
我才明白发生了什么事情。
——一阵阵告别的声浪，
就要卷走车站；
北京在我的脚下，
已经缓缓地移动。
我再次向北京挥动手臂，
想一把抓住她的衣领，
然后对她大声地叫喊：
永远记着我，妈妈啊，北京！
终于抓住了什么东西，
管他是谁的手，不能松，
因为这是我的北京，
这是我的最后的北京。

（选自《北京青年现代诗人十六家》，漓江出版社 1986 年版）

食指(1948—　)，原名郭路生，山东朝城人，出生于河北。《这是四点零八分的北京》这首诗是 1968 年底，知识青年上山下乡的高潮兴起时，食指在去山西插队的火车上写的。诗歌不仅对它的作者、而且对它所诞生的那个 60 年代末期具有特别的意义。作为人文色彩强烈的时代文本，它

"标志着年轻一代不但在精神上从'乌托邦神话'中觉醒,而且尝试以独特的方式来表现自己的感性体验与理性思考,从而走出权力者制造的梦魇,回归到个体的真实经验"。

的确,这首诗的清新风格和它所传达的质朴情感,在那个时代是十分稀少的。它的成功之处在于诗歌体验的个人性,即以一种个人化的方式感应着历史的巨大变动,以一己的悲欢映衬了时代的庞然身影。尽管诗作表达的是一代人面临时代变动时所感受的心灵阵痛,却有意回避了流行于那个时代的宏阔场景,和与之相应的高大而空疏的概念化语词,而选取了一个相当日常化的场面:车站里熙熙攘攘的告别。这一场面在那个时代的普遍性,形成了这首诗能够引起共鸣的重要基础。对于被卷入那场浩大的社会运动的多数青年而言,这种经历无疑是别具意味的,它几乎象征着他们人生的一次重大抉择;他们不仅因为面临与亲人生死离别的现实而产生悲恸,而且由于这场突如其来的变故,而隐约地滋生出青春的凄迷、前途的惘然和对美好生活的留恋等复杂的意绪。因此,在这首诗平淡的字句底下,包孕着丰富而微妙的人生体验和社会内涵。

这首诗从第一节铺叙告别的情景写起,到末节依依不舍的倾诉为止,构成了对一次离别经验的完整描述,其叙写的重心是置身于外部喧响中的内心感受。值得一提的是,它在处理具体的场面及其勾起的复杂思绪时,能够将可感的细节刻画与细微的心理波动交融起来,如"北京车站高大的建筑,/突然一阵剧烈抖动"二句,显然既是实际景象的观察,又是心理受到震动的表现;而"我的心骤然一阵疼痛,一定是/妈妈缀扣子的针线穿透了心胸",则将强烈的体验与想象性记忆联系起来,从而维护了个人感受的真切性。这些细节一方面包括"一片手的海浪翻动"等外部印象,另一方面更有对"妈妈缀扣子"的追忆。这种独特的片断式连缀方法,显然有别于同时代的诗歌。

就诗的外形来说,这首诗的显要特征是语句的单纯与匀称,并特别注重音韵在传达情感方面的调谐作用。全诗句式整齐,以"ong"韵和"ing"韵穿插其间,具有鲜明的节奏感和充分的感染力,适于传达情真意切的内心感受。这实际上是食指那一时期及后来诗歌写作的总体特点,例如《相信未来》、《命运》等。因而毋庸讳言的是,从这一点也可以看出食指的写作,仍然无可避免地接受了当时诗歌风尚如何其芳、郭小川等人的影响,后者在诗歌句式上的均齐、语调上的铿锵,不同程度地在他的一些诗篇里打上了烙印。当然,这些都难以掩盖食指诗歌的独立性,它们以天然的个

人抒写保持了诗歌所应有的真实。

食指诗歌外在形式上的特点及其意义，正如有论者评价说，“郭路生表现了一种罕见的忠直——对诗歌的忠直。……即使生活本身是混乱的、分裂的，诗歌也要创造出和谐的形式，将那些原来是刺耳的、凶猛的东西制服；即使生活本身是扭曲的、晦涩的，诗歌也要提供坚固优美的秩序，使人们苦闷压抑的精神得到支撑和依托；即使生活本身是丑恶的、痛苦的，诗歌最终将是美的，给人以美感和向上的力量”（崔卫平《郭路生》）。这也正是《这是四点零八分的北京》一诗的魅力所在。

雪地上的夜

芒　克

雪地上的夜
是一只长着黑白毛色的狗
月亮是它时而伸出的舌头
星星是它时而露出的牙齿

就是这只狗
这只被冬天放出来的狗
这只警惕地围着我们房屋转悠的狗
正用北风的
那常常使人从安睡中惊醒的声音
冲着我们嚎叫

这使我不得不推开门
愤怒地朝它走去
这使我不得不对着黑夜怒斥
你快点儿从这里滚开吧

可是黑夜并没有因此而离去

这只雪地上的狗
照样在外面转悠
当然,它的叫声也一直持续了很久
直到我由于疲惫不知不觉地睡去
并梦见眼前已是春暖花开的时候

(《今天》1975 年)

芒克(1950—),原名姜世伟,北京人。中学毕业下乡白洋淀地区。芒克的名字总是与白洋淀诗群和《今天》杂志联系在一起。当 20 世纪 70 年代初,整个中国还处于"文化大革命"的迷雾之中时,生活在白洋淀的这群知青们已在湖畔发出怀疑,并在深深思索。他们找到诗歌的艺术形式来表达他们这种怀疑。白洋淀成为了这群诗人的摇篮。《今天》在当时是属于地下的杂志,两年的时间,共发行了 9 期的《今天》则成为当时中国诗坛上的强音。他们仿佛"持灯的使者",不仅照亮了中国的诗坛,同样也为黑夜中的行者照亮了道路。芒克于 1971 年开始写诗,1973 年即写出一批奠定他风格和地位的重要诗作,其代表作有《阳光中的向日葵》、长诗《没有时间的时间》等。出版的诗集有《心情》、《今天是哪一天》等。

芒克经常被描绘成一位"天然"的诗人,"他诗中的'我'是从不穿衣服的、肉感的、野性的,他所要表达的不是结论而是迷失。迷惘的效应是最经久的,立论只在艺术之外进行支配"(多多《被埋葬的中国诗人》)。这里所说的"自然",乃是没有被社会所扭曲的自然的人,野性的人。芒克直接面对人的最自然的本质,抗议对这种自然天性的扭曲。有人曾说,"如果说振开(北岛)写诗是思想,那么芒克写诗则是呼吸"(徐晓《〈今天〉与我》)。"呼吸"的确展示了芒克诗歌写作的状态,"思想"的刻意与"呼吸"的"自然"。实际上,这既是一种风格层面或方式上的区别,也是一种写作观念、取向上的分野。作为"朦胧诗"运动先驱的"白洋淀诗歌群落",如芒克、多多、根子这些属于"自然生长"的诗人,其所具有的"天然"的粗粝、驳杂甚至野性,是诗歌现实的呼唤,也是诗歌历史的必然要求。

对芒克的《雪地上的夜》的理解,无疑应当将它置放到当时的语境之中。从表面上看,这是一首写景的诗。标题中的"雪地"和"夜"暗示了所描绘景物的特点:"雪地"表明时令正值冬季,"夜"标划了一段具体的时间刻度,前者用来修饰后者,重心落在后者上。"夜"正是诗要描绘的对象。然而,这显然不是一首单纯的写景诗。由"雪地"和"夜"构筑的氛围,与其说是自然景物，不如说是社会环境。诗歌还有某些溢出时代语境框架的品质。“雪地”透射的冰冷和“夜”铺陈的静谧，其字面的冷色调给人一种心理上的压抑感、孤寂感。这句标题定下全诗的基调，预示了诗篇可能展开的方向。不过，进入诗篇后才发现，全诗采用的是叙述笔法，“夜”本来是叙述者置身其间的情境，却成了遭受审视甚至反抗的对象。这种与“夜”的对峙格局的设定，潜藏着叙述者试图挣脱“夜”的情境束缚的意向。

诗的第一节以拟人化方式和富于想象的比喻，漫画式地勾勒出的“夜”的整体状貌。“狗”的说法一方面将静态的“夜”动态化了，另一方面隐含了某种鄙夷的语气，这种鄙夷与后面“你快点儿从这里滚开吧”的怒斥保持了一致。诗中用来描绘“夜”的“黑白毛色”和以月亮喻舌头、以星星喻牙齿，都十分形象贴切，也很巧妙。这两个比喻需要一种阔大的想象和整体感，具体而有力度，能将事物最显著的特征凸显出来，突破了当时流行的俗滥修辞。但为什么只写了舌头和牙齿呢？这显然与叙述者的意向有关：他是想借此呈现出“夜”的凶恶乃至残暴的一面。

接下来，“夜”的状貌得到进一步展示。“冬天放出来的狗”提示“狗”的归属、“警惕”的情态、“转悠”的动作，都让人产生某种现实的联想。除了动作，“狗”还发出“嚎叫”的厉音，“使人从安睡中惊醒”。至此，“狗”的胁迫渐渐逼近。以至在第三节里，叙述者“不得不”挺身而出，予以反抗，从“愤怒地”“走去”到“怒斥”，体现了情绪强烈程度的升级。如果把这首诗看作一部短小的情景剧的话，那么到“怒斥”为止，就达到了全剧的高潮。最后一节，整个情境趋于平缓，第三节的紧张局面得到缓解：“狗”照样转悠，叫声依然持续。全诗似乎要就此收束，但最后两句蓦地转变笔锋，使全诗获得提升，进入柳暗花明的开阔境界：“直到我由于疲惫不知不觉地睡去/并梦见眼前已是春暖花开的时候”这两句诗于迷惘中暗含着期冀，于忧愤中寄寓着悲悯，给人以不尽的遐思。

《雪地上的夜》以其语词的锐利，刺破了时代语境的阴霾。芒克对语词本身具有强烈的敏感，他早年的诗篇在炼字造句上，颇有“语不惊人誓不休”的架势。例如，“太阳升起来/天空血淋淋的/犹如一块盾牌//日子像囚徒一样被放逐/没有人来问我/没有人宽恕我//我始终暴露着/只是把耻辱用唾沫盖住”(《天空》)、“它脚下的那片泥土/你每抓起一把/都一定会攥出血来”(《阳光中的向日葵》)、“天黑了下来我仍旧在街上游荡感到肠胃一阵疼痛/我现在真想发疯似的喊叫让满街都响起我的叫声”

(《街》)等等,这些诗句都清晰的让人看出诗人所力图显示出的惊世骇俗的气概。

小草在歌唱

——悼女共产党员张志新烈士

雷抒雁

一

风说:忘记她吧!
我已用尘土,
把罪恶埋葬!
雨说:忘记她吧!
我已用泪水,
把耻辱洗光!

是的,多少年了,
谁还记得
这里曾是刑场?
行人的脚步,来来往往,
谁还想起,
他们的脚踩在
一个女儿、
一个母亲、
一个为光明献身的战士的心上?

只有小草不会忘记。
因为那殷红的血,
已经渗进土壤;
因为那殷红的血,

已经在花朵里放出清香!

只有小草在歌唱。
在没有星光的夜里,
唱得那样凄凉;
在烈日暴晒的正午,
唱得那样悲壮!
像要砸碎焦石的潮水,
像要冲决堤岸的大江……

二

正是需要光明的暗夜,
阴风却吹灭了星光;
正是需要呐喊的荒野,
真理的嘴却被封上!
黎明。一声枪响,
在祖国遥远的东方,
溅起一片血红的霞光!
呵,年老的妈妈,
四十多年的心血,
就这样被残暴地泼在地上;
呵,幼小的孩子,
这样小小年纪,
心灵上就刻下了
终生难以愈合的创伤!

我恨我自己,
竟睡得那样死,
像喝过魔鬼的迷魂汤,
让辚辚囚车,
碾过我僵死的心脏!
我是军人,
却不能挺身而出,

像黄继光，
用胸脯筑起一道铜墙！
而让这颗罪恶的子弹，
射穿祖国的希望，
打进人民的胸膛！
我惭愧我自己，
我是共产党员，
却不如小草，
让她的血流进脉管，
日里夜里，不停歌唱……

三

虽然不是
面对勾子军的大胡子连长，
她却像刘胡兰一样坚强；
虽然不是
在渣滓洞的魔窟，
她却像江竹筠一样悲壮！
这是二十世纪，七十年代，
社会主义中国特殊的土壤里，
成长起的英雄
——丹娘！

她是夜明珠，
暗夜里，
放射出灿烂的光芒；
死，消灭不了她，
她是太阳，
离开了地平线，
却闪耀在天上！

我们有八亿人民，
我们有三千万党员，

七尺汉子，
伟岸得像松林一样，
可是，当风暴袭来的时候，
却是她，冲在前边，
挺起柔嫩的肩膀，
肩起民族大厦的栋梁！

我曾满足于——
月初，把党费准时交到小组长的手上；
我曾满足于——
党日，在小组会上滔滔不绝地汇报思想！
我曾苦恼，
我曾惆怅，
专制下，吓破过胆子，
风暴里，迷失过方向！

如丝如缕的小草哟，
你在骄傲地歌唱，
感谢你用鞭子
抽在我的心上，
让我清醒，
让我清醒，
昏睡的生活，
比死更可悲，
愚昧的日子，
比猪更肮脏！

四

就这样——
黎明。一声枪响，
她倒下去了，
倒在生她养她的祖国大地上。

她的琴吧？
那把她奏出过欢乐，
奏出过爱情的琴呢？
莫非就此成了绝响？
她的笔呢？
那支写过檄文，
写过诗歌的笔呢？
战士，不能没有刀枪！

我敢说：她不想死！
她有母亲：风烛残年，
受不了这多悲伤！
她有孩子：花蕾刚绽，
怎能落上寒霜！
她是战士，
敌人如此猖狂，
怎能把眼合上！

我敢说：她没有想到会死。
不是有宪法么？
民主，有明文规定的保障；
不是有党章么，
共产党员应多想一想。
就像小溪流出山涧，
就像种子钻出地面，
发现真理，坚持真理，
本来就该这样！

可是，她却被枪杀了，
倒在生她养她的母亲身旁……

法律呵，
怎么变得这样苍白，

苍白得像废纸一方；
正义呵，
怎么变得这样软弱，
软弱得无处伸张！
只有小草变得坚强，
托着她的身躯，
托着她的枪伤，
把白的，红的花朵，
插在她的胸前，
日里夜里，风中雨中，
为她歌唱……

五

这些人面豺狼，
愚蠢而又疯狂！
他们以为镇压，
就会使宝座稳当；
他们以为屠杀，
就能扑灭反抗！
岂不知烈士的血是火种，
插出去，
能够燃起四野火光！

我敢说：
如果正义得不到伸张，
红日，
就不会再升起在东方！
我敢说，
如果罪行得不到清算，
地球，
也会失去分量！

残暴，注定了灭亡，

注定了“四人帮”的下场！

你看，从草地上走过来的是谁？
油黑的短发，
披着霞光；
大大的眼睛，
像星星一样明亮；
甜甜的笑，
谁看见都会永生印在心上！

母亲呵，你的女儿回来了，
她是水，钢刀砍不伤；
孩子呵，你的妈妈回来了，
她是光，黑暗难遮挡！
死亡，不属于她，
千秋万代，
人们都会把她当作榜样！

去拥抱她吧，
她是大地女儿，
太阳，
给了她光芒；
山岗，
给了她紧强；
花草，
给了她芳香！
跟她在一起，
就会看到希望和力量……

六月七日夜不成寐
六月八日急就于曙光中
（选自《诗刊》1979 年第 8 期）

雷抒雁（1942— ），原名雷书彦，陕西泾阳县人。当代诗人。1972 年开始诗歌创作。著有诗集《小草在歌唱》、《云雀》、《父母之河》、《掌上的

心》、《悬肠草》等。雷抒雁的诗，一类写部队生活，一类歌颂强者，歌颂人在逆境中的抗争精神。二者均追求“力与美的和谐”，富有激情和文采，给人以哲理的启示。

《小草在歌唱》是诗人因张志新被害事件的披露而引发的感奋之作，是一首震撼心灵的政治抒情诗。诗人以强烈的激情抒发了对张志新烈士的崇敬，对“四人帮”的强烈憎恨。但它又不只是一时一地之作，而是超越时空常读常新的警世之作。它是历史、时代的呐喊，是诗人内心世界的感叹，是对英雄英灵的永远的赞美，同时也是对卑下灵魂的无情的揭露和鞭挞。

正如有位评论家所说：“当我们听到雷抒雁同志在歌咏祖国的良心——张志新，并责备自己‘为什么睡得这么死’时，我们感到正义之心在我们一代人身上苏醒了。”清算罪行、伸张正义、歌颂英雄、解剖自己，让人们从迷梦中清醒，是这首诗创作的基点。这中间，解剖自己是核心，也是此诗激荡人心的关键所在。“我”为人民的命运受到残暴戕害而愤怒，为老人失去女儿，孩子失去母亲而痛哭，为民族的遭受劫难而呐喊，更为自己也曾是一个不觉醒者而忏悔。在表现这些时，诗人袒露自己炽热的心灵，使诗中那严厉的自我解剖与壮烈卓美的形象交融在一起。自省自责的“我”不仅表达了对生活、对人生、对正义与罪恶的认识与态度，而且对烈士形象起着烘托、对比的作用。

诗人“用小草的形象来完成这首诗”，“围绕小草来展开想象”，借助小草的形象，加强张志新烈士形象的抒写，营造浓烈的悲剧氛围，这使诗作的构思十分新颖、独特，又体现了诗人对英雄也是常人，并非超凡脱俗圣者的历史唯物主义的认识。雷抒雁曾说：“张志新，我选取了小草来写她。草的柔韧、纤细、秀美，使我感到它更适合一个美好的妇女形象。野火烧不尽，春风吹又生！那个时代，人民也只有草的命运，却也有草的品质。张志新倒下的刑场，草是茂盛的，是见证，也是最大的同情者。因为我们没有花圈送给英雄，奉献给她的，也只有野草。”（《英雄和英雄的乐章》）以小草为视角来看取英雄、颂赞英雄，可以说是一种极确切又极富艺术的角度。小草又是一个巨大的象征体，小草的歌唱，正是我们民族的歌唱。

诗作对张志新烈士的抒写，多采用类比、烘托、设想等手法，侧重于揭示她崇高的节操和对老母的爱，对儿女的情，甚至“不想死”这类常人的情感上。而正是这类真实、自然的情感展示，加强了“一个为光明献身的战士”在读者心目中的地位。此诗采用虚实结合的方法，以小草作为起笔和贯穿全诗的线索，并把小草作为感情的寄托，用以象征烈士、象征人民，使全诗显示出一种刚劲、委婉、含蓄的美。在抒情层次上，全诗从小到大，由远及近，从凄婉真挚的诉说到高亢激昂的控诉和悲壮的歌唱，一步步把读者引向情感高峰，让读者在诗情的冲刷、熏陶中，重新认识人生和革命的价值，纯洁自己的情操。诗人挑着时代的重担，流着激动、羞愧、赤诚的热泪，向我们这个民族捧出了一颗有良知的心，这在任何时候，都是弥足珍贵的。

掌上的心

雷抒雁

如果我能把心托在掌上
像红红的草莓
放在厚厚的绿叶上
那么，你就会一目了然
你就会说
哦，多么可爱的红润
可是，如果我真的把心托在掌上
像红红的草莓
托在厚厚的绿叶上
那么，一定会被可恶的鸟啄破
我应该怎么说呢
该怎样表达这裂心的痛苦

（选自《人民文学》1988 年第 3 期）

力与美学的结合，在《掌上的心》中有着更为精到的追求。诗为读者设置了一个极其广阔的想象空间，引导你去作一番深刻的灵魂与人际关系的思索。诗分两段，第一段的遣词用字充溢着爱意与宁静，富于阴柔之美："如果我能把心托在掌上/像红红的草莓/托在厚厚的绿叶上/那么，你就会一目了然/你就会说/哦，多么可爱的红润。""红红的草莓"托于"厚厚的绿叶”,是一种很好的对比色。色彩的运用表现了事物的特征,也强调了自己的感觉,绿叶的衬托作用,使得草莓色的心更加红润。这种色彩的调动说明诗人的艺术匠心,明确地昭示心灵的赤诚没有任何杂质,红润得可爱,红润得透明。坦诚的心愿意向朋友敞开,我叹服诗人这种高度的想象力。

把心放在掌上这个行为是夸张到极致的,在生活中也许是不可能的。但却是人们要求被理解时的一种口头语:披肝沥胆,赤诚相见。或者“真想把心挖出来给你看”这是一种表白,也是一种行为。尤其是当一个人在被误解、或不被理解时的万般无奈的困惑。把这种司空见惯的感觉放进诗里,表达某种情绪,便会有强烈的震撼力。而在表现把心放在掌上这一意象时,又反复使用了“红红的草莓,放在厚厚的绿叶上”,就更凸现了心灵的赤诚。这是一种很恰贴的比喻,把心放在掌上那种血淋淋的形象,变成了一幅很美的自然图画。让这种不可能发生的行为,成为了可感、可及、可视的情景。草莓在绿叶上闪耀,强调和加固了红润的心放在掌上的感觉。

诗的第二段立意陡转,顿生悲凉的苍劲之气:“可是,如果我真的把心托在掌上/像红红的草莓/托在厚厚的绿叶上/那么,定会被可恶的鸟啄破/我应该怎么说呢/该怎么表达这裂心的痛苦?”这是一种两难的设计。诗人的心理是极为矛盾的、也是极为痛苦的。“如果”两字,潜藏着疑虑与否定。这是一种怎样的悲苦与惆怅啊!他本愿向世人一览无遗地表露自己的坦诚,但他又十分确信地知道“定会被可恶的鸟”所伤害。坦诚需要环境和对象,否则,坦诚所得到的将是恶毒的回报,悔莫大焉。看来,人若做到坦诚仍需要勇气,更需要一个良好的人文环境。诗人抒发与展露了这种矛盾的心态,其意还在呼唤人与人之间的真诚理解。诗以两个问句结束,让人对现实作深入的思索,也让人在郁结犹疑中体悟着诗人不断追求的崇高心灵。

《掌上的心》没有把语言变得含糊不清,而注意了汉语的明晰与准确。另外,诗人并不回避把“草莓”这个意象同时也成为一种比喻。把心与草莓之间的联系比较直接地传递给读者,排除了读者欣赏和阅读的障碍。这种思维符合汉语语言文学的思维和表现逻辑,诗歌的境界也得到了充分的传达。

哎,大森林!

公　刘

哎,大森林!我爱你,绿色的海!
为何你喧嚣的波浪总是将沉默的止水覆盖?
总是不停地不停地洗刷!
总是匆忙地匆忙地掩埋!
难道这就是海?!这就是我之所爱?!
哺育希望的摇篮哟,封闭记忆的棺材!

分明是富有弹性的枝条呀,
分明是饱含养分的叶脉!
一旦竟也会竟也会枯朽?
一旦竟也会竟也会腐败?
我痛苦,因为我渴望了解,
我痛苦,因为我终于明白——
海底有声音说:这儿明天肯定要化作尘埃,
假如,今天啄木鸟还拒绝飞来。

1979 年 8 月 12 日写于沈阳
(选自《星星》1979 年 10 月号)

公刘(1927—2003),原名刘仁勇,又名刘耿直,江西南昌人,当代诗人。上个世纪 40 年代开始诗歌创作,著有诗集《边地短歌》、《白花·红花》、《离离原上草》、《公刘诗选》及叙事长诗《望夫云》等。50 年代前期,公刘带着天真的欣喜与青春的朝气,在西南边疆引吭而歌,颂扬人民军队对祖国的忠诚,赞美兄弟民族的翻身解放,调子明朗、亲切而欢快,像一支牧笛在吹奏着晨曲。“文化大革命”后复出文坛,公刘不忘历史悲剧,时刻以警觉的目光关注民族命运与国家前途,许多诗写得老辣、凌厉、深沉、冷峻,充满辩证观点与哲理意味。

《哎,大森林!》是诗人从张志新烈士的殉难地沈阳大洼凭吊归来,有感于烈士的残酷被害而写成的。这是一首愤世嫉俗、忧国忧民,蕴含着深刻的反思内容和对未来发出警戒的优秀诗作。诗的前一节,诗人以“大森林”作为象征物,用它来象征造福于人民的共产党及社会主义的新中国。这是诗人曾经捍卫过的“我之所爱”,是人民极为信赖的希望所在。可是“文化大革命”却使它如此快地抹杀了记忆,淡忘了历史,使饮恨的烈士继续饮恨,这是人们始料不及的。对此,诗人极为困惑。他在发出“难道这就是海?!这就是我之所爱?!”的大声质问的同时,对“文化大革命”动乱的“喧嚣”,不停地“洗刷”和匆忙地“掩埋”表示了极大的愤慨。第二节,诗人对本来是生机勃勃的事物竟然会变得“枯朽”、“腐败”表示极度的困惑甚至痛苦。这痛苦“既产生于寻求答案过程中,也产生于获得答案后”。最后一节,诗人出于对“大森林”面临灾难的危机感,及时地向世人发出警告:如果不及早引啄木鸟前来诊治它的病患,这儿“肯定要化作尘埃”。这“声音”是那么令人不寒而栗,充分表现了诗人对国家命运前途的极大忧虑,对十年浩劫历史可能重演的高度警觉。

《哎,大森林!》用象征手法表现现实,用直抒胸臆表达感情,用鲜明的对比展开议论,用拟人手法发出警告。诗中大量使用叠句以强化思想,强化感情。排比对偶的运用,也使诗篇节律整齐,音韵铿锵。特别是措辞上,激昂壮烈的词语的选用,并列递进句式的安排,使诗篇激荡着一种强烈的气势,更增强了诗歌的战斗性。

顾城诗两首

顾　城

一代人

黑夜给了我黑色的眼睛,
我却用它寻找光明。

远和近

你，
一会看我，
一会看云。
我觉得
你看我时很远，
你看云时很近。

（选自《黑眼睛》，人民文学出版社1986年版）

顾城（1956—1993），北京人。当代诗人。20世纪70年代开始写诗，著有诗集《舒婷、顾城抒情诗选》、《北岛、顾城诗选》、《顾城诗集》等，另与谢烨合著长篇小说《英儿》。顾城是我国新时期朦胧诗派的代表人物，被称为以一颗童心看世界，以真诚的歌唱穿越年代和人心的"童话诗人"。与舒婷的典雅端丽、委婉绰约、美丽忧伤相比，顾城的诗则显得纯真无瑕、扑朔迷离。但是，在顾城充满梦幻和童稚的诗中，又充溢着一股成年人的忧伤。这忧伤虽淡淡的，但又像铅一样沉重。因为这不仅是诗人个人的忧伤，而是一代人觉醒后的忧伤，是觉醒的一代人看到眼前现实而产生的忧伤。

"黑夜给了我黑色的眼睛，/我却用它寻找光明。"这首题为《一代人》的"朦胧诗"及顾城的早期诗作都带着时代的反思和人性的挖掘，带着对人生的讴歌和赞颂。这首诗既是这一代人的自我阐释，又是这一代人不屈精神的写照。"黑夜"象征动乱的年代，"黑色的眼睛"既是实指，又是虚指。作为龙的传人，是黑眼睛、黑头发和黄皮肤。黑色又是阴暗、低沉、哀伤的情绪色彩。"文化大革命"十年，黑暗要扼杀一个人明亮的眼睛，但黑暗的扼杀却没有达到它的目的反而创造了它的对立物——黑色的眼睛；是黑暗使一代人觉醒，使一代人产生更强烈的寻找光明的愿望与毅力。正是这坚毅的寻找，才使他们看到掩盖在生活表象之下的、使人难以接受的本质。"黑夜"这两个字给予人们的是直观的现实感，没有人会在把"黑夜"转化为"文化大革命"这个过程中产生障碍，这就使得顾城的诗更多地成为一个对"文化大革命"进行批判和反思的政治宣言。对于长久的政治压抑的控诉。对于生活在忌讳提到"自由"、"民主"的时代的人来说，"黑夜"是一个现实的存在，"光明"则是一个长久的梦想。诗人用短短的几乎不可停顿的节奏将我们扯动于两种对立的色彩。"黑夜"与"黑色的眼睛"

这两个意象不会从一开始就使我们联想到政治，而是先从感性上接受这个色彩。而随即诗人就把我们的想象完全从第一眼的震撼中拉出，再把一个“光明”的意象极为快速地强加给我们。仿佛从乌云中透射的白光，这强烈的反差令人体会到一种深深的震撼。

《远和近》一诗，是诗人对不正常生活的本质发现。此诗发表时，曾被视为难懂的怪诗。按照当时僵化的阅读方式与钝化的思维模式，此诗确实难于解读。因为在目光可视之间，你与我的距离不可能远于你与云的距离。可诗人为什么觉得“你看我时很远，/你看云时很近”呢？原因是诗人所写的是一种非正常的生活，是一种被扭曲了的相互戒备、相互提防的人际关系。在这扭曲了的关系中，一切都颠倒了。本应相亲相近的人与人的关系，由于心的阻隔而疏远了，显得那么孤寂而不可接近；因为人际关系的疏远，人与自然反而拉近了距离，显得十分亲近。也许，正是由于人与自然的亲切可近，更进一步显示出万物有灵，天人和谐的状态，显示着人的孤寂；也许，正是这孤寂感，常使诗人要打破相互排斥的心理状态，进入到梦想的天国。

在诗的艺术形式上，诗人以新的语言实验超越了朦胧诗的朦胧之美和人性之美，表现出一种清纯明洁、稚拙灵动如童话的文字特色。诗歌的语言有孩子般透明的纯真。另外，传统的中国文化十分重视空白给予人的想象。但并不是所有只有短短几句话的诗，都能留出像《一代人》、《远和近》那样大的表面空白、内涵丰富的艺术空白。说到底，诗歌“空白”的精妙靠的是诗人的功力。这首诗的艺术空白并没有破坏结构的完整，作品已经很完整地把对于过去一个时代的反思和对于未来的期望，这一个意思充分表达了出来。

回　答

北　岛

卑鄙是卑鄙者的通行证，
高尚是高尚者的墓志铭。
看吧，在那镀金的天空中，

飘满了死者弯曲的倒影。

冰川纪过去了，
为什么到处都是冰凌？
好望角发现了，
为什么死海里千帆相竞？

我来到这个世界上，
只带着纸、绳索和身影，
为了在审判前，
宣读那些被判决的声音：

告诉你吧，世界，
我——不——相——信！
如果你脚下有一千名挑战者，
那就把我算作第一千零一名。

我不相信天是蓝的，
我不相信雷的回声，
我不相信梦是假的，
我不相信死无报应。

如果海洋注定要决堤，
就让所有的苦水都注入我心中；
如果陆地注定要上升，
就让人类重新选择生存的峰顶。

新的转机和闪闪星斗，
正在缀满没有遮拦的天空。
那是五千年的象形文字，
那是未来人们凝视的眼睛。

1976 年

（选自《诗刊》1979 年第 3 期）

北岛(1949—),原名赵振开,祖籍浙江湖州,生于北京。“朦胧诗”代表诗人。

1979年,北岛发表了在1976年“天安门诗歌运动”中写成的诗篇《回答》。这也是他迄今为止最重要的代表作。该诗以鲜明的情绪色调和激进的表达方式,迅速给当时的中国诗坛带来了震撼。人们惊诧的不但是其极具个性化的表述,还有他不可遏制的愤怒:“卑鄙是卑鄙者的通行证,/高尚是高尚者的墓志铭,/看吧,在那镀金的天空中,/飘满死者弯曲的倒影”,“冰川纪过去了,/为什么到处都是冰凌?/好望角发现了,/为什么死海里千帆相竞?”一股排山倒海之势直逼眼前,这里,我们所能感受到的,首先是一种悲壮的英雄气质,而当北岛痛苦而决绝地喊出:“告诉你吧,世界,/我——不——相——信!/如果你脚下有一千名挑战者,/那就把我算作第一千零一名。”我们更强烈地感受到北岛斗士般的气概,对现实强烈的怀疑和否定精神。这些诗句,读来激情澎湃,气壮山河。可以想象,在社会空气依然凝固着的1976年,北岛喊出“我不相信”需要怎样的胆识和勇气!北岛的主体意识觉醒了。他那敢于做“第一千零一名”挑战者的姿态,既是对现实深刻思考后的呐喊,也是对新世界义无反顾的追求,强烈体现出了他直面现实的战斗式的人文情怀。作为诗人的北岛,开始冷峻地审视我们民族的历史和现实,同时又以开放的意识,将目光投向更为宽广的整个世界。从某种意义上说,北岛的《回答》正是他那一代人的呼声,这无疑也是当时那个时代的最强音。

北岛这种怀疑的、决斗式的精神,深沉、冷峻的诗风贯穿着他上世纪整个七八十年代的诗歌创作。他的诗中,有极大的部分是对现实的揭示,他眼中布满了阴暗和冷酷,质疑“存在”,直面丑恶,他也就不可避免地产生了与现实不可共处的情绪,紧迫地希望“人类重新选择生存的峰顶”。《回答》一诗最典型地体现了北岛诗作深沉、冷峻、凝重的独特风貌。在精神指向上,诗作集中表现了从“文化大革命”中走过来的那代人所特有的悲愤和沉思,最鲜明、最突出地显示了朦胧诗那种深沉而冷峻的理性批判精神。“卑鄙是卑鄙者的通行证,/高尚是高尚者的墓志铭”,全诗的头两句,看起来很浅显,但却是如此绝妙地揭露了整个社会现实的荒谬和虚伪。在那个世界里,看到了卑鄙者,看到了高尚者,看到了卑鄙与高尚之间那段不可逾越的鸿沟;看到了世界的广大,但却又是那样的浅显,让人窒息,让人失去了生存最根本的自由;看到了命运无情的宣判,看到那无情的宣判之后叛逆者的反抗与斗争;看到苦闷的天空闪烁着无数双眼睛的光亮;看到那无情的扼杀之后的那片曙光……

它以深沉、冷峻、凝重的独特风貌,在看过“镀金的天空中”那无数“弯曲的倒影”之后,对时代的事物进行了提问,从中表现了社会给所有人带来的悲愤和沉思;但它没有直接回答,却是在被宣判之后,勇敢的和颠倒的世界说:“我——不——相——信”!如此沉重的四个字,如此强调的语气,鲜明、突出的显示了一种理性的批判性精神,表达了作者的历史沉重感和强烈的反叛精神。诗歌主体是一个较早的觉醒者,对于黑暗的痛苦体验和感受在心灵上打下深深的烙印。诗歌的意绪基调是怀疑、审视、揭露、指控、批判和抗争。作为一个悲剧英雄,他勇于承担,甘于牺牲;作为一个固执的理想主义者,他坚守希望、充满向往。作为“叛逆者”他无数次的疑问着世界的颠倒与荒谬;作为“挑战者”的他又回答了什么呢?他把所有世界的判决给否定,把世界建立在另一个充满挑战的空间中。他真的叛逆吗?不!是世界现实让他无法接受,是社会的矛盾引发他的深思,所以他一再重复着对满布谎言的虚伪现实的拒绝和否定,表露着他心中的那个社会。叛逆者的他疑惑着,回答着,但是他并不迷茫,在全诗的最后就显示了这一点,他对未来充满希望,他有自己的人生目标,也就这样用诗文挥洒着内心的情思,在现实与理想的距离中,他对自己的取向作了明显的表示,这在他对现实社会的否定中就表现出来了。“我不相信……我不相信……”一连串的否定和接下来的假设:“如果海洋注定要决堤,/就让所有的苦水都注入我心中……”,都以叛逆者和挑战者的姿态及怀疑一切、否定一切的反叛精神,表达一种对虚幻的期许、选择的犹豫和缺乏人性内容的苟且生活的坚决拒绝,概括了一代觉醒了的人们在这一重大的历史转型时期表现出来的精神状态,最后表达了对真理、对未来的坚定信念,使这首诗更具动人心魄的艺术力量。

在这首诗的创作艺术上,大量运用多种艺术手法,比如排比(“我不相信天是蓝的,/我不相信雷的回声,/我不相信梦是假的,/我不相信死无报应”)、反问(“为什么到处是冰凌?/为什么死海里千帆相竞?”)、隐喻(以“冰凌”、“死海”等各种事物来暗喻世界的颠倒;用“星星”来暗示一种人性的、值得加以争取的理想生活),丰富了诗的内涵,增强了诗歌的想象空间。北岛较早地运用现代主义诗歌创作手法:隐喻、象征、通感、改变视角和透视关系,打破时空秩序、意象大幅度跳跃和转换等等。同时注重对直觉印象的捕捉,以情感逻辑代替事物的客观逻辑,以主观真实代替客观现

实,使诗歌深具现代主义的色彩。北岛怀着精英情结高居于英雄祭坛,使自己的“意象+格言+英雄主义+宏大政治时代背景”这一早期风格达于至境。

雪白的墙

梁小斌

妈妈,
我看见了雪白的墙。

早晨,
我上街去买蜡笔,
看见一位工人
费了很大的力气,
在为长长的围墙粉刷。

他回头向我微笑,
他叫我
去告诉所有的小朋友:
以后不要在这墙上乱画。

妈妈,
我看见了雪白的墙。

这上面曾经那么肮脏,
写有很多粗暴的字。
妈妈,你也哭过,
就为那些辱骂的缘故,
爸爸不在了,
永远地不在了。

比我喝的牛奶还要洁白、
还要洁白的墙，
一直闪现在我的梦中，
它还站在地平线上，
在白天里闪烁着迷人的光芒。
我爱洁白的墙。

永远地不会在这墙上乱画，
不会的，
像妈妈一样温和的晴空啊，
你听到了吗？

妈妈，
我看见了雪白的墙。

1980 年 5—8 月

（选自《诗刊》1989 年第 10 期）

梁小斌(1955—　)，籍贯山东荣城，生于安徽合肥，当代诗人。这是朦胧诗人梁小斌的又一重要作品，和《中国，我的钥匙丢了》一样，选择的题材均与“文化大革命”有关。二者不同的是，《中国，我的钥匙丢了》写的是诗人暂时的迷惘和不甘沉沦的心思，以及诗人对“钥匙”不断探寻的心路历程。而在这首《雪白的墙》中，我们可以看到诗人不再满足于单纯的对黑暗年代的批判，更多的是对那段历史的反思，同时字里行间都表达了诗人走出迷惘与失落、看到希望的惊喜和激动不已的心情，全诗洋溢着一种积极向上的精神风貌。

墙，我们在日常生活中也随处可见，并不觉得稀奇。但通过阅读“这上面曾经那么肮脏，/写有很多粗暴的字”，我们可以隐约的感觉到诗中的“墙”决不仅仅是一堵普通的墙那么简单。那么，它还能是什么？“妈妈，你也哭过，/就为那些辱骂的缘故，/爸爸不在了，/永远地不在了。”通过对历史的回顾，“墙”的内涵一目了然。诗人以含蓄、蕴藉的象征手法来描写一个实实在在的物体，通过“曾经”一词给这一普通物体赋予了历史色彩。一堵普普通通的墙被诗人加以物象化、精神化后，人的意象思维也因此一下子扩展到了广阔深远的历史长河之中，让人不由自主的联想起“文化大革命”十年的历史灾难，想起那“雪白的墙”上横七竖八地躺满了批斗的标语。那“粗暴”的字，那“辱骂”的字，曾令多少无辜者“殉葬”，留下孤儿寡母艰难度日。这是历史的悲哀，是这堵记载历史的“墙”的耻辱，体现了诗人对不堪回首的历史的控诉。

而现在，雨过天晴，一切都过去了。诗人告诉我们，他“买蜡笔”时“看见一位工人，/费了很大的力气，/在为长长的围墙粉刷”，他还微笑着让诗人“去告诉所有的小朋友：/以后不要在这墙上乱画”。“工人”作为中国无产阶级的先锋队，正在尽全力来补救那个历史性错误，以减少那段悲剧给人民精神和心灵带来的巨大伤害。人们向往美好的生活，追求和平与安宁，“工人粉刷围墙”，无疑令人们欢欣鼓舞。诗人也为此而快乐不已，因为“比我喝的牛奶还要洁白、/还要洁白的墙，/一直闪现在我的梦中”。而今，它就“站在地平线上，/在白天里闪烁着迷人的光芒”。而“我爱雪白的墙”，则一语道破诗人的情怀，表达了诗人走出迷惘与失落的那种“柳暗花明”之感。“永远地不会在这墙上乱画，/不会的，/像妈妈一样温和的晴空啊，/你听到了吗？”这一节是一个宣告，同时也是一种决心。宣告的是：一切都已成为历史！而决心是：决不让这段历史重演！

全诗共有七节，每节句式长短不一，节奏明朗流畅、不拖沓。语言单纯，充满了孩子气，如诗人自己所言：“单纯是诗的灵魂，不管多么了不起的发现，我都希望通过孩子的语言来说出。”诗人的这种以童心看世界的想法在本诗中处处可见，正是这种稚嫩的声音，才使得本诗更显真挚，其间也透有一丝凄凉。作为朦胧诗的主要诗作之一，《雪白的墙》大胆借鉴了西方现代主义文学中的表现手法，并且有选择地吸收了我国传统中的优秀艺术手法，二者相结合，使得诗人创作了“墙”这一具有不透明性和多义性的象征意象。另外，这首诗采用了插叙的表现手法，且首尾照应，更加集中地表现了历史给人民留下的创伤和雨过天晴后诗人激动惊喜的心情。

致橡树

舒　婷

我如果爱你;
绝不像攀援的凌霄花,
借你的高枝炫耀自己;
我如果爱你;
绝不学痴情的鸟儿,
为绿荫重复单调的歌曲;
也不止像泉源
常年送来清凉的慰藉;
也不止像险峰,
增加你的高度,
衬托你的威仪。
甚至日光
甚至春雨
不,这些都还不够
我必须是你近旁的一株木棉,
作为树的形象和你站在一起。
根,相握在地下
叶,相触在云里。
每一阵风吹过
我们都互相致意,
但没有人
听懂我们的言语
你有你的铜枝铁干
像刀、像剑,
也像戟;
我有我红硕的花朵

像沉重的叹息，
又像英勇的火炬。
我们分担寒潮、风雷、霹雳；
我们共享雾霭、流岚、虹霓。
仿佛永远分离，
却又终身相依。
这才是伟大的爱情，
坚贞就在这里：
爱——
不仅爱你伟岸的身躯，
也爱你坚持的位置，足下的土地。

1977 年 3 月 27 日

（选自《诗刊》1979 年第 4 期）

舒婷（1952— ），原名龚佩瑜，福建泉州人，当代著名女诗人。她作品的基本主题是对人的尊严与自由的歌颂，对爱情与理想的赞美。她以强烈的女性意识抒发带有女性特征的情感世界，对女性的自我价值与尊严加以肯定和确认。在青年读者中有广泛的影响。

在《致橡树》中，舒婷托起了两棵树的形象，一棵是"橡树"，一棵是"木棉"。"致"意为"向对方表达情意"，可见，此诗是木棉向橡树表达情意，也就是说作者将她的抒情主人公化作了一棵木棉，用内心独白的方式抒写情怀。诗人把自己的抒情主体，化作一株木棉的形象，以"木棉"的独体意象来对比"凌霄花"、"鸟儿"、"泉源"、"险峰"、"日光"、"春雨"等意象群，一反传统的思维模式，不再歌咏它们的美好，而是用了一系列限制性词语——"绝不像"、"绝不学"、"也不止像"、"甚至"等，对它们予以否定。这些带有极端色彩的词语也传达出了这样鲜明的信息：抒情主人公是以有着独立人格的女性形象来告白她爱情的诉求。在这里，我们同样不难发现，舒婷是以女性为主体来表达爱情信念的。但女性并不是一个铁姑娘的形象，她们自有秀美端庄的形态，丰富细腻的情感，善感善悟的心性。她们柔静纤浓，深沉含蓄，热烈英勇。"红硕的花朵"像"沉重的叹息"，使人从视觉里获得听觉的感受，是审美心理中的"通感"现象。"红花"化成的这一声"叹息"，像是发自内心的爱的交响和协奏，是爱的深沉的咏叹！又像是感悟到人生使命重大而决意承担人生风险和生活义务的心声！

《致橡树》中的"木棉"这一形象,既保留了男性主张中女性的那种柔媚的秉性,又充溢着刚健的生命气息,与橡树形象所象征的刚硬的男性气质交相辉映,"她"和"他"同样以"树"的形象共同营造了一个全新的爱情境界。通过抒情主体的倾诉,摒弃了传统依附、从属性的爱情观。她所追求的爱,是双方彼此平等的爱。这个平等的基础,是彼此的人格独立。只有在这样人格价值的各自独立上,才能有真正平等基础上的互相理解和支撑。

《致橡树》热情而坦诚地歌唱了诗人的人格理想,以比肩而立、各自独立的姿态深情相对的橡树和木棉,可以说是我国爱情诗歌中一组品格崭新的象征形象。这组形象的树立,不仅否定了老旧的"青藤缠树"、"夫贵妻荣"式的以人身依附为根基的两性关系,同时,也超越了牺牲自我、只注重于相互给予的互爱原则,它完美地体现了富于人文精神的现代爱情品格:真诚、高尚的互爱应以不舍弃各自独立的位置与人格为前提。这是新时代的人格在爱情观念上对前辈的大跨度的超越。这种超越出自向来处于仰视、攀附地位的女性,更是难能可贵。正像诗人自己所说:"花与蝶的关系是相悦,木与水的关系是互需,只有一棵树才能感受到另一棵树的体验,感受鸟儿、阳光、春雨的给予。"

这样的爱情宣谕,显现了女性的自我意识和个体的独立意识。舒婷曾经这样自白:"我通过我自己意识到,今天,人们迫切需要尊重、信任和温暖。我愿意尽可能地利用我的诗来表现我对'人'的一种关切。"《致橡树》在女性意识和个性意识这两个层面上阐述了诗人对人的关怀,就带有这种明显的启蒙意义。这是一首爱情诗,历来的爱情诗多柔婉缠绵,本诗却一反传统情诗的风格,奏出了现代女性尊重自身价值、保持独立人格、张扬自我追求的时代强音。即女性应当和丈夫一样,以自己事业的成就立足社会,双方应互相理解,互相支持,共同承担逆境的考验,共同分享幸福与成功。

舒婷诗歌大多清新、明丽而少晦涩、"朦胧",但又不乏新鲜、生动、优美的意象,《致橡树》也鲜明地体现出这种艺术风格。舒婷的诗,构思新颖,富有浓郁的抒情色彩;象征手法的运用更好地传达了现代女性的情感;语言精美纯真,具有鲜明的个人风格,像一支古老而又清新的歌曲,拨动着人们的心弦。

神女峰

舒　婷

在向你挥舞的各色花帕中
是谁的手突然收回
紧紧捂住自己的眼睛
当人们四散离去,谁
还站在船尾
衣裙漫飞,如翻涌不息的云
江涛
高一声
低一声

美丽的梦留下美丽的忧伤
人间天上,代代相传
但是,心
真能变成石头吗

沿着江岸
金光菊和女贞子的洪流
正煽动着新的背叛
与其在悬崖上展览千年
不如在爱人肩头痛哭一晚

1981 年 6 月于长江

(选自《朦胧诗选》,春风文艺出版社 1986 年版)

以强烈的女性意识向世界宣谕自己的爱情观,是舒婷诗歌的一个重要主题,而对女性的自我价值与尊严的肯定确认,对女性人格独立和人性理想的追求张扬,构成了舒婷独特的女性意识。神女峰是古今诗人的热门话题。古代诗人多搬用楚王云雨的故事,将其异化为“玩物”,当代诗人多采用渔人妻化望夫石的传说,将其异化为神圣,几乎没有哪位诗人从人的命运出发,去思考一下“神女”的遭遇。舒婷此诗是一个罕见而难得的特例。在这首诗中,神女是诗人的姐妹,她也有血肉之躯,她也有生命的渴望,她应当拥有一个女人所应有的一切。女性要改变自己的生存状态,就要勇敢地选择命运,主宰自己的命运。

在《神女峰》中,诗人面对妇女命运化身的神女峰,发出的正是对人性复苏和女性人格尊严的深情呼唤,传达出的正是诗人基于自己女性意识的一种带有鲜明时代特征的恋爱观念:在真正的、平等的爱情里,女性应该获得独立人格,既不求依附,又蔑视自我牺牲和奉献;既追求独立人格,又追求爱情双方的相互凭依和承担。

当游三峡的旅客跑到甲板上,仰望着神女峰,沉浸在美丽的神话传说中的时候,女诗人舒婷却产生了与众不同的独特感受。望着巫峡神女,纵然有许多人拘泥于传统的价值理念在对其抒发肯定、赞赏的感慨,但诗人却突然把挥舞的手收回。她望着屹立在岩峰上的神女“紧紧捂住自己的眼睛”不忍再看;当人们四散离去,诗人却又独立船头思潮翻滚。她看到了人性的悲哀,神女在这里忍受了多少年的寂寞,展览了多少年的虚伪,因为人心是不能变成石头的,人性是不能完全泯灭的,“沿着江岸/金光菊和女贞子的洪流/正煽动着新的背叛”,人性的苏醒,却成了人性的背叛,人性的悲哀正在于此。“与其在悬崖上展览千年/不如在爱人的肩头痛哭一晚”,这恣情的眼泪正是说明人的真性情,诗人以独特的方式批评了虚伪的浪漫,认为真正的爱情是不需要天长地久的。诗人在心灵深处对巫峡神女作出否定的评价。这的确大胆而又有力。在《神女峰》中,诗人面对妇女命运化身的神女峰,呼唤的依然是丢失的人性。发出的正是对人性复苏和女性人格尊严的深情呼唤,传达出的正是诗人基于自己女性意识的一种带有鲜明时代特征的恋爱观念:在真正的、平等的爱情里,女性应该获得独立人格,既不求依附,又蔑视自我牺牲和奉献,既追求独立人格,又追求爱情双方的相互凭依和承担。20 世纪 80 年代中国女性对于传统道德和传统女性人格的反叛由此得到生动体现。

《神女峰》整首诗鲜明地体现出朴素、凝练、优美、深刻、流畅的艺术风格,有理由认为这是一首视角独特新颖,心理感受特异深刻的优秀诗作。

月光白得很

王小妮

月亮在深夜照出了一切的骨头。
我呼进了青白的气息。
人间的琐碎皮毛
变成下坠的萤火虫。
城市是一具死去的骨架。

没有那个生命
配得上这样纯的夜色。
打开窗帘
天地正在眼前交接着白银
月光使我忘记我是一个人

生命的最后一幕
在一片素色里静静彩排。
月光来到地板上
我的两只脚已经预先白了。

（2002 年）

王小妮（1955— ），吉林长春人。1985 年后居住在深圳。著有诗集《我的纸里包着我的火》，随笔集《手执一枝黄花》，长篇小说《方圆四十里》等。

早就致力于诗歌写作的王小妮依然沉着、从容，充满耐力地写作着。她是当代中国少数几个越写越好的诗人之一。她置身于广袤的世界，总是心存谦卑，敬畏生活，挚爱着平常而温暖的事物。她的写作充分体现了诗人在建构诗性世界时面临的难度，以及面对难度时诗人所能做的各种努力。她发表于 2002 年度的《月光白得很》等一系列诗作，深刻地阐明了诗人内心的宽广、澄明、温情和悲悯。她良好的诗歌视点，充沛的创造能量，使得身处边缘的她，握住的也一直是存在的中心。她的诗歌是可见的，质地纯粹，因此，也是最可期待的。

古今中外写月光的诗如恒河沙数。李贺“玉轮扎露湿团光”写月光湿润，张若虚“滟滟随波千万里”写月色浩荡。苏轼写她通人情“转朱阁，低绮户，照无眠”，台湾的方莘，则听到“锵然作响”……

金鸡独立的首句，是对月光做出总体抽象的裁决：在深夜，月光使“一切的骨头”现身、显影，无从遮掩、无从逃匿。“骨头”是皮肉的内里，可视为坚硬的事物、或事物的本质、本相，亦可“转喻”为城市物象。具备如此深刻穿透力的月光，简直就是充满了神奇啊。

神迹般的辉光是如空气一样弥漫在我们四周的气息，一旦吸入这样的“青白”，那么人世间的许多烦恼、杂念、喧嚣，便会化作“下坠的萤火虫”。下坠的萤火虫，呈现出流星雨一般的景致。在这里，我与自然、宇宙自由进出，互相感应打通，形成精神上的一场涤荡、净化。而号称现代文明进程中结下的最大硕果——城市，此时该已露出原形，成了一具没有血色与温度的“木乃伊”。那些钢筋混凝土、水泥构件、玻璃幕墙，包括具有工具理性和数字化概念的事物，在这样感性和绝美氛围的笼罩下，难道不变成一堆“死骨架”？

是的，没有哪个生命，配得上这样纯的夜色。在没有功利的“坐忘”中，我打开窗帘，“天地正在眼前交接着白银”。“眼前”两字非常重要，拉近了我与自然、宇宙的距离，为后面的“溶解”作了铺垫。“交接”两个动词相当精彩，将月光在天地间的移动，于现代语境下做交接班的动态处理，以前似乎没有人这样写过。“月光使我忘记我是一个人”，在这样纯净的大自然面前，除了产生敬畏与陶醉、乃至于忘我，还有什么可言呢？当然还可做另一“演绎”：只有在这样的月光下，我才恢复作为一个人的资格和感觉。无论如何，当月光来到地板上，我的两只脚已经预先白了。“预先”显示诗人与自然宇宙“心有灵犀一点通”的感应，以及身不由己的“融化”。

这样，就不知不觉进入类似《春江花月夜》的最高境界：人与天地同构，寂静无声，造化参悟，物我合一。凡胎俗体在消失，化为月光的一部分，与此同时，灵魂也渗透夜色里去了。这才是生命最后，也是最高级别的“彩排”。在排演中祛除“铅华”，那该是一种多么本真、透明与陶醉的状态。无论是醒着或梦着，都把自己交给光、变成光。这才是一种至好的境界。

“白得很”的“月光奏鸣曲”，奏出月光的魔力，奏出生命在本真意义上的通透纯粹。它是女诗人直觉体验、语感和现代禅悟的出色融会。她迷恋词语的力量，并渴望每一个词语都在她笔下散发出智慧的光泽和悠远的诗意，这也再一次见证了她在诗歌语言和诗歌节奏上的不凡禀赋。她的诗歌优雅而锐利，语言正呈现出一种简单而精确的美。

麦　　地

海　子

吃麦子长大的
在月亮下端着大碗
碗内的月亮
和麦子
一样没有声响

和你俩不一样
在歌颂麦地时
我要歌颂月亮

月亮下
连夜种麦的父亲
身上像流动金子

月亮下
有十二只鸟
飞过麦田
有的衔起一颗麦粒
有的则迎风起舞，矢口否认。

看麦子时我睡在地里

月亮照我如照一口井
家乡的风
家乡的云
收聚翅膀
睡在我的双肩

麦浪——
天堂的桌子
摆在田野上
一块麦地。

收割季节
麦浪和月光
洗着快镰刀。

月亮知道我
有时比泥土还要累
而羞涩的情人
眼前晃动着
麦秸。

我们是麦地的心上人
收麦这天我和仇人
握手言和
我们一起干完活
合上眼睛,命中注定的一切
此刻我们心满意足地接受。

妻子们兴奋地
不停用白围裙
擦手。

这时正当月光普照大地。

我们各自领着
尼罗河，巴比伦或黄河
的孩子　在河流两岸
在群蜂飞舞的岛屿或平原
洗了手
准备吃饭。

就让我这样把你们包括进来吧
让我这样说
月亮并不忧伤
月亮下
一共有两个人
穷人和富人
纽约和耶路撒冷
还有我
我们三个人
一同梦到了城市外面的麦地
白杨树围住的
健康的麦地
健康的麦子
养我性命的麦子！

1985 年 6 月

（选自《后朦胧诗全集·上卷》，四川教育出版社 1980 年版）

海子(1964—1989)，原名查海生，安徽安庆人。1979 年考入北京大学法律系，1982 年开始诗歌创作，1983 年毕业后在中国人民大学政治系哲学教研室任教。先后自印诗集《河流》、《传说》、《麦地之翁》(与西川合印)、《太阳，断头篇》、《太阳，天堂选幕》，另有长诗《土地》(已由春风文艺出版社出版)，1988 年写出诗剧三部曲之一《剎》。1989 年 3 月 26 日，在河北省山海关卧轨自杀。他杰出的、天才的创造力在中国的诗坛留下了独特的光芒。海子曾获北京大学第一届艺术节“五四”文学大奖特别奖、第三届《十月》文学奖荣誉奖。

诗与个体生命的相互选择是一种缘分。个体生命以自己的心灵能力发现并映照心中的意象,并以词语的方式使它复活、发热,获得无限延伸的光芒,进而照亮别人。麦子,是被众多醒悟了的青年诗人寻找而由海子最先找到并且说出的。由这个词延伸开去的村庄、人民、镰刀、马匹、瓷碗、树木、河流、汗水……等意象,几乎囊括了中华民族本质的历史流程和现时的心理情感,成为烛照人们良心、美德,激发崇高情感的心理之根。

海子的抒情短诗,常常表现出对于淳朴的自然与收获的劳作的深情眷恋,以及对于健康生命的一种由衷感恩之情,《麦地》即是其中之一。"在月亮下端着大碗/碗内的月亮/和麦子/一样没有声响"。诗的起笔很有意思,在一片开阔的麦地,仿佛月色初现的傍晚,端着大碗埋头吃饭的孩子,在发傻、发憨的狼吞虎咽中,对使之活命的麦子心中突然生发出欲失声痛哭的谢恩的情感。而月光下的麦地是那样迷人而庄严,披月种麦的"父亲"犹如一尊流金溢彩的圣像。表现着对于农事劳作的一种恒久的激动与欢欣。而我看麦时,家乡的"风"、"云"都收翅"睡在我的双肩",是"我"与家乡山川风云的和谐交融,也是劳作中的一种奇妙感受。麦浪是摆在田野上的"天堂的桌子",暗含着对粮食与劳作的感恩情怀,也进一步表达了"我"内心的那份激动与欢欣,及其忧伤脆弱的女性气质。"我们是麦地的心上人/收麦这天我和仇人/握手言和"一节,是对于劳作的正面颂赞,正是共同的劳动与此中甘苦的共尝使人群由疏离而趋近,由冷漠而亲和,由此表现了劳作的深远意义及其与人类命运的关系,题旨也由此获得提升。诗的最后两节的空间扩大了,展开了遥想式的抒写,场景由中国腹地黄河向尼罗河、巴比伦扩展,表现出四海一家,都依赖劳作为生的主题;不论穷人富人,不管是现代大都会纽约还是古老的圣城耶路撒冷,也因离不开养人性命的粮食而缩短了距离。在这里,充溢于诗人心灵的是对于粮食、劳作及与其相连的生命的素朴而强烈的感激之情。

海子在这里开始了麦地上空的精神漂泊,仿佛一个脑袋里装满哲人智谋的诡谲的孩子,嘴中吹着芦笛,而思想却千年苍茫。他以人类文化为心灵之境,折射大宇宙投射于生命的波纹。海子的麦地是孤独的,孤独的麦地是我们这个农耕民族共同的生命背景,那些排列在我们生命经历中关于麦子的痛苦,在它进入诗歌之后便成为折射我们所有生命情感的黄金之光。"白杨树围住的/健康的麦地/养我性命的麦子"。这些就成为生存者生命的写照,一种深入麦子与民族精神间的本质意蕴。我们于这个事实中不难觉出海子诗歌与其灵魂、生命的关系:通过麦子找到自身生命与大地的对应,并由此感悟一个民族的大灵魂。由生命抵达语言,又在语

言的生命化中，在灵魂的诗歌生命本质的共同进入中抓住并照亮了那些麦地意象。他的诗似乎较少依傍，因而也更本真，那其中对深刻的现实生存忧患和崇高人格的热切追取，灵魂直裸于生命质询时的坦诚，以及深刻、直率的自省精神，在意识到人类生命能力有限，并且坚持作生命的伸展的人们面前，都有着强大的激活现实生命的力量，以及对良心与人生的深深的感动。

岁　月

给 X·Y

骆一禾

岁月
从雪白的大理石像
和宏伟的壁画上
一片片地剥蚀了
岁月
在柔和的嘴角
和英雄的史诗上
卷曲了
爱人的手指
和冬天的树枝
一起变得瘦削
再也听不到
熟识的海在呼唤
因为波浪们
已经消散
聪慧的额角
不是也像黄河上的悬崖一样
风化了么？
多少个梦
如今也只在泥土里埋藏

像葬在琥珀里的小青蝇
像雪山化石里的三叶草
少女鹿一样灵活的姿态
也许只能
从化石里得到分析
再现出来
放到博物馆的黑丝绒上
呈现出
没有弹性的美丽
安详地坐在
倒卧的圆木上
一丝低矮的香蕈
散发着春天的气息
岁月是无情的
然而很难说它残暴
生命是无限的
虽然也会有不同
将来
也会有两个朋友
在日光里去上学
也会有一首诗
吟咏辽远的岁月
也会有
广大的胸膛迎着风雪
坚定的手握着舵轮
明净的眼睛
将会彼此注视
以另外一个我和你的形体
谈论着现在的
我和你
甚至也议论着
少女
小青蝇

还有三叶草

（选自《骆一禾诗全编》，上海三联书店 1997 年版）

骆一禾（1961—1989），北京人。著有诗集《世界的血》、《骆一禾诗全编》等。骆一禾的诗歌是用血写就的，用他的内心和他的精神世界写就的。他的诗与心灵融为一体，他的诗是他生存的方式，也是他生存的实践的反映。他的诗不是没有生命投入的语言游戏，不是在规则与反规则之间的徘徊与定位，也不是只在浅显处拿捏词句的组合。他的诗歌直指他的内心世界深处，是灵魂与语言的契合，是生命的歌唱。他曾说：内心不是一个角落，而是一个世界。他所关注的不仅仅只是个人的内心情感一隅，他所要表达的是外在的大世界在内心的映照。

曾经美丽的壁画渐渐斑驳，丰盈剔透的手指变得像冬天树枝一般瘦削干枯，波浪慢慢消散，琥珀里困住了小青蝇，晶莹的雪山化石中看得见当日的三叶草。这些，带给我们的是视觉的冲击感，随后，是心灵的震撼。“流水落花春去也，天上人间。”带给人的感觉只是伤感与无奈。而《岁月》中更多的是内心的撞击感，强度大而且直接。曾经多么美好生动、生气蓬勃的生命体或是物体在岁月的冲刷之下，那种美丽也会一点一点地消逝直至变成另一种状态。当这些画面摆在人的面前时，给我们震撼的是对岁月流逝所带来的恐慌，直指内心，让人不可抗拒的急迫感。

生命感是《岁月》所体现的主要的内容。随着岁月的流逝，逐渐丧失掉的，不仅是美丽，还有蓬勃的生气。岁月就像漏斗里的沙子，一粒一粒地漏掉，让人觉得恐慌和紧迫。年轻的逐渐变得老去，鲜艳也逐渐失去原有的光泽，这是岁月所带来的。但是 ，另一方面，花朵绽放，树枝抽芽，新生命成长也是由于岁月的功劳。旧的渐渐衰败，新的逐步成长，岁月就是这样神奇。它让我们欢喜同时也让我们觉得紧迫。它的流逝让历史循环着。岁月是无情的，然而生命却是有限与无限的统一。一代又一代的人来了，又去了。历史一页又一页地翻，岁月匆匆地流走。个人在历史的浩瀚海洋里似乎微不足道，极其渺小，他们能够很轻易地死亡，但作为一个生物种类却仍然可以存留繁衍下去，生生不息，甚至会更好。岁月的流逝让历史循环，也让历史推进，让社会发展。在骆一禾的《岁月》中，让我们既看到了岁月所带来的无情的一面，同时，也让我们看到了它所带来的新生生命的一面：

将来/也会有两个朋友/在日光里去上学/也会有一首诗/吟咏辽远的

岁月/也会有/广大的胸膛迎着风雪/坚定的手握着舵轮/明净的眼睛/将会彼此注视/以另外一个我和你的形体/谈论着现在的/我和你/甚至也议论着/少女/小青蝇/还有三叶草

旧的变得更旧,年轻的逐渐成长,循环往复,由此,历史就站立在我们的面前。历史,是《岁月》这首诗中所透露出的另一个重要主题。将来的那个我和你的形体议论着现在的我和你,议论着少女,议论着我们现在有的一切,美好甚或是瑕疵。历史就在这样的议论中显现、成型,并且滚滚不停地向前发展、推进。

向日葵

——纪念梵高

骆一禾

雨后的葵花,静观的
葵花。喷薄的花瓣在雨里
一寸心口藏在四滴水下
静观的葵花看梵高死去
葵花,本是他遗失的耳朵
他的头堵在葵花花园,在太阳正中
在光线垂直的土上,梵高
你也是一片葵花

葵花,新雨如初。梵高
流着他金黄的火苗
金黄的血,也是梵高的血
两手插入葵花的四野,
梵高在地上流血
就像烈日在天上白白地燃烧
雨在水面上燃烧

梵高葬入地下，我在地上
感到梵高：水洼子已经干涸
葵花朵朵
心神的怒放，如燃烧的蝴蝶
开放在钴蓝色的瓦盆上

向日葵：语言的复出是为祈祷
向日葵，平民的花朵
覆盖着我的眼帘四闭
如四扇关上的木门
在内燃烧。未开的葵花
你又如何？

葵花，你使我的大地如此不安
像神秘的星辰战乱
上有鲜黄的火球笼盖
丝柏倾斜着，在大地的
乳汁里
默默无闻，烧倒了向日葵
燃烧

（1987 年 12 月）

骆一禾的诗歌中充斥着生命感。《向日葵》中，我们可以看见诗歌中所显现的血色的鲜红、脉搏的跳动、灵魂的痉挛、神经的颤抖以及从生命的深渊处所传来的沉重回声。他的诗歌深入生命的深处，探求诗歌的奥秘，他的诗在生命中涌动奔流。宗白华有一句话："世界上第一流的大诗人凝神冥想，探入灵魂的深邃，或纵身大化中，于一朵花中窥见天国，一滴露水参误生命，然后用他们生花之笔，幻现层层世界，幕幕人生，归根也不外乎启示生命的真相与意义。"骆一禾的《向日葵》是生命的表白、灵魂的喊叫、自然的流露。向日葵的生命，绽放的是平民的花朵，它如同火焰一样熊熊燃烧着，炽诚、热烈，即使在雨里也一样如同火焰一般。太阳不停地转动，东升西落，向日葵的脸庞也随着太阳的脉搏转动。向日葵是向阳的花朵，是太阳的轿子。这足以见出它们代表着的顽强生命了。

骆一禾欣赏生命的欢欣,从能够毁灭肉体与本能的死亡来感知生命,揭示的是死亡与生命的互相转化。在《向日葵》中,梵高与我,梵高与葵花之间的转换就是生命与死亡的转化:“梵高葬入地下,我在地上”、“葵花。新雨如初。梵高/流着他金黄的火苗/金黄的血,也是梵高的血”。在梵高与我与葵花的对比中,死亡与生命对照地显现。同时,这里也看出作者对人类精神花园的期望和守候。向日葵在梵高的国家是代表着平民的花朵,代表广大劳动人民的精神的花朵,是代表民族精神的花朵。骆一禾的诗抓住了民族之根,也就把握了事物的精髓。

花与人互相参悟,花的美,花的气性与人的心灵同处同在。《向日葵》给人的第一感觉是印象深刻的,尤其是色彩的处理。然而,如果只是技术上的处理,作品是不会给人很深的感动的。作品的感人,必须以作家的真诚为前提。而情之动人是必须以真挚为前提的。然而有了很真挚的感情还不能够说作品就一定是一部很好的作品,情感的驾驭更为重要。《向日葵》就是这样,它是用心灵创造出来的,感情真挚,但同时也恰到好处:“葵花,你使我的大地如此不安/像神秘的星辰战乱/上有鲜黄的火球笼盖”。

想象与情感的真挚处于同样的地位。骆一禾的想象极为丰富,向日葵的颜色是金黄的血,也是梵高的血,葵花如燃烧的蝴蝶。丰富的想象力让诗歌的内容更丰富,也让人感觉更有回味的余地。不管我们处于何种困境和困惑之中,想象总是最不可少的,它是理想化的、感性的、具有超越现实的魅力的,它激励着人们执著地追寻梦想,追求人生的诗化和生命的自由。想象是人类前进的精神源泉。《向日葵》中的想象也正是为了更深地探索生命的意义、民族的精神的。

节奏感和旋律感把丰富的想象、真挚的情感串联起来。节奏感和旋律感主要不是或者不完全是文字音律的搭配和声韵的调谐,而是一种情感的律动所引起的更为深刻、更为内在的东西。正是这种内在的情感的律动,推动着、激动着、选择着外在的语言的节奏与旋律。骆一禾的诗歌不仅仅是诗歌而已,而是情感的歌唱,生命的歌唱。在他的诗歌里,我们可以看到想象的飞升,生命的燃烧。他的诗歌是情感的律动。这情感的律动既是诗的,也是音乐的,更是生命的。

帕斯捷尔纳克

王家新

不能到你的墓地献上一束花
却注定要以一生的倾注,读你的诗
以几千里风雪的穿越
一个节日的破碎,和我灵魂的颤栗

终于能按照自己的内心写作了
却不能按一个人的内心生活
这是我们共同的悲剧
你的嘴角更加缄默,那是

命运的秘密,你不能说出
只是承受、承受,让笔下的刻痕加深
为了获得,而放弃
为了生,你要求自己去死,彻底地死

这就是你,从一次次劫难里你找到我
检验我,使我的生命骤然疼痛
从雪到雪,我在北京的轰然泥泞的
公共汽车上读你的诗,我在心中

呼喊那些高贵的名字
那些放逐、牺牲、见证,那些
在弥撒曲的震颤中相逢的灵魂
那些死亡中的闪耀,和我的

自己的土地！那北方牲畜眼中的泪光

在风中燃烧的枫叶
人民胃中的黑暗、饥饿,我怎能
撇开这一切来谈论我自己

正如你,要忍受更剧烈的风雪扑打
才能守住你的俄罗斯,你的
拉丽萨,那美丽的、再也不能伤害的
你的,不敢相信的奇迹

带着一身雪的寒气,就在眼前!
还有烛光照亮的列维坦的秋天
普希金诗韵中的死亡、赞美、罪孽
春天到来,广阔大地裸现的黑色

把灵魂朝向这一切吧,诗人
这是苦难,是从心底升起的最高律令
不是苦难,是你最终承担起的这些
仍无可阻止地,前来寻找我们

发掘我们:它在要求一个对称
或一支比回声更激荡的安魂曲
而我们,又怎配走到你的墓前?
这是耻辱!这是北京的十二月的冬天

这是你目光中的忧伤、探寻和质问
钟声一样,压迫着我的灵魂
这是痛苦,是幸福,要说出它
需要以冰雪来充满我的一生

(选自诗集《游动悬崖》,湖南文艺出版社1997年版)

王家新(1957—),湖北丹江口人。著有诗集《纪念》、《游动悬崖》、《王家新的诗》等。苏联诗人帕斯捷尔纳克是王家新在这首诗中歌咏、倾诉的对象。帕斯捷尔纳克原来是一位注重自我内在体验的现代诗人,但

在苏联建国后被逐渐剥夺了自由写作的权利，他经过长期沉默后，于 20 世纪 50 年代后期发表长篇小说《日瓦戈医生》，又因被授予诺贝尔文学奖再度受到国内的严厉批判，此后他不得不屈服于这种专制的压力，直到去世。显然，在这首诗里的帕斯捷尔纳克的形象被强烈地涂抹上了诗人王家新的主观色彩，用他的话来说，帕斯捷尔纳克比起苏联专制时代的其他一些诗人，他“活得更久，经受了更为漫长的艰难岁月，……他更是一位‘承担者’”。但他的活着并非是媾和于黑暗的年代，而是保持着自己的信念与良知，要比死者承受更多的痛苦和压力。

在《帕斯捷尔纳克》这首诗中，王家新这样刻画这位诗人的境遇与精神：“你的嘴角更加缄默，那是∥命运的秘密，你不能说出/只是承受、承受，让笔下的刻痕加深/为了获得，而放弃/为了生，你要求自己去死，彻底地死”。诗中所有意象几乎都集中于时代的苦难：“那些放逐、牺牲、见证，那些/在弥撒曲的震颤中相逢的灵魂/那些死亡中的闪耀，和我的∥自己的土地！那北方牲畜眼中的泪光/在风中燃烧的枫叶/人民胃中的黑暗、饥饿……”面对苦难的唯一选择，只有承受。帕斯捷尔纳克只有承受更疯狂的风雪扑打，才能守住他的俄罗斯，而承受的结果便不再是苦难，“这是幸福，是从心底升起的最高律令”。诗歌本身已经清楚地表达出了这些意向，而且把它所能说的全部说了出来，这在 90 年代初的中国是震撼人心的。它以个人的睿智和忧伤体认了一个时代苦难的形象，然后确立起了一种要求承担苦难并朝向灵魂的高贵的存在尺度。

也许后者是迫使王家新写作这首诗的更根本的冲动。这个存在的尺度是由帕斯捷尔纳克所给予的：“这就是你，从一次次劫难里你找到我/检验我，使我的生命骤然疼痛”；“不是苦难，是你最终承担起的这些/仍无可阻止地，前来寻找我们∥发掘我们：它在要求一个对称/或一支比回声更激荡的安魂曲”；“这是你目光中的忧伤、探寻和质问/钟声一样，压迫着我的灵魂”。非常明显，这首诗中的个人化倾向，所强调的不是从时代中抽身而退，也不是逃避对时代的责任和对传统的反叛，而是显现为人与世界的必然相遇，显现为个人对以往人类精神的主动承续，以及凭借一己的存在来承担起人类命运与时代生活的全部压力。在这个意义上，帕斯捷尔纳克其实是一个精神上的象征，他是王家新借以自我观照、涤净心灵，为自己及同时代人所矗立的精神高度。

正是通过这种承担，个人也才能真正成其为个人。这意味着告别流行的轰响与喧哗，穿透轻浮的言词与行为，以坚持某种真正属于内心良知、同时也真正属于人类整体的原则。这个原则在诗中的体现，就是虽不能按一个人的内心生活，但却要按自己的内心写作。这也就意味着，这首诗透露出来自帕斯捷尔纳克的另外一个启示，就是坚守内心的写作："从茫茫雾霾中，透出的不仅是俄罗斯的灵感，而且是诗歌本身在向我走来：它再一次构成了对我的审判……"应该说这首诗中确实还提供了一个诗学尺度，写作是个人对时代承担的具体形式，借用王家新自己在别处写下的话来说，写作是"一种把我们同时代联系起来但又从根本上区别开来的方式"。至于写作的内心化的方面，则意味着"把终生的孤独化为劳动"。这其实正是帕斯捷尔纳克在诗中的写照，他始终是被作为一个按照内心良知写作的诗人来加以歌咏的，他以缄默的嘴角拒绝了世俗的喧哗之声，而进入到心灵世界的孤独与忧伤之中。诗中对于这一形象深情的吟咏，也就是诗人对自己的个体存在方式的确认和内在约束。

《帕斯捷尔纳克》在艺术上的成就，主要是通篇都保持了一种朴素直接的表达方式，很少需要特别加以诠释的修辞，亦没有那些浮于语言表层的装饰性意象，所有的语词都用来营造一个内心化的意象，也就是以上所述及的全部内容。这在根本上正是一种按照内心的写作：表达的冲动全部都来自于诗人最纯粹最内在化的要求。

王家新迄今为止的全部写作恰切地体现了这一历史变动时期新诗的真实景况。的确，作为一位穿越了20世纪80年代和90年代的诗人，王家新一直是这个时代的诗的守望者。他的音色带有时代变迁造成的深刻的精神震荡。在他的诗中，一直隐现着一个沉默、坚毅的跋涉者的身影，那是诗人的另一个自我——他"在生与死的风景中旅行"，穿过风霜雨雪和时代的风云变幻，为诗人的写作提供了有力的依据或"理由"。但最具代表性、最深刻地书写了时代的精神苦痛的，还是《帕斯捷尔纳克》这首诗。"这就是你，从一次次劫难里你找到我/检验我，使我的生命骤然疼痛"，都极为真切地表述了变换时代的诗人与时代境遇的关系，具有某种震动人心的精神的深度和强度。而"你的嘴角更加缄默"，则加强了命运的厚重感。与其说这是向"大师"致敬的诗，不如说诗人从他所对话的对象身上找到了某种契机，在其间他得以就重压下的诗歌使命和时代的精神境况作出更为本质的思考。可以看到，从写作《帕斯捷尔纳克》等诗开始，甚至更早，诗人自觉地把历史、时代、文明纳入了他的思考和透视范围，并在这一更为广阔的背景下来把握他的诗歌写作的可能性。

很显然，王家新对于时代的"忠实"并非是在过去的那种意义上可以理解的。他使用的仍是同一个词“时代”,但从中打开的却是一个不同质的精神和艺术的空间。他的独特之处在于,他一方面关注着时代,一方面他又摒弃了那种在早期朦胧诗中常见的“代言人”冲动,而代之以对“个人”的内心声音的挖掘。这种充满了个人内省性质的写作,是面向具体的时代生活的“发言”,而不是“代言”,毫无疑问它既介入了对时代的追问,又保持了一种独立的个人的立场和角度。因此,当时代把诗歌逼向了一种“个人化”写作时,王家新的诗却愈来愈开阔,他为这种“个人化”写作注入了一种独特的“时代意识”,并在这两者之间重建了一种难得的张力关系。在这一点上,他与他所景仰的诗人帕斯捷尔纳克具有相对称的地位。

山　民

韩　东

小时候,他问父亲:
“山那边是什么?”
父亲说:“是山”。
“那边的那边呢”?
“山,还是山”。
他不作声了,看着远处。
山第一次使他这样疲倦。

他想,这辈子是走不出这里的群山了。
海是有的,但十分遥远。
他只能活几十年,
所以没等到他走到那里,
就会死在半路上,
死在山中。

他觉得应该带着老婆一起上路
老婆会给他生个儿子

到他死的时候
儿子就长大了
……
他不再想了
儿子也使他很疲倦
他只是遗憾
不然,见到大海的该是他了

（选自《青春》1982 年第 8 期）

韩东(1961—),江苏南京人。20 世纪 80 年代“第三代诗歌”代表诗人之一,影响较大的作品有《有关大雁塔》、《你见过大海》、《山民》等。韩东按照一种庸常化的人生哲学构思诗歌,无聊而平常的生活场景是其诗歌的主要内容。在叙述方式上,他操守的是“冷抒情”和“零度写作”的诗艺主张。

《山民》叙述了一个“愚公移山”式的寓言故事。山之子民祖祖辈辈生息繁衍在深山中。“山那边是什么?”这声发问第一次撞击了山谷中的峭壁,它所激起的回响,也不知在山谷中往复震荡了多久。然而,当流转到新的时代,年轻山民终于没有在一番望山兴叹之后便作罢了。他想到应该上路,应该带着“会给他生个儿子”的老婆上路,这想法或许是破天荒第一次出现在深山中,但这是一个何等壮观的想法啊！然而,人生如梦,今生今世是见不到大海了。这对于一个作为个体而存在的短暂的生命而言,还有比这更残酷的吗？事实上,这种怅恨乃是一种普遍人生,是千千万万人共有的怅恨。不过这怅恨并不能阻止山民对大海的向往。“山”—“人”—“海”,不安分于“山”,总向往着“海”,人生就是这样。

但凡哲理都具有客观真实性,否则便不成其为哲理。然而,思辨所得的哲理是高度抽象的,写入诗歌产生的是寓言式的作品。哲理与形象的关系是嵌合型的,可以剥离。而感悟所得的哲理乃是灵动丰富的,哲理与形象一体,浑然天成,元气淋漓,只可意会,不可言传。唯其有“灵”且“空”,形同“空筐”,其含意的覆盖面又是十分广阔的。《山民》不就是这样吗?

《山民》故事没必要再复述了,它实在太平常、太平淡、太生活了。山之子民祖祖辈辈生息繁衍在深山中。感慨于“这辈子是走不出这里的群山了”而顿然生出的悲叹,更不知是那问题之树上枉然凋落的第几代花朵了。然而，毕竟时代不同了，这新一辈年轻山民终于没有在望山兴叹一番后便寂然了，就像那位愚公说的，“子子孙孙是没有穷尽的”。且行且生，且生且行，终有一天会见到大海，理想总有一天会实现的。

在艺术表现和语言风格上，本诗具有韩东所一贯具有的简单、明白、诚挚、朴素的特点。

你见过大海

韩　东

你见过大海
你想象过
大海
你想象过大海
然后见到它
就是这样
你见过了大海
并想象过它
可你不是
一个水手
就是这样
你想象过大海
你见过大海
也许你还喜欢大海
顶多是这样
你见过大海
你也想象过大海
你不情愿
让海水给淹死
就是这样
人人都这样

(选自《中国当代实验诗选》,春风文艺出版社1987年版)

"先锋派"诗歌也被人称为"新生代"诗歌,是继"朦胧诗"与"寻根诗"之后出现的一种诗歌现象。"朦胧诗"以象征、意象等手法表达主观情绪与伸张人性;"寻根诗"把诗歌推向民族的文化历史,试图在"天人合一"、"人神合一"的古文化境界中找回人们的"生命冲动"与"英雄精神"。而"先锋派"诗作则一反常调,把诗歌拉回到当代人的生活现象与实际存在中来。他们主张诗歌与"生命"联系,认为"诗到语言为止",从而显示出"反文化"、"反意象"、"反英雄"的诗歌倾向。韩东的诗,带有一种哲理味,严密、细致、反复说明而语言则平淡无味。

韩东是一位以荒诞为主题并给定荒诞以恰当形式的诗人。他的"诗到语言为止"的诗歌主张,在他的作品中有着出色的实践。他的诗是纯粹的"语言"之诗:对一个基本词语的反复缠绕,出而复入,入而复出。韩东的诗非常"简单",类似于现代绘画中的极少主义。表达方式的纯粹化和简单化。但这不仅无损于诗的力量,相反增强了诗歌语言的力量。在极少形容词的冷峻表象下,诗人用词语的重重缠绵替代了情感的缠绵,用基本句型的反复萦绕,替代了对生命的无限眷恋。短句子所传达的决绝语气,以及词句的重复所渲染的义无反顾的力量,表达出一种极富现代气质的人生态度。韩东达到了某种洗练的极致,这使他成为当代最具个人风格的一位诗人。

《你见过大海》是韩东的代表作之一,也典型地表现了"后现代主义"诗歌的基本特征。诗中表现的是现代人平民化的生活,是凡夫俗子的生活流,是生活过程中的原生态。从习惯上看,大海是人类生命的摇篮,是有志者和英雄们所向往的美好境地。而在这首诗里,大海被省略去崇高、宏阔、雄伟、深沉的美学价值。可以说,诗人在有意摒弃人们寄予大海的种种想象与文化意义。

在诗中,人和大海的联系已回归到一种单纯的现象上的联系。"你见过大海"、"你想象过大海"、"也许你还喜欢大海",不过如此。至于你见过的大海是怎样的,你怎样想象大海,你为什么喜欢大海,都被诗人所省略。这也是此诗的关键所在。因为在诗人看来,人与大海的联系,不过是现实存在中的现象联系,而以往人们所赋予大海的文化含义与英雄色彩,全是生活现象之外的东西。不仅如此,诗人还用"你不情愿/让海水给淹死"一句平淡又实在的话,道出人们的"畏死"的本能,从而使人们对大海所拥有

的生活、理想、讴歌统统在“畏死”的本能面前烟消云散。

从艺术形式上看，全诗几乎毫无“艺术价值”可言。诗中既没有传统诗歌的“情境”与“意境”，也不见诸多新诗中所表现的“意象”，而只是用最本实的词汇，用平民化的口语来表现实际生活中的“生活流”，散文化倾向比较明显。

中文系

李亚伟

中文系是一条洒满钓饵的大河
浅滩边，一个教授和一群讲师正在撒网
网住的鱼儿
上岸就当助教，然后
当屈原的秘书，当李白的随从
然后再去撒网

有时，一个树桩般的老太婆
来到河埠头——鲁迅的洗手处
搅起些早已沉滞的肥皂泡
让孩子们吃下，一个老头
在奖桌上爆炒野草的时候
放些失效的味精
这些要吃透《野草》、《花边》的人
把鲁迅存进银行，吃他的利息

当一个大诗人率领一伙小诗人在古代写诗
写王维写过的那块石头
一些蠢鲫鱼和一条傻白鲢
就可能在期末鱼汛的尾声
挨一记考试的耳光飞跌出门外

老师说过要做伟人
就得吃伟人的剩饭背诵伟人的咳嗽
亚伟想做伟人
想和古代的伟人一起干
他每天咳着各种各样的声音从图书馆
回到寝室。

亚伟和朋友们读了庄子以后
就模仿白云到山顶徜徉
其中部分哥们
在周末啃了干面包之后还要去
啃《地狱》的第八层,直到睡觉
被盖里还感到地狱之火的熊熊
有时他们未睡着就摆动着身子
从思想的门户游进燃烧着的电影院
或别的不愿提及的去处

一年级的学生,那些
小金鱼小鲫鱼还不太到图书馆及
茶馆酒楼去吃细菌长停泊在教室或
老乡的身边有时在黑桃Q的桌下
快活地穿梭

诗人胡玉是个老油子
就是溜冰不太在行,于是
常常踏着自己的长发溜进
女生密集的场所用腮
唱一首关于晚风吹了澎湖湾的歌
更多的时间是和亚伟
在酒馆里吐各种气泡

二十四岁的敖歌已经
二十四年都没写诗了

可他本身就是一首诗
常在五公尺外爱一个姑娘
由于没有记住韩愈是中国人还是苏联人
敖歌悲壮地降了一级,他想外逃
但他害怕爬上香港的海滩会立即
被警察抓去,考古汉语
万夏每天起床后的问题是
继续吃饭还是永远
不再吃了
和女朋友一起拍卖完旧衣服后
脑袋常吱吱地发出喝酒的信号
他的水龙头身材里拍击着
黄河愤怒的波涛,拐弯处挂着
寻人启事和他的画像

大伙的拜把兄弟小绵阳
花一个半月读完半页书后去食堂
打饭也打炊哥
最后他却被蒋学模主编的那枚深水炸弹
击出浅水区
现在已不知饿死在那个遥远的车站
中文系就是这么的
学生们白天朝拜古人和黑板
晚上就朝拜银幕活着很容易地
就到街上去凤求凰兮
中文系的姑娘一般只跟本系男孩厮混
来不及和外系娃儿说话
这显示了中文系自食其力的能力
亚伟在露水上爱过的那医专的桃金娘
被历史系的瘦猴赊去了很久
最后也还回来了,亚伟
是进攻医专的元勋他拒绝谈判
医专的姑娘就又被全歼的可能医专

就有光荣地成为中文系的夫人学校的可能

诗人老杨老是打算
和刚认识的姑娘结婚老是
以鲨鱼的面孔游上赌饭票的牌桌
这条恶棍与四个食堂的炊哥混得烂熟
却连写作课的老师至今还不认得
他曾精辟地认为大学
就是酒店就是医专就是知识
知识就是书本就是女人
女人就是考试
每个男人可要及格啦
中文系就这样流着
教授们在讲义上喃喃游动
学生们找到了关键的字
就在外面画上漩涡画上
教授们可能设置的陷阱
把教授们嘀嘀咕咕吐出的气泡
在林荫道上吹过期末

教授们也骑上自己的气泡
朝下漂像手执丈八蛇矛的
辫子将军在河上巡逻
河那边他说“之”河这边说“乎”
遇到情况教授警惕地问口令:“者”
学生在暗处答道:“也”

中文系也学外国文学
着重学鲍迪埃学高尔基,在晚上
厕所里奔出一神色慌张的讲师
他大声喊:同学们
快撤,里面有现代派

中文系在古战场上流过
在怀抱贞洁的教授和意境深远的
月亮下面流过
河岸上奔跑着烈女
那些山洞里坐满了忠于杜甫的寡妇
后来中文系以后置宾语的身份
曾被把字句两次提到了生活的前面

现在中文系在梦中流过，缓缓地
像亚伟撒在干土上的小便，它的波涛
随毕业时的被盖卷一叠叠地远去啦

(1984 年 11 月)

李亚伟(1963—)，重庆酉阳人，新生代诗人，莽汉主义诗歌代表人物。李亚伟的诗歌充满了智慧的调侃。他往往以一种口语化的语言对各种正式的或积淀着崇高感的诗歌意象进行剖析和消解，但在调侃和嘲讽层面下的深层意义却保留着作者对汉语的热爱和对生活的深刻思考。

这首著名的《中文系》，吸收了小说与散文的笔法，在叙述中保留了叙事文学的要素——人物、情节、地点乃至性格，同时它的语言的刻薄与幽默也达到了极致。调侃嘲弄，诙谐俏皮中流露着一种骨子里的玩世不恭。在这首诗中他从语言文字的表现上入手，以调侃、自嘲的方式表示对个体生命不被尊重的抗议，以平凡人的身份表现对生活的感受。他有意制造的荒诞和玩世不恭的语言，表现着对现实的某种反讽意向，导致诗歌的基本倾向表现为嘲谑和幽默。在这首诗里代表着知识和经验也是博学和高深象征的教授们，诗人却用荒诞的手法嘲弄了师长们这种伟大的崇高感。中文系的教授与讲师"当屈原的秘书，当李白的随从"，"把鲁迅存进银行，吃他的利息"，"写王维写过的那块石头"他们无非就是"骑上自己的气泡/朝下漂像手执丈八蛇矛的/辫子将军在河上巡逻" 让"一些蠢鲫鱼和一条傻白鲢""在期末渔汛的尾声/挨一记考试的耳光飞跌出门外"。而他的"同学"的生活也是荒诞不经的："常在五公尺外爱一个姑娘/由于没有记住韩愈是中国人还是苏联人/敖歌悲壮地降了一级，他想外逃/但他害怕爬上香港的海滩会立即/被警察抓去，考古汉语"，"诗人老杨老是打算/和刚认识的姑娘结婚老是/以鲨鱼的面孔游上赌饭票的牌桌/这条恶棍与四个食堂的炊哥混得烂熟/却连写作课的老师至今还不认得”。同时又嘲弄自己:“老师说过要做伟人/就得吃伟人的剩饭背诵伟人的咳嗽/亚伟想做伟人/想和古代的伟人一起干/他每天咳着各种各样的声音从图书馆/回到寝室。”这伟人的崇高最终也只是令人讨厌的“咳嗽”,当然自我嘲弄更多的还是对那种灵魂和肉体普遍分裂的“自我”,也就是那个被异化了的“自我”。在这里“亚伟”也只是一个符号,它不仅是作者“自我”,它完全可以被“你”、“我们”、“他们”所替代,“我”已经在语言升华中获得了最广泛的意义,嘲讽的范围也变得无边无际了。

口语化是这首诗对生活进行调侃和讽刺的利器。为了使对生活进行表达的同时又能够产生清晰直接又生动而真实亲切感,它充分利用了口语在叙述上的随意性以及极度贴近生活的特性,对生活进行了深刻而且逼真的反讽。这种野性的反讽呈现出一种平民的近乎原始的生活方式,热烈地宣泄了对崇高感的对抗心态。他是在以平民意识和琐屑平凡的日常生命感觉来建立真实自我的价值王国。

李亚伟在他的《硬汉们》诗中宣称:“我们本来就是/腰上挂着诗篇的豪猪。”莽汉主义始终坚持站在独特角度从人生中感应不同的情感状态,以平民意识来表现当代人对人类自身生存状态的极度敏感。因而反讽的对象是生命存在的真实图景,呈现着世界和人的存在状态的荒诞。这首诗充满了幽默的嬉笑怒骂,以及对崇高的嘲笑,因而,这嘲弄嚎叫与反美学反崇高就构成了莽汉主义诗歌的总体特征。

起　风

西　川

起风以前树林一片寂静,
起风以前阳光和云彩
容易被忽略仿佛它们没有
存在的必要
起风以前穿过树林的人
是没有记忆的人

一个遁世者
起风以前说不准
是冬天的风刮得更凶
还是夏天的风刮得更凶

我有三年未到过那片树林
我走到那里在风起以后

(1984 年)

西川(1963—),原名刘军,江苏徐州人。1985 年毕业于北京大学英文系。大学时代开始写诗,倡导诗歌写作中的知识分子精神。出版有诗集《中国的玫瑰》(1991)、《隐秘的汇合》(1997)、《西川诗选》(1997)等。翻译有庞德、博尔赫斯、巴克斯特等人的作品。曾获《十月》文学奖(1988)、《上海文学》奖(1992)、《人民文学》奖(1994)、现代汉诗奖(1994)等,被录入英国剑桥《杰出成就名人录》。1995 年应邀参加第 26 届荷兰鹿特丹国际诗歌节,1996 年作为加拿大外交部“外国艺术家访问计划”的客人访问萨斯卡图、图贾那和卡尔加里。

《起风》是西川在 1984 年完成的一个短小文本。从这首诗歌本身可以窥见作者身上那一种幻想的气质,漫游的气质,甚至梦游的气质,也使诗者成了“历史的观看者”。阳光很暖很轻,云很高很远。这是一个云淡风轻的下午,树林静静的,孤单的背影里没有色彩,没有形态,有的只是灰色的基调浸透了每一个角落。冰冷地穿过树林,树顶的金黄换成了脚底的“沙沙”声,孤单的背影定格在风的迷雾中。在这首诗中,风是主角——一个多变的精灵,诗歌灵感的显现。风与阳光和云影,风与穿过树林的人,风在冬天和夏天,风与我和他者,在大自然这个背景中,诗人将这些诗意的单位贯穿起来,联系起来。

这首诗简单明了的分为两个部分,从表面上看,作者只是简单地描写了起风前的树林以及起风后,被改变了的风景的外形,但一切似乎又回到了起点,只是这个循环的过程中人却是被排斥在外的。在西川这一代人身上,历史是以空白显现其自身的,这种空白同样出现在这代人脱颖而出的精神背景中。这代人的青春期都经历了一次深刻的精神危机。而这又促使人们去努力寻找。这也正体现了诗歌的深刻意义,因为诗人首先是从个性出发,做个人化的写作。而风正好是诗人寻求这种自我,展现自我的途径，它将诗人个性意识渗透到当时整个时代。起风改变了一切，因为起风，阳光和云影才有其存在的价值，人才有了对世界外物的感知。存在于自我构建的混沌世界的人，也因为起风才有了判别事物的标准，就在起风的那一瞬间，主体与客体融合了，就像诗人只有先忘却自我才能获得真正的自我。正是这种非语言的语言使诗人学会了倾听、观察和揣摩，发现了事物之间被日常的经验和逻辑所遮蔽的关系，揭示事物潜藏的诗意。从诗的结尾可以看出，诗人已经找到了方向，"我走到那里在起风以后"，坚定的脚步已经告诉我们前程的美好。

整首诗作者用从容不迫的语调来表现，但这平静背后正写出了起风前后那汹涌的变化。美和诗意只存在于词语之间的关系中，而不在词语本身。诗人没有用华丽的辞藻铺排，而只是用一种朴素的表达，使每一个词语的出现都有其文学的效果。虽然都是一个小小的诗意单位，但其写出的已不仅仅是大自然的变化，而是一个时代的变化，和诗人在这种意识流中的个人指向。这正是诗人认识力、理解力博大的有意义的呈现。

尚义街六号

于　坚

尚义街六号是男性大学生宿舍
法国式的黄房子
老吴的裤子晾在二楼
喊一声
胯下就钻出一个戴眼镜的脑袋
隔壁的大厕所
天天清早排着长队

我们往往在黄昏光临
像一群涌进罐头盒的鱼
打开烟盒打开许多天的心事
墙上钉着于坚的画

许多朋友不以为然
他们只认识梵高
桌上摊开范小明的手稿
那些字乱七八糟
这个家伙总是提审似地盯住你
我们不能说他好又不能说他坏
只好说得朦胧
像一首时髦的诗
鲍光的鞋压着费佳佳的胶鞋
脚趾头裹着老吴的枕巾
他已经成名了
有一本蓝色的作协会员证
他常常躺在上边
告诉我们应当怎样穿鞋
怎样漱口怎样拖地板
怎样炒鸡丁怎样午睡 怎样搜集素材
在这没有女人味的房间
童男子们经常老练地谈着女人
偶尔有裙子们进来
我们就恭敬地起立
那时候我们都渴望钻进一条裙子
又不肯弯下腰去
有些日子天气不好
我们就攻击费佳佳的诗歌
后来他摸摸钱包
支支吾吾说想请我们去吃
八张嘴马上笑嘻嘻地站起
那是智慧的年代
许多谈话如果录音
可以出一本名著
那是热闹的年代
许多脸都在老吴家出现
今天你去城里问问

他们都大名鼎鼎
一些人成名了
一些人结婚了
一些人要去西部
老吴也要走
大家骂他装样
心中惶惶不安
老吴你走了
今晚我去哪里混饭
恩恩怨怨吵吵嚷嚷
大家终于走散
只剩下一张空地板
像一张旧唱片再也不响

后来,在世界的另一些地方
我们常常提到尚义街六号

(1984 年 6 月)

于坚(1954—),云南昆明人。第三代诗歌的代表性诗人。以世俗化、平民化的风格为自己的追求,其诗平易却蕴深意,是少数能表达出自己对世界哲学认知的作家。曾与韩东等人合办诗刊《他们》。代表诗作有《尚义街六号》、《感谢父亲》、《零档案》等。著有诗集《对一只乌鸦的命名》、《于坚的诗》、《一枚穿过天空的钉子》,文集《云南这边》、《人间笔记》等十余种。曾获《联合报》第十四届诗歌奖、《人民文学》诗歌奖等。

于坚是一位有自己的诗学主张的当代诗人,他以世俗化、平民化的风格作为自己的追求,开创了中国诗坛口语写作的风气。他的诗经常以"非诗"的方式出现,经常通过对现成美学秩序的反动来敞开诗歌写作的新的可能性。于坚的诗风多变,形式上颇多创新,其诗平易却蕴含深意,是少数能表达出自己对世界的哲学认知的重要作家之一。

《尚义街六号》是他的代表作。诗歌的开头很直白真率:"尚义街六号是男性大学生宿舍/法国式的黄房子",这里可以看出,他是一个从语言的另一端进入诗歌世界的人,是一个站在诗歌反面的美学异端,但他这种简朴而百无禁忌的写作,的确又重新唤起了人们对存在事物的挚爱。"我们

往往在黄昏光临/像一群涌进罐头盒的鱼”。这种口语化写作单纯而深刻,不用隐喻,这正给我们指示出新的诗歌路向,诗歌语言对内容及其时代的决定与极大包蕴作用。

这首诗歌的意象是庞杂的,也是世俗化的。“老吴的裤子”、“戴眼镜的脑袋”,都是平面化的,这正如于坚宣称:“在今天,诗是对隐喻的拒绝”。不谈隐喻,拒绝回到隐喻时代正意味着诗歌新的功效与可能。在许多秉持民间立场,独立精神,口语写作的诗人看来,当下的口语诗歌创作意味着拒绝警句,拒绝意向,拒绝隐喻,拒绝象征。以当下的、具体的、直白的、可感的口语进入诗歌的神殿,寻找新的意义,命名和肯定。在词与物、现实与欲望、生活与思想间建立新型的关系。《尚义街六号》正建立了这种新型关系。“老练地谈着女人”、“后来他摸摸钱包/支支吾吾说想请我们去吃”等诗句形象生动,热热闹闹,情感的抒发可谓淋漓尽致。真实地活着,平淡地存在,都喻示着生活的真正价值所在。

提出“拒绝隐喻” 的于坚,在诗歌中实践用最平常的词把自己想说的话说清楚,清除语言中的文化积尘,使写作重新获得一种命名的能力。当“烟盒”、“胶鞋”、“枕巾”、“会员证”,这些琐碎的生活事物贯穿诗歌的时候,我们知道,诗歌离我们并不遥远。于坚的诗“就像一颗沐浴在阳光之下的石头自然而然辐射出温热一样”,他所倡导的关注现实生活的口语化写作已经成为当下中国诗歌很有活力的部分。

诗对于日常生活的关注,在新诗历史上,从诞生初期起就存在。一切重大的社会生活主题都消融在日常生活中,诗歌没有理由从其中剥离出来而单独加以表达。于坚一手紧握口语,一手紧握句法,双目炯炯地去关心日常生活。当然他明白,松散的口语并不等于诗的语言,生活经历并不等于诗的内容,中间所存在的“诗的转换”, 呈现出从口语到诗的转换之间的魅力,恰恰是他诗歌创作中孜孜以求的。《尚义街六号》表现了人最本色、最平凡的生活 ,追求以纯感觉的、客观的、卑微的生活方式作为写作的视角。作者在这里隐藏了自己的主观的抒情,而把一切感觉表现在自然的语言之上。在这首诗里诗人似乎成为了感觉追求的自然主义者,同时显得毫不动容,极其冷漠。对他的诗歌你无法从整体中抽离出某个部分来,想从里面摘取任何的名言警句也是徒劳的。

但口语化写作的确能自由地表达自我,让人们更容易欣赏美、享受美。在素朴的修辞中,《尚义街六号》一诗中所使用的词句,全部是活在平民生活中的口语,或者说诗人有意回避了书面语词。“老吴也要走/大家骂他装样/心中惶惶不安/老吴你走了/今晚我去哪里混饭"这样的诗句有陈述,有对白,有场景。整首诗就像是朋友聚会或倾心的闲谈,而欣赏者却能具体、深切地感受到一群灵魂的躁动不安。

口语化写作与诚实是密不可分的。诚实成为于坚诗歌的最重要的品质。他忠于自己并且忠于生活,关注的正是一种平民意识与生命意识的觉醒。于坚并非认同自己与传统的断裂,相反,他一再重申自己是传统的诗人。通过《尚义街六号》,于坚开始建立起诗歌简明、日常化、注重细节、回到事物本身、置身存在现场的艺术追求。当晦涩成了大部分诗歌的通病时,于坚的诗歌显示出了难得的朴素的力量;当越来越多的诗人远离生活现场,转而臣服于二手的阅读经验时,于坚却甘愿留在有血有肉、看起来庸常的生活中,以期用词语保存一些私人的细节和记忆,扫描活跃在晴朗阳光下的各色事物。这的确是难能可贵的。

车过黄河

伊　沙

列车正经过黄河
我正在厕所小便
我深知这不该
我应该坐在窗前
或站在车门旁边
左手叉腰
右手作眉檐
眺望像个伟人
至少像个诗人
想点河上的事情
或历史的陈账
那时人们都在眺望
我在厕所里
时间很长

现在这时间属于我
我等了一天一夜
只一泡尿功夫
黄河已经流远

（1988 年）

伊沙（1966— ），原名吴文健，生于四川省成都市。出版的诗集有《饿死诗人》（1994）、《野种之歌》（1999）等。《车过黄河》通篇只是一个简单的陈述，是一次旅行的经历，但所包孕的意义绝非限制在"可见性"的陈述中。它里面潜伏着更深远的沉淀的反思。我们不能就诗人白描的"踪迹"去评判这种实践的语言，而应该由"踪迹"的产出去雕刻诗人相联的其他的多层次纹理。选择古老的黄河，选择简单、反讽的语句，选择一处最普通的场景以及一个"明显的事实"过程，繁殖出人人看得见、听得到的某种现代社会管制下的对威权和规约的反叛，它是时间的养育和选择意义上的反叛，是平民化的拔高、回归与反叛。

"列车正经过黄河/我正在厕所小便/我深知这不该/我应该坐在窗前/或站在车门旁边/左手叉腰/右手作眉檐/眺望象个伟人/至少象个诗人/想点河上的事情/或历史的陈账/那时人们都在眺望/我在厕所里/时间很长/现在这时间属于我/我等了一天一夜/只一泡尿功夫/黄河已经流远"。这里的伊沙把平民意识凸显而出，《车过黄河》留给读者的是互动的状态。我们可以删除掉他在表面层次的"俗"，而应看到言外之意的焦虑：人类只是知识的产物，历史的不同时期产生了伪善的虚构，伪善的崇高；敬畏的神话和事实的神话是有距离的；权力压制下的人保持着规矩的心态，但一经拆解，责任的主体都在变动之中，都是时间的俘虏；这首诗是对神化的祭坛的挑战，它让人回到人与人相等的定位中，只是知识的尺度不同造成了人的不同，即人的权力的配置的不同。没有特权，没有崇高的模式，有的仅是路过黄河时的同一种流逝。这首诗透着典型的伊沙诗风，篇幅短小，句子极短，节奏感很强，嬉皮而有狠劲，正如他自己给自己的画像："你们瞧瞧瞧我/一脸无所谓"（《结结巴巴》）。

想象大鸟

周伦佑

鸟是一种会飞的东西
不是青鸟和蓝鸟。是大鸟
重如泰山的羽毛
在想象中清晰地逼近
这是我虚构出来的
另一种性质的翅膀
另一种性质的水和天空

大鸟就这样想起来了
很温柔的行动使人一阵心跳
大鸟根深蒂固,还让我想到莲花
想到更古老的什么水银
在众多物象之外尖锐的存在
三百年过了,大鸟依然不鸣不飞

大鸟有时是鸟,有时是鱼
有时是庄周似的蝴蝶和处子
有时什么也不是
只知道大鸟以火焰为食
所以很美,很灿烂
其实所谓的火焰也是想象的
大鸟无翅,根本没有鸟的影子

鸟是一个比喻。大鸟是大的比喻
飞与不飞都同样占据着天空

从鸟到大鸟是一种变化
从语言到语言只是一种声音
大鸟铺天盖地,但不能把握
突如其来的光芒使意识空虚
用手指敲击天空,很蓝的宁静
任无中生有的琴键落满蜻蜓
直截了当地深入或者退出
离开中心越远和大鸟更为接近

想象大鸟就是呼吸大鸟
使事物远大的有时只是一种气息
生命被某种晶体所充满和壮大
推动青铜与时间背道而驰
大鸟硕大如同海天之间包孕的珍珠
我们包含于其中
成为光明的核心部分
跃跃之心先于肉体鼓动起来
现在大鸟已在我的想象之外了
我触摸不到,也不知它的去向
但我确实被击中过,那种扫荡的意义
使我铭心刻骨的疼痛,并且冥想
大鸟翱翔或静止在别一个天空里
那是与我们息息相关的天空
只要我们偶尔想到它
便有某种感觉使我们广大无边

当有一天大鸟突然朝我们飞来
我们所有的眼睛都会变成瞎子

(1989 年 12 月 17 日于西昌仙人洞)

周伦佑(1952—),重庆市荣昌县人。周伦佑作为一个自觉的民间诗派——民刊《非非》的领军人物,是一个非常自觉的民间诗人。他坚守着诗歌的良知与非主流意识,坚守着自己的体制外写作的姿态。身为主

编的周伦佑，从“文化大革命”的地下写作起就一直不停地挥着笔，大量的诗歌、诗评不绝断地出现在我们面前。只要静心谛听，总会听到来自蜀川之地的关于良知的声音，这声音不管我们能否听到，都一刻不停地在啼鸣着，一如那只大鸟“飞与不飞都同样占据着天空”一样。在那里一直执著于“扛着自己的命运的”石头的周伦佑，在世纪之初仍高喊着前进的口号。

周伦佑的宣言就像大鸟一样，自始至终“翱翔在别一个天空里”，并说这个天空是与“我们息息相关的天空”。周伦佑并非只割断自己与民族的纽带联结，反而相当注重自己与自己所处的这个汉语环境，注重在当时当下的环境中作自己的诗歌，以自己的生命溶入诗歌，以高于社会经验的勇气来对峙四面坚壁，形而上的知识与肉体意识溶入到自己的诗与生活中，以一个斗士的勇气出现在诗坛里，这样的“鸟”注定是很美的，也是很灿烂的。

真正的诗人，从来都不是甘受禁锢的人，他们是在大地上自由行走的灵魂，渴望突破文化传统，可又受传统文化的纠缠，从看他人流血到自己流血，体验生命的过程，酿成一首首诗，呈奉给世人。周伦佑就是这样的一位诗人。他又是一位十分复杂，内心十分矛盾，具有悲剧性性格的人物。他反对一切价值，但对他诗歌本身的价值却非常看重；他反对崇高，但本质上是崇高的人；他主张非理性，可是，他比绝大部分诗人理性得多；他最想与文化传统一刀两断，可又最受传统文化的死死纠缠。他是一只扛着石头的大鸟。这从他的《想象大鸟》中可见一斑。

诗歌是他的灵魂，是他永远崭新的伤口。周伦佑的肩上被生存的石头重重压着，他喜欢这种感觉，觉得只有这样，才能看透石头的真相，但在他的心中，他更愿意想象大鸟，想象自由，剖开自己，把藏匿在骨髓中的芒刺全部发射出来，无论是《在刀锋上完成的句法转换》，还是《从具体的鸟到抽象的鸟的纯粹演算》，都寄予了他以梦想去克服现实、粉碎现实的愿望。作为在刃口上舞蹈的诗人，实际上是想从事一场预谋了很久的较量，累积的硬度和锋利已使他不惮于寻常之刃了，两刃相逢硬者胜，他硬，那些丰满的火花落地生根，照亮了他的笔迹，成为周伦佑诗歌的骨头。《想象大鸟》正是这样带着诗人特有的气质，以诗人意识的大无畏表达人格独立思想自由的不可侵犯性，在历史浊流中清醒狂欢，充分表现诗人的自由精神。同时，也表达了诗人深切的希望和清醒的认识，对精神自由的希望和对现实文化的认识。

每个人或多或少都难免会渴望自由，而当自由被非法禁锢时，只有少数的未被现实遮蔽的心灵在疾呼。周伦佑也正是这样的少数者之一。《想象大鸟》不仅是诗人对自由的想象,更是对精神自由的想象。“鸟是一种会飞的东西/不是青鸟和蓝鸟/是大鸟”,一句轻描淡写的话,如陈述般随意,诗正是以这样一句看似随意的诗句开场。“鸟是一种会飞的东西”,很理所当然,有不会飞的鸟吗?看似随意废话似的起笔为下文作了一个不经意却极其自然的铺垫。“三百年过了/大鸟依然不鸣不飞”,不是不会飞,鸟当然会飞,大鸟亦然,它只是不飞,不会飞与不飞是两个不同的概念。大鸟本就会飞,“重如泰山的羽毛/在想象中清晰地逼近/这是我虚构出来的/另一种性质的翅膀/另一种性质的水和天空”,带着“钢铁”虚构“另一种性质的翅膀”。接下来诗人以欣喜激动的笔调描绘了想起大鸟时的感受,“大鸟就这样想起来了/很温柔的行动使人一阵心跳”,简洁而短促的一句,其中包含的欣喜和激动却是无穷。“大鸟根深蒂固/还让我想到莲花/想到更古老的什么水银/在众多物象之外尖锐的存在/三百年过了/大鸟依然不鸣不飞”,大鸟作为自由精神的象征,它本就存在,根深蒂固而又尖锐。只是“三百年过了/大鸟依然不鸣不飞”,它在沉睡,还未清醒,诗人的精神自由在一段时间被禁锢。

“大鸟有时是鸟/有时是鱼/有时是庄周似的蝴蝶和处子/有时什么也不是/只知道大鸟以火焰为食/所以很美/很灿烂”,此时诗人有了短暂的困惑,困惑于大鸟的形态多样,是虚无还是现实?只知道大鸟很美,很灿烂,因为它以火焰为食。而又说“其实所谓的火焰也是想象的/根本没有鸟的影子”,诗人一直在寻找大鸟,寻找人格的独立思想的自由,他需要无比巨大的勇气,而“火焰”即是他所急切寻求的勇气。这是一个艰辛的过程。“鸟是一个比喻/大鸟是大的比喻/飞与不飞都同样占据着天空”,这与前面“大鸟根深蒂固”、“在众多物象之外尖锐的存在”相对,这种诗人的自由精神是一种固有的存在。通过这句过渡的诗句,使诗意逐渐明朗化,与上文密密相连,丝丝相扣,层层递进。

“从鸟到大鸟是一种变化/从语言到语言只是一种声音/大鸟铺天盖地/但不能把握/突如其来的光芒使意识空虚/用手指敲击天空,很蓝的宁静/任无中生有的琴键落满蜻蜓/直截了当地深入或者退出/离开中心越远和大鸟更为接近”。这段的意义深远,诗人深切的希望和清醒的认识在这里充分体现。反价值从反文化开始,那些严肃、端庄的脑袋用他们高贵的前额建立起了一个理性的世界,他们强迫人类坐下,听他们用科学和道德烹饪的知识。一代代人的脑袋越来越大,占据整个世界舞台,甚至在每

个屁股上都刺上了文明的印迹。“就在这个过程中人开始反抗了,他的觉醒是从屁股开始的,并由屁股表现出来——这是一个非理性符号的动词表达,直接指向制度化的理性秩序。脑袋的统治已经太久了,从宗教时代起就是由它在发号施令的,现在不过变换了另一张脸谱。还是那一根权杖,甚至比握在上帝手中时更有力,也用得更勤了。脑袋的容积和尊严如超额的负荷,使历史头重脚轻,终于会有的一次颠覆已不可避免了。哪里有脑袋的统治,哪里便有不安于坐椅的屁股。只是一群生而惯于跑跳的动物,教授们却派定它坐的姿势,并要它永远这样坐下去。事情再明白不过了:理性强加于屁股的体系,只能用屁股予以摧毁!”对文化的反抗是从对语言的反抗开始的。尽管,所有的反抗都要受制于反抗的手段——你还在说、你还在使用语言,但是,也许可以“用语言对抗语言,用语言超越语言”,谁也阻止不了反抗的一代向现有僵死的语言秩序来一次歇斯底里的挑战和冲刺。这就是“从语言到语言”,实现从反语言到反文化到反价值的深化。“想象大鸟就是呼吸大鸟/使事物远大的有时只是一种气息/生命被某种晶体所充满和壮大/推动青铜和时间背道而驰/大鸟硕大如同海天之间包孕的珍珠/我们包含于其中/成为光明的核心部分/跃跃之心先于肉体鼓动起来”。周伦佑心里明白,他是不会胜利的,“语言破坏产生破坏的语言,犹如往河床里增加了几块石头”,他清楚:“每一次反文化之后,文化很快卷土重来,轻易地吞噬反文化者,然后收复失地,在暴乱的废墟之上更牢固地重建它的统治。你们的失败包孕于你们的行动中:你们只能在语言中行动,用语言对抗语言,用文化反文化。你们就是语言,就是文化。因此,你们的失败或胜利都于文化无损。”可是,为什么不冒险一试呢? 作为否定者兼清算者,他置之死地而后生。

“现在大鸟已在我的想象之外了/我触摸不到‘也不知它的去向/但我确实被击中过’那种扫荡的意义/使我铭心刻骨的疼痛并且冥想/大鸟翱翔或静止在别一个天空里/那是与我们息息相关的天空/只要我们偶尔想到它/便有某种感觉使我们广大无边/当有一天大鸟突然朝我们飞来/我们所有的眼睛都会变成瞎子”。诗人洞悉人类的险恶处境,负担起对自由的责任,以绝不妥协的信念拒绝权势与谎言,拒绝精神与物质的双重律令,拒绝思想专制的任何形式。通过诗歌凸显文化专制的非法禁锢,以理性的态度追索人类精神的普遍价值。诗人甘冒失明的危险,承受着大鸟的扑击,绝望在高处与希望拥抱在一起,在想象的振翅中,重获久违了的崇高感。

诗人满怀希望和信念向我们展示了他的远大抱负。作为一个有责任心的诗人,认识在他是清醒而痛苦的,他在嚎叫,在呼吁!世人需要这样的清醒者和呼吁者。周伦佑凭着他诗人的独特敏锐和气质,以及大无畏的精神来反抗禁锢,追索着诗人一种的自由精神,这种自由的姿态在历史的浊流中呈现出清醒与狂欢的至情。

倾诉:献给我两重世界的家园

沈泽宜

点一炷清香在我居室
我才能说到我的家园

以青山为背景,白鹭从东方飞来
缓缓鼓动的翅膀稍一倾斜
雨水就从天上落下,使河流受孕
大地膨胀着欲望,它以花朵
暗示生殖和繁衍。小草,顶翻腐叶
从冬的暖床探出头来
在平原,在每一个未被打开的角落疯长

众水之上,一声鸟叫的距离
我们与冬衣一起晾晒前人的梦想
邻居们一边拍打,一边互相问候
谈论天气,物价,儿女婚姻
为生命的短暂相逢兴高采烈

大山止步的地方,浙北平原
以只许你见一次的美打开,向东
向大海和大海那边的世界
接住飞鸟衔来的种子

种植稻香，麦浪，诗歌
种植爱情的消息树和关于未来的
朦胧而遥远的想象

诞生。啼哭。衰老。死亡
季节无声地轮回
我们把苦艾和桃枝插上五月的
门楣，在眉心点一粒端午痣
光荣与耻辱，战争与饥荒
在欢庆丰收的锣鼓声中
这和平的种族，一代又一代
延续和更新着一个古老的传说

夹岸而居，灯火十万人家
竹林深处栖息着村庄
吴歌。燕子。逝去的橹声
刈草女孩把辫子撩到胸口
那是怎样的女孩呵
以雪花　黑水晶　传说
野蜂的腰肢做成的女儿
木香和白玉的女儿，不可亵渎的女儿
此刻，她把辫子勾到胸口
那儿必定有个湖，——我们叫做“漾”
在羊的咩叫声中
她把双脚伸入顿时光芒四射的湖水
徐徐解开冲向腰际的乌发
为胸口的鼓胀和挤压惊慌失措

以大山的骨骼修筑道路
打造船舶　挂满风帆和铃铎
织出心事缠绵的丝绸，用爱
将地球和人类捆绑
从河湾到河湾，从村舍到村舍

天性向善的门扉虽然贫穷
却总开向阳光和喜庆
即使明知这只是一种奢望
只有村路依然泥泞
你必须脱掉身份和城市的鞋袜
在吱吱咕咕的跋涉声中
光着脚丫,脚趾缝中冒出泥浆
体会一种清凉和暖意
一种家园和大地才有的真实抚摩
在天空的倒影 水波的晃荡中
寻找失落的童年和父亲的呵斥

闲来无事,眺望灯光怎样
被积木般的城市点燃
如此神气,如此灿烂
于是,便原谅了它的浮躁,说谎
和铺天盖地的广告

在一群伙伴中,我曾是
一名打弹珠的少年
如今,像一株被冬天剥夺一空的桑树
高举风中的双臂,张开十指
为永远的家园祈祷平安

(2003 年 3～4 月)

沈泽宜(1934—),浙江湖州人,笔名梦洲。"点一炷清香在我居室/我才能说到家园",诗的开端气氛庄严。老辣的诗笔为诗人的倾诉营造了一个情绪饱满的时刻,一个充满张力的空间。具有自由品质的倾诉,让人感到严肃端庄,又热情洋溢。

接下来,诗人欣喜而从容地描绘了那个生机勃勃、和平安宁、土地肥沃、历史悠久的家园,倾诉自己对家园的深情和自豪。诗人对笔下生活和栖息的浙北平原的热爱简直就是毫不隐讳的一种偏爱,这种热爱和自豪,激发了诗人的想象力,使诗歌充满神奇与灵气:美丽的白鹭的翅膀稍一倾斜，就带来了丰沛的雨季。而青山、白鹭、雨水、河流、花朵、小草，这些证明着富饶的浙北平原生机勃勃的意象，更让人感受到诗人对故乡的热爱和自豪。青山和白鹭颜色的对比清新悦目，小草的意象也富有意味，“顶翻”和“疯长”使小草看起来倔强又虎虎有生气。诗人在这里的抒情饱满而热情洋溢。

接下来的诗句是场景化的。幸福快乐的族群感恩于阳光和生命，满怀梦想又懂得满足。“天气，物价，儿女婚姻”这种很生活的呈现，经诗歌叙事与抒情的结合拓展了巨大的艺术空间。不能不说到地点：“浙北平原”，而“飞鸟”，“稻香，麦浪，诗歌”，“爱情”，则告诉我们，家园是生长诗歌的天堂。无论“光荣与耻辱，战争与饥荒”，人们“一代又一代/延续和更新着一个古老的传说”，诗人对这片土地的热爱和自豪源自它深厚的历史和文化。生息繁衍在这块土地上的向往和平的人们，自觉地承继着历史的香火，膜拜着沧桑的底蕴，谦卑而沉着地生活着、创造着。诗人对他的故乡的爱是切肤的。这种爱让他在倾诉中，灵魂自觉地探向历史的深处，抚摸这片土地曾有的辉煌和伤疤，骄傲和辛酸。

现实是美丽的，尤其那朴实的乡野。“夹岸而居”，“竹林深处”，“逝去的橹声”。在这一背景下，“刈草女孩”出现时其美艳就更加突出。把辫子撩到胸口/那是怎样的女孩呵/以雪花　黑水晶　传说/野蜂的腰肢做成的女儿/此刻，她把辫子勾到胸口/那儿必定有个湖，——我们叫作‘漾’/在羊的咩叫声中/她把双脚伸入顿时光芒四射的湖水/徐徐解开冲向腰际的乌发/为胸口的鼓胀和挤压惊慌失措”。诗人在这里悠游在吴歌、燕子和遥远而依稀可辨的逝去的橹声中，带着被指染的忧伤情绪，深情的歌唱他心中和故乡女孩。这个故乡女孩是美得那样不可思议：一个以雪花、黑水晶、传说和野蜂的腰肢做成的女儿，一个木香和白玉的女儿！诗人的想象是如此生动而丰富，鲜活而唯美！他给读者展示的这个神奇的女孩虽然美得如此仿佛不食人间烟火，然而她的实际身份却是个朴素的在平原随处可见的刈草的牧羊女。这个淳朴美丽的平原女子，这个带着一点点野性和羞涩的牧羊女，她那不加任何伪饰的率真美，成为诗人心中完美的女神。她劝慰和净化着诗人的灵魂，对她的怀想和期待贯穿诗人的生命，支撑和丰富着诗人对家园的想象。

接下来，诗歌的境界进一步拓展，从家园到大地，从河湾到村舍，从村路到城市，“天性向善的门扉虽然贫穷/却总开向阳光和喜庆”，勤劳、善良，充满智慧的故乡人，以宽厚的胸怀和阳光的心情联系着外面的世界。

甚至在明知不可能得到同等的爱的回报的情况下，依然以晴朗的心情跋涉，寻找童年的美好。诗人理性批判的目光是敏锐的。在诗人看来，乡村、家园和大地间尚保持着最大可能的原始本真形态，而痛心地认为，城市和真实的大地之间已经隔了层层面具的伪饰。于是，诗人带着想象，"光着脚丫"，吱吱咕咕地跋涉在乡村的泥路中，重温童年的记忆，触摸大地的肌肤。保持童心让我们不在人生漫漫途程中迷路，保持童心将其作为人类自我救赎的力量。于是，淳朴憨实的乡村及其人们就这样被城市所迷惑，"便原谅了它的浮躁，说谎/和铺天盖地的广告"，宽厚地原谅了城市对他的背叛。正是这些浮躁、说谎遮蔽了人类善良的天性，这些铺天盖地的广告诱惑了人类物质的欲望，使人类在伪文明的深渊中越陷越深。因而这些是需要警惕的。诗人的批判充满睿智，诗笔锐利，使读者感到惊心动魄，直指人心。倾诉从欣喜到忧伤再到批判，诗情在这里达到高潮，诗的主旨也在这里赫然得到揭示。

诗歌的结尾回到童年的历史，那"一株被冬天剥夺一空的桑树"的意象充满苍凉之感。但诗人的情感立场是非常坚定的，无论生活发生怎样变化，都要"高举风中的双臂，张开十指/为永远的家园祈祷平安"，这里是一个赤子的倾诉，也充分凸现了赤子那忠贞不渝的美好情怀。

室内生活

李见心

囚于室内的人
是受过内伤的人

他不愿看熟悉的风景
是怕把熟悉的路看成陌路
他不愿看陌生的人
是怕把陌生人看成熟人

床躺着　他也躺着

书柜站着　他也站着
椅子坐着　他也坐着
台灯低着头　弯曲着脖子
他也低着头　弯曲着脖子

从床到门之间是七步
从书柜到窗子之间也是七步
他就在这七步间活动着　走着　写着
七步诗

他知道用皮肤写诗的是爱情
用骨头写诗的是友情
用血液写诗的是亲情

而他是个用心写诗的人
献给一个纯洁得不会出生的人

(选自《关外文学》2004 年第 2 期)

李见心(1968—　),辽宁抚顺人,现居锦州。李见心执著于诗歌创作,是个把生命嫁给诗歌的痴情人。

她的这首《室内生活》,无疑具有完美的诗歌素质。它在思维的递进中,完成了诗意的敞开。诗的头一句以预言式的高度概括,给定了一个毋庸置疑的判断:“囚于室内的人/是受过内伤的人”。然后我们通过这个受过内伤的人的视角,看到了一种生存的错位:“他不愿看熟悉的风景/是怕把熟悉的路看成陌路/他不愿看陌生的人/是怕把陌生人看成熟人”,诗人准确地表达了一种生命的恍惚状态。在一系列表现主人对物的被动的依赖铺排之后,诗人又回到了理性的判断上,道出了存在的实质和精髓:“用皮肤写诗的是爱情”,因为爱情指向的是欲望;“用骨头写诗的是友情”,因为友情指向的是义气和肝胆;“用血液写诗的是亲情”,因为亲情指向的是谅解以及血浓于水的默默沟通。这种由皮肤、骨头、血液产生的人伦联想,使我们触摸到了一种直指内心的冷酷真实。

诗的最后一句堪称是孤独的绝唱:“而他是个用心写诗的人/献给一个纯洁得不会出生的人”,这是对俗世和此岸世界的一种弃绝,同时也是

对虚妄的彼岸世界高贵属性的礼赞。“用心写诗,就是将生命奉献给诗歌的人。而不会出生”的事实,根绝了现实进入的一切可能之路,物质的欲求在这里暴露出苍白和无意义,宣告了理想在精神上的绝对的胜利。

诗　　人

杨晓民

在蓝色的电视大楼上
我推开明媚的窗子
一列火车脱轨了
一个性感女郎张贴在红色的道口上
在这个亢奋的城市
我的头发一天天荒芜
我是这片大地上稀有的居住者了
一声驴叫会使我感动

(1997 年 9 月)

杨晓民(1966—　),河南固始人。毕业于武汉大学,现供职于中央电视台。诗作入选国内各种有影响的诗歌选本。诗集《羞涩》于 2001 年获“鲁迅文学奖”,引起了诗界的广泛关注。正如潘长江在一个小品里的趣言,浓缩的才是精华。这个定义可能很适合杨晓民这首诗。全诗共八句。前两句写“我”在楼上推开窗子,第三、四句写推开窗子后看到的情景,第五、六句是由物及我的联想,最后结句是对“我”的孤独感的写照。猛一看去,无非是现代人一个日记式的或生活随想,不用说相对于《神曲》、《浮士德》这样的巨著来说,是小不点儿,就是相对于我们的祖先屈原的《离骚》或是白居易的《长恨歌》来也是小兄弟。但是,短小并非简单,短小也并贫乏。仔细品味,我们能从中体会到现代都市人相当复杂的人生处境。

我们可以把前四句看成是类似于宋词中的上阕,后四句为下阕。我们从颜色在诗中起到的作用入手。上阕的总体色彩是艳丽而耀眼的,先后用了蓝色、明媚、红色,这些符号给我们以强烈的光线刺激,有一种耀眼到让人睁不开眼的感觉，一种炫目和晕眩。这样的景象当然是城市独特的，制造如此强烈绚烂的城市之光，作者意欲何为？我们接着再看下阕。下阕虽然在表面上没有使用表示颜色的词汇，但是它运用了一种暗示的方法，即用“沙漠”这样的意象来表达“我”的境况。当然这里运用了并不算过于复杂的修辞技巧，“荒芜”、“稀有”这两个非常通用的表意符号，有力地指向“沙漠”这样的意象，“驴叫”当然也可以用骆驼叫来代替。有想象力的读者或者对语言更为敏感的读者可能还会产生对于“绿洲”甚至“田园”等一系列意象的瞬间反应。无论如何，无论有无这样的阅读反应，下阕的景象是灰暗而令人沮丧的，与上阕形成了强烈的对比。这就产生了一种张力。优秀的诗歌经常需要这种张力来支撑。“朱门酒肉臭，路有冻死骨”，虽然是大白话，但它的震撼力不亚于一次地震。北岛“卑鄙是卑鄙者的通行证”中，“卑鄙”与“通行证”之间的张力，是一个抱有正常的社会期待的人无法承受的。而在顾城“黑夜给了我黑色的眼睛，我用它来寻找光明”中，一种悖论式的抒写表达了一代人的悲剧处境。杨晓民这首诗所要表达的正是当代都市人这种悖论式处境。虽然身处色彩绚烂、春光明媚的现代化都市文明之中，但个人却是极度孤独“荒芜”的，也就是所谓的人的异化。“一声驴叫会使我感动”，这是多么粗鄙好笑又令人悲哀的人生境遇呵。当你在川流不息、人们互不相识的街道上行走，当你在四壁空无、高耸入云的写字楼的顶端独处，当你在虚拟的电脑屏幕前将精力挥霍殆尽，许多时候，你会有一种深入骨髓的孤独与虚线无感，哪怕一声驴叫都会使你感到友人般的温暖。这当然是反讽，但更是一种讽刺之中的真实。

异化的主题在本诗中得到了后现代式的反思。画面的拼贴、幻想与现实的相互游戏，庄重与戏谑的相互推搡，都使该文本产生了一种精神分裂式的破碎感。“火车脱轨”与“性感女”，二者似乎毫无瓜葛，但又充满了某种必然联系，都市文明中癫狂、混乱的一面，正是在这种毫无瓜葛和偶然性中得以充分展现。这种毫无道理却又极度真实的拼贴，无疑可以看作资本的疯狂与个人压抑之间的矛盾冲突的隐喻。这首诗抓住了一个简单的画面，准确到位地抒发了诗人对当今时代精神荒漠化的深层忧虑，情感真挚，意蕴深沉，令人回味无穷。

独自面对黑暗的路灯

唐　诗

你是密不透光的黑暗中
一把独自与它
对话的明亮斧头
足以让那群恐惧的星星
失去声音

你沉默的时候
是一只收拢的黑色拳头
让乱跑乱撞的夜风
撞掉黑色的喧嚣
悄悄缩回到夜晚深黑的底部
静默地回忆
你铿锵的光芒

你一生面对无边无际的黑暗
仍那么光彩照人
用手轻轻一撒
瞬间把黑夜抛在遥远的地方
什么时候
我能像你
从容面对一生的黑暗
什么时候
我能像你
从不对自己产生
刹那间的失望

哪怕面临的是辽阔的夜晚

（选自谭五昌主编《中国新诗白皮书》，昆仑出版社2003年版）

唐诗（1967—　），原名唐德荣，重庆荣昌人。在中国《诗刊》、《星星》和印度《加尔各答之声》、巴西《文化艺术报》、泰国《中华日报》及中国台湾《世界论坛报》、香港《文学报》等报刊发表各类作品。作品翻译成英文、俄文、希腊文、波兰文等多种文字和入选多种文集，获世界和平诗歌奖、诗刊社艺术文库优秀诗集奖、台湾薛林怀乡青年诗奖、重庆市文学奖和国际最佳诗人奖等国内外各种奖励数十次。参与选编《中国经济结构调整理论与实践指导全书》、《中国当代青年短诗萃》、《中国新诗白皮书》等，出版诗文集《走向那棵树》、《花朵还未走到秋天》、《花朵与回声》等。系全国多家协会会员和《世界诗人信使》（中英文对照）特邀主编，国际诗歌翻译研究中心名誉主任。他认为——诗歌是精神的天籁，能够满足灵魂的自给自足。这首诗无疑属于咏物诗，托物言志，以小见大，在一盏灯中映出了世界，而且是内心与自然的双重世界。

与大多数当下流行的"下半身写作"、"肉体写作"、"口水写作"等诸如此类的写作时尚不同，该诗好像是极为保守和传统一路，干净，沉稳，朴素，构成了与当下诗歌的喧嚣与骚动的鲜明对比。也许是出于一种对汉语诗歌的保护立场，也许是由于作者的独特的诗歌观念，在修辞上流露一种温柔敦厚的风格，而在思想上又表达了某种英雄主义或历史责任意识。

郭沫若曾有一首《天上的街市》来描绘街灯，主要是对现代技术的赞美，全诗散发着现代化技术所带来的美好想象与对生活的浪漫憧憬，一种人们初步接触"高技术"产品时的喜悦，一种借助技术可以自由漫游于天上人间的美好境界，一种驾驭物质产品的自主的主体。而唐诗在面对路灯这种现代产品的时候，却产生了完全不同的表述。与郭沫若那样自由完整的主体不同，唐诗在当代社会中，是以一个自我怀疑、自我缺失的主体面目出现的。

这个文本实际上有潜在和显在两个。在显文本中，对自我的反思是全诗的切入点。这种反思从面对路灯开始。路灯作为一种日常生活必需品，作为现代人们生活的伴侣，由于过于平凡反而容易被忽略。但是作者将这种人生经验转化为审美对象和哲学思考的媒介，并上升到一种人生境界的高度。路灯显然被人格化了，它被赋予一种受难者或鲁迅所赞扬的"肩住黑暗的闸门"式的英雄品质，在密不透光的黑暗中是一把敢于独自对抗的斧头(这个比喻十分精彩),是面对无边的黑暗也不产生“刹那间的失望”的坚定的战士,是在沉默的时候也在积蓄力量、等待时机的韧的坚守,总之,日常生活用品的路灯是以一种智勇双全的形象出现在“我”的眼前的,“我”以诗化的语言赋予它以崇高的人格形象,使其具备了积极向上、坚忍不拔的人格魅力。这使我想起了李商隐曾赞扬过的舍生取义、无私奉献的“蜡炬”。二诗都在简单普通的日常事物之中,赋予了丰富的人格意象,即以物观我,以我观物,达到了物中有人的诗化境界。重要的、而且略有疑问的是,如何来解读在路灯式的英雄战士对面,是一个自我怀疑或缺失的主体形象?很明显,“我”面对路灯有一种自卑,“仍那么光彩照人”“什么时候/我能像你/从容面对一生的黑暗/什么时候/我能像你/从不对自己产生/刹那间的失望”。这里有一种潜在话语,即人在商品面前的自卑,商品都是人格化的主体。这是消费文化时代的特有的文化现象。轿车是人格化的,美女香车的搭配丝毫也不奇怪,手机与美女自然而然,甚至美女与野兽都很容易理解。现代技术文明与性的嫁接,表明了一种商品人格化的话语逻辑,而人反倒成了机器。人与物相互争夺人格的斗争在后现代消费社会里突现出来,这种经验我们可以从平时的网络美女、都市广告等消费文化的阅读中感受到。唐诗的这个文本显在的话语是英雄形象与自我反思,但它的潜话语可以作为人面对消费文化造就的成功人士的自卑来解读,那路灯是否正好是资本的化身?无论怎样解读,精确有力的意象,从容不迫的叙述节奏,沉潜独特的诗性经验,理想精神的内在坚守,使这首诗从形式到内容彰显了现代诗的艺术与思想魅力。

大雁塔

蔡克霖

再不怀疑什么
前面就是大雁塔了
有几只大雁盘旋
是我亲眼目睹的
钟楼和鼓楼

尚未奏起音乐
我已攀上了塔顶
如果展翅
也青空里腾飞
该是件幸福的事了
我压根儿不想
在没有英雄的年代里
充当什么英雄
只想掸去世间浮尘
心,平静下来
听佛说话
多少回梦里
都梦见你是智慧的长者
思维不枯,供众生
仰望和解渴
而我总爱比划雁的姿势
飞回长安

(2004 年 10 月)

蔡克霖(1958—),江苏宿迁人。著有《美丽的转弯》、《蔡克霖诗集》、《蔡克霖短诗选》三部诗集。2004 年获“屈原诗歌奖”。

罗兰·巴特曾对蜚声世界的埃菲尔铁塔做过精彩的解读。铁塔在最初设计时曾被否定过,原因是它没有任何实际作用,而现在,铁塔的声名远扬恰恰由于没有实际功能。铁塔作为一个巨大的能指符号,为人们提供了无穷无尽的想象空间,其意义不在于它具体代表了什么,而在于它能让我们想到什么。大雁塔也可以看作这样一个能指符号,它吸引着人们对其进行解读。可以想到作者在写本诗之前的“影响的焦虑”。著名诗人韩东当年以解构主义姿态对大雁塔的表述,无疑构成了后来者写作大雁塔的一座大雁塔。如何翻越这座高塔首先成为一个问题。但是蔡克霖似乎轻而易举地翻越过去了,简直就是在不经意之间:“我压根儿不想/在没有英雄的年代里/充当什么英雄”。以其人之道还治其人之身,一种后现代的后现代真不知道让你说什么才好。负负可能得正?反正作者寻找到了自己独特的视角,那就是佛,或者说是一种禅意。在这个意义上,似乎

切近了本真的大雁塔，又超越了它。

整首诗几乎全部是在观物。是一种对大雁塔的解读。大雁，钟楼，鼓楼，塔顶，青空，浮尘，梦，智慧。我们可以看到，随着作者“我”登上大雁塔，随着这些表意符号的推进，“我”离佛越来越近，“以雁的姿势飞回长安”，与其说是一种通感，一种“荡胸生层云，齐鲁青未了”的登高之感，不如说是“仙人已乘黄鹤去”般的羽化境界。而大雁、钟楼这些符号本身也越来越朦胧，越来越脱去了具体的所指而趋近于一种空灵的气质。“我”虽然登上了大雁塔，但仍然好像在做梦，梦见大雁塔是思维不枯的“智慧的长者”。“登”在本诗中完全是一种解读的同义词，但是，好像“登”这个动作的完成并不能使“我”满足，并不能真正代表对大雁塔的解读。似乎我还没有领会大雁塔的真髓一样，领会大雁塔的过程被无限延长了。大雁塔到底是什么？它仅仅是“供众生仰望与解渴”的一个能指符号？还是一种“掸去世间浮尘的”人生境界？我们可以发现，好像电影中的电影一样，该文本暗暗指向三重解读：韩东的解读，“我”的解读，留给我们的解读。而这些喻示着，对于大雁塔的一切都不过是一种想象方式，不同的是，在韩东那里，这种想象被果断甚至粗暴地打断，“我”是拒绝对其进行探究的，而在蔡克霖处，这种探究过程被无限延长下去，即诗结尾处的“梦回长安”，也就是说，大雁塔既在脚下，也不在脚下，它既是终点，又是梦回长安的起点。这一意味深长的结尾，给我们留下了充分的想象余地。此长安肯定不是现实意义上的现代化大都市，而是一种包含了“我”的美好理想和人生境界的遥远所在。在有些诗人以解构主义的姿态将大雁塔所固有的动人诗意全部消解之后，这首诗似乎又以纯正的艺术心态重新恢复了大雁塔诱人的精神形象。作品语言质朴，节奏从容，眼界开阔，熔古典情趣与现代意识于一炉，耐人寻味……

台港诗歌部分

T A I G A N G　　S H I G E　　B U F E N

距　离

覃子豪

即使地球和月亮
有着不可衡量的距离
而地球能够亲睹月亮的光辉
他们有无数定期的约会

两岸的山峰，终日凝望
他们虽曾面对长河叹息
而有时也在空间露出会心的微笑
他们似满足于永恒的遥远相对

我的梦想最绮丽
而我的现实最寂寞
是你，把它划开一个距离
失却了永恒的联系

假如，我有五千魔指
我将世界缩成一个地球仪
我寻你，如寻巴黎和伦敦
在一回转动中，就能够找到她

（选自《覃子豪诗选》，香港文艺风出版社1987年版）

覃子豪（1912—1963），原名覃基，四川广汉人。20世纪30年代在北平中法大学学习时，受法国象征主义诗歌影响开始诗歌创作。1954年在台湾与钟鼎文、余光中、邓禹平、夏菁等发起创立“蓝星诗社”，主编《蓝星周刊》、《蓝星诗选》和《蓝星季刊》。出版诗集有《自由的旗》、《海洋诗抄》、《向日葵》、《画廊》等。

这是一首别具一格的爱情诗,写对离去的恋人深切的思念。说其别致是因为这类题材的诗歌通常所取的意象多是灵巧精致,如细雨梧桐、轻风明月这类,创造的意境也多为优美婉约,而覃子豪这首爱情诗《距离》却写得意境开阔,意象宏大,整首诗的气势风格,一如作者的名字一样,充满豪气。

全诗共四节,第一节起笔眼界就很开阔,写地球与月亮,着眼的似乎是整个宇宙,它们虽有遥遥之距,但却可以互睹光辉,因而似乎有着无数定期的约会。第二节视界从宇宙转向到地面,写两岸的山峰,虽被长河隔断,遥遥相对,却有时也有两心相通,展露微笑的时候,面对这样永恒相对的距离,它们也自有一种满足,这节的取象亦很开阔,气势同样也很奇伟。诗之第一、二节显然是作为后文的铺垫。

第三节,诗由自然界事物的距离转移到了人世间情感上的距离,由于恋人,你的离去,我从最绮丽的梦想跌落到最寂寞的现实,在梦想与现实之间留下了一个永难跨越的距离。这就与上文自然界的地球与月亮,山峰之间的距离形成了鲜明的对照,它们虽距离遥远,但也能两心相仪,而我与恋人却失去了永恒的联系,由此反衬恋人的离去,给我所造成的心灵上的痛苦。不仅如此,这种对照,如果深入地思考下去,诗人似乎还暗示给我们一个疑问:千山万水,甚至整个宇宙中的各种事物,虽有面隔灵汉的距离,但由于有遥遥相对的永恒的心仪,这些距离似乎都能够弥合,可是为什么我们人世间的理想和现实之间的距离,人与人感情上的距离却是永远难以弥合的,难道人世间的距离就这样具有永难统一的悲剧性吗?由此,我们看到,该诗已包含了比爱情更丰富的内涵,由爱情的思恋升华为对人生难以理解的奥义的思考。

在创造了一个气势奇伟、开阔的诗的意境之后,如何给全诗以恰当的收尾,而不使其显得虎头蛇尾,显然成为一个难题,但作者覃子豪不愧是"台湾诗坛三老"之一(另两人为纪弦和钟鼎文),功力雄厚,作者使用了一个极为夸张大胆的李贺式的想象,幻想自己有"五千魔指",而把世界则缩成一个地球仪,在想念恋人的时候,只要一回转动,就能够找到她。在这里诗人仍然表达了对恋人深切思念的心情。这个结尾,气派宏大,诗人把这个地球都玩于手掌之中,这样的气派恰与第一节的开阔境界是很相称的。

整首诗表达的是对分手恋人的思念情怀,但却幻化出一个气势宏大、意境开阔的境界,给人们留下很深的印象。

作者覃子豪，是当代台湾著名的诗人，也是台湾诗坛中少数与中国三四十年代新诗发生联系的著名诗人之一。在年轻求学时曾深受法国象征派诗歌的影响，而在抗战民族危难的时代环境中又转向浪漫主义诗歌，这两方面的影响引导了覃子豪一生的艺术发展。在1947年东渡台湾之后，覃子豪在诗歌艺术上把象征主义和浪漫主义融合起来，这就使他的诗歌风格既慷慨豪爽，想象奇特，充满了浓厚的浪漫气息，同时也蕴涵了对人生哲理和一些抽象主题的探求。《距离》就体现了覃子豪这种艺术风格。

错　误

郑愁予

我打江南走过
那等在季节里的容颜如莲花的开落

东风不来，三月的柳絮不飞
你底心如小小寂寞的城
恰若青石的街道向晚
蛩音不响，三月的春帷不揭
你底心是小小的窗扉紧掩

我达达的马蹄是美丽的错误
我不是归人，是个过客……

一九五四年

（选自《郑愁予诗选》，中国友谊出版社1984年版）

郑愁予（1933—　），原名郑文韬，原籍河北，生于山东济南。15岁开始创作新诗。1949年郑愁予随家人去台湾后，一面学习，一面继续从事写作。其作品受到纪弦赏识，1963年成为现代诗社中的主要成员。后赴美，曾任爱荷华大学讲师、耶鲁大学教授。出版有诗集《梦土上》、《衣钵》、《燕人行》、《寂寞的人坐着看花》等。

《错误》是郑愁予最重要的代表作之一，享誉很高，在台湾，诗人甚至由此被看作是“美丽的浪子”的歌者。诗人兼评论家杨牧则称郑愁予是“中国的中国诗人”，他对此解释说：“自从现代了以后，中国也很有些外国诗人，用生疏恶劣的中国文字写他们的‘现代感觉’，但郑愁予是中国的中国诗人，用良好的中国文字写作，形象准确，声籁华美，而且绝对的现在的”。《错误》则较准确地体现了这个评价。

从诗的内容上看，《错误》是一首写思妇“闺怨”主题的诗，“闺怨”诗是中国古代诗歌中一种常见的类型，而郑愁予的《错误》则是一种现代闺怨诗，显然诗人不仅深受传统的影响，而且创造性地赋予这类作品的现代色彩。

诗之首节有两行，凝练地交代了诗的“中心情节”，不仅有“诗序”的作用，而且还定下了全诗的情调：我从江南走过时，有位像是正等待谁的思妇佳人，脸上忽地闪现过喜悦，又蓦然凋零，就像莲花在不同的季节里开落。细读之下，可以发现，这节诗在形式上的排列十分讲究，一短一长交错，首句只 6 个字，就传达出过客匆匆的情态，次句则 15 个字，中间没有停顿，让人一口气读下来，拉长音调，由此暗示出思妇等待之悠悠，长短句的交错和开落莲花的倒装，营造出一种音韵美感。

诗之第二节写思妇等待时的寂寞心境，其中两个写思妇的心的比喻，即“你底心如小小寂寞的城/恰若青石的街道向晚”，和“你底心是小小的窗扉紧掩”，不仅十分新颖，而且在表达上连用了两个“小小的”，抓住了江南景物和江南女子的特征，而两个动态词语的倒装“向晚”、“紧掩”也需要值得注意，它们使全句的语言的变化得以加强，同时也婉约地表达出思妇怀人的心理。这一节的第一、四行，即“东风不来，三月的柳絮不飞”和“蛩音不响，三月的春帷不揭”中间隔了两行，采用的是传统诗歌中隔句对的句法，这显示了诗人既注意继承和吸取传统诗歌的表现手法，也注意加以现代的运用方式。此外，不来、不飞、不响、不揭四词不仅加强了诗句间的音韵，也传达出思妇幽怨情感的婉约性。

诗之最后一节的两句诗最为人所熟知和传诵，我达达的马蹄经过小城时，给思妇带来了希望，以为是等待的归人回来了，其实我不是归人，只是个过客，因而这是个美丽的错误。

这节诗带有浓厚的失落感，但这种失落感是与希望相混在一起的，因而给人以美丽的惆怅，读后让人久久回味。

郑愁予的爱情诗一直以清新婉约见长，让人回味无穷，他一直十分注意吸收传统诗歌的养料，这首《错误》，有人就指出过内容脱胎于温庭筠的《望江南》：“梳洗罢，独倚望江楼。过尽千帆皆不是，斜辉脉脉水悠悠，断肠白蘋洲”。以及柳永的《八声甘洲》：“想佳人、妆楼颙望，误几回、天际识归舟”，不仅如此，郑愁予的诗歌与中国20世纪二三十年代的新诗也有一定的渊源，有人也指出，“我达达的马蹄是美丽的错误”这一名句是从何其芳30年代《花环》一诗的末句“你有更美丽的夭亡”转化来，无论怎样，这些都说明了诗人诗歌背后深厚的历史渊源。

你的名字

纪　弦

用了世界上最轻最轻的声音，
轻轻地唤你的名字每夜每夜。

写你的名字，
画你的名字，
而梦见的是你的发光的名字：

如日，如星，你的名字。
如灯，如钻石，你的名字。
如缤纷的火花，如闪电，你的名字。
如原始森林的燃烧，你的名字。

刻你的名字！
刻你的名字在树上。
刻你的名字在不凋的生命树上。
当这植物长成了参天的古木时，
啊啊，多好，多好，
你的名字也大起来。

大起来了,你的名字。
亮起来了,你的名字。
于是,轻轻轻轻轻轻轻地呼唤你的名字。

(选自《纪弦诗选》,中国友谊出版公司1993年版)

纪弦(1913—),原名路逾,曾用笔名路易士。祖籍陕西,生于河北清苑。1929年开始写诗。1934年在上海创办《火山》诗刊。1936年与徐迟、戴望舒合作创办《新诗》月刊。1948年出版《异端》诗刊。1956年在台湾发起成立"现代派"诗社。1976年旅居美国。著有诗集《易士诗集》、《火灾的城》、《三十前集》、《摘星的少年》、《隐者诗抄》、《晚景》、《半岛之歌》等。

这是一首十分热烈的情诗,从诗作的内容看,抒情主人公是一位正处于热恋之中的男性,他正对自己心爱的恋人温柔而热烈的倾诉。值得注意的是,他没有对恋人本身进行多方面多层面的描述和赞美,而单单是以恋人的"名字"作为倾诉的对象。这也正是这首情诗一个特色,诗人巧妙地采用一种借代手法,即以"你的名字"作为全诗的中心意象并构建全篇的,以恋人的名字借代恋人本身,对恋人"你的名字"的钟爱和赞美,正是对恋人本身的钟爱和追求,这也使全诗增加了一层含蓄。

诗的第一节中,诗人就连用了两个"最轻""最轻"来形容自己的声音,并紧接着再用"轻轻地"一词来描述"唤你的名字"的状态,用这种语词接连复沓的方式就把抒情主人公在热恋中喃喃细语的温柔态呈现出来,此外,这一节中,"每夜"两个字也重复了,特别是这个重复是放在行尾,这一欧化句式不仅没有影响到全句意思的贯通,反而增强了表现力,把主人公炽烈的情感更加鲜明地烘托出来了。

诗的第二节,抒情主人公的爱恋行为逐渐加深,由唤你的名字进而到写你的名字,不但写,而且还要画,不但画而且还要梦见你的发光的名字,抒情主人公的感情显然在加剧,还有,诗人在这一节中一连用了七个比喻来比拟恋人发光的名字,如日、如星、如灯、如钻石、如缤纷的火花、如闪电、如原始森林的燃烧,这些意象光亮程度各异,而且侧重于不同的性质,有的强调永恒性、有的强调审美性、有的强调眩目性、突发性和强烈性,把梦中你的发光名字描述和渲染得淋漓尽致,这何尝不是对恋人多方面多层次的认知和赞美。

诗的第三节,由梦转而至刻你的名字,"刻"容易让人想到刻到石头

上，进而让人联想到这段恋情的海枯石烂，但是，抒情主人公却是把你的名字刻在树上，并比喻性指出这是不凋的生命之树，最妙的是，又随即指出这棵树能长成参天大树，使这棵不合常理的树又符合植物生长的常理，并指出你的名字也会随之长大。这节诗充分显示了诗人的神思之妙处。

第四节诗承继生命之树的长大，你的名字也越来越大，亮起来。抒情主人公似乎在惊呼，又似乎在感叹，最后一句一鼓作气连用了七个“轻”字来呼唤情人的名字来结束了全诗，这一表现手法十分新颖。在声调上与前文形成了回环复沓的效果，增强了全诗的韵味。

这首诗的重要特色之一，也是能够打动人的地方就在于诗人能够运用叠词反复，造成一种复沓和回环往复的音乐美的效果。

作者纪弦是台湾现代诗歌运动最早的倡导者和发起人之一，是对台湾“现代派”诗歌理论做出过极大贡献的诗人。有意思的是纪弦本人在诗歌理论上十分前卫，但在艺术实践中却相对比较保守，我们这里的《你的名字》这首诗就并不像“现代派”诗歌那样晦涩难懂，而更接近传统诗歌，尤其是在声调方面，最后一句往往会令人想起是从李清照那首《声声慢》中吸取的养料，“寻寻觅觅，冷冷清清，凄凄惨惨戚戚”。

麦坚利堡

罗　门

超过伟大的
是人类对伟大已感到茫然

战争坐在此哭谁
它的笑声　曾使七万个灵魂陷落在比睡眠还深的地带

太阳已冷　星月已冷 太平洋的浪被炮火煮开也都冷了
史密斯　威廉斯　烟花节光荣伸不出手来接你们回家
你们的名字运回故乡　比入冬的海水还冷
在死亡的喧噪里　你们的无救 上帝的手呢

血已把伟大的纪念冲洗了出来
战争都哭了　伟大它为什么不笑
七万朵十字花　围成园　排成林　绕成百合的村
在风中不动　在雨里也不动
沉默给马尼拉海湾看　苍白给游客们的照相机看
史密斯　威廉斯　在死亡紊乱的镜面上　我只想知道
那里是你们童幼时眼睛常去玩的地方
那地方藏有春日的录音带与彩色的幻灯片

麦坚利堡　鸟都不叫了　树叶也怕动
凡是声音都会使这里的静默受击出血
空间与时间绝缘　时间逃离钟表
这里比灰暗的天地线还少说话　永恒无声
美丽的无音房　死者的花园　活人的风景区
神来过　敬仰来过　汽车与都市也都来过
而史密斯　威廉斯　你们是不来也不去了
静止如取下摆心的表面　看不清岁月的脸
在日光的夜里　星灭的晚上
你们的盲睛不分季节地睡着
睡醒了一个死不透的世界
睡熟了麦坚利堡绿得格外忧郁的草场

死神将圣品挤满在嘶喊的大理石上
给升满的星条旗看　给不朽看　给云看
麦坚利堡是浪花已塑成碑林的陆上太平洋
一幅悲天泣地的大浮雕　挂入死亡最黑的背景
七万个故事焚毁于白色不安的颤栗
史密斯　威廉斯　当落日烧红野芒果林子昏暮
神都将急急离去　星也落尽
你们是那里也不去了
太平洋阴森的海底是没有门的

（选自《罗门诗选》，台湾洪范书店有限公司 1984 年版）

罗门(1928—)，原名韩仁存，广东文昌人，曾在国民党空军飞行学校学习。1949 年去台湾。1962 年与女诗人蓉子合编《蓝星诗页》、《蓝星诗刊》，有诗集《曙光》、《死亡之塔》、《罗门诗选》等。

罗门，是台湾最具现代意识的诗人之一，他的诗歌在台湾诗坛中占有特殊的地位，这是因为他的诗歌主题往往集中在对战争、死亡、生命的体认、思考和探讨，从人类更为普遍的视角来审视人类的精神和生存境况。《麦坚利堡》就是他著名的佳作之一。

麦坚利堡，位于菲律宾首都马尼拉城郊，为纪念第二次世界大战期间在太平洋战场上死亡的 7 万美军将士，美国在此地建立墓地，以 7 万座大理石十字架，分别刻着死者的出生地和名字，非常壮观地排列在空旷的绿坡上。罗门《麦坚利堡》正是以此为题材，对战争给人类造成的苦难做了多方面的剖视。

诗的第一节就营造了一股凝重凄凉的氛围，诗人用拟人的手法把战争这个抽象概念拟人化，并超越时空，把战争在过去和现在带给人类的两种情感对立起来，当年战争的欢乐是制造死亡，但是当死亡变成事实后，面对已造成的悲惨局面，战争也忍不住要哭了。显然，这 7 万个刻着死者名字的大理石十字架所构成的悲惨的死亡事实强烈地震撼了诗人的心。"7 万个灵魂陷落在比睡眠还深的地带"让读者具体感受到一个冷飕飕的无人可以触及的世界，让人对战争带给人类的苦难似乎有了切身的体验。

在诗的第二节，诗人在继续渲染战争所带来的凄惨氛围的同时，把眼光伸向那些躺在麦坚利堡中普通士兵的命运，诗中出现史密斯和威廉斯都是美国人最常见的名字，诗人关心的是战争对这些普通士兵的悲惨命运的影响，"烟花节光荣伸不出手来接你们回家"，"在死亡紊乱的镜面上　我只想知道/那里是你们童幼时眼睛常去玩的地方/那地方藏有春日的录音带与彩色的幻灯片"，这些诗句不仅回荡着一种悲凉的气氛，而且透露出诗人对战争对人类生命摧残的强烈的控诉，诗人还连续提出了诘问"在死亡的喧噪里　你们的无救　上帝的手呢　血已把伟大的纪念冲洗了出来/战争都哭了　伟大它为什么不笑"以此来唤起人们对战争给普通士兵带来悲惨命运的震惊感，并促使人们深入地思考，诗的字里行间，充溢出诗人的人道主义情怀。

诗的第三、四节写诗人站在麦坚利堡中，面对 7 万大理石十字架在刹那间产生的感受，那是"鸟都不叫了　树叶也怕动"，"空间与时间绝缘　时间逃离钟表"，"这里比灰暗的天地线还少说话　永恒无声"，那是让人颤栗的万籁无声,这显然是诗人创造出来的境界,罗门曾经说过:“诗绝非第一层次现实的复写。而是将之透过联想力,导入潜在的经验世界,予以观照、交感与转化为心中第二层次的现实,使其获得更为富足与无限的内涵,而存在于更为庞大且永恒与完美的结构与形态之中。”在诗人所创造的这个无声的境界中,诗人似乎让我们更加真切地体验到死亡的重压,并且诗人还将生者与死者对照,麦坚利堡,如今是“死者的花园”,“活人的风景区”,“汽车与都市也都来过”,可是这些亡灵,“你们是不来也不去了”,“静止如取下摆心的表面”,你们只是不分季节地睡着,“睡醒了一个死不透的世界”,通过这些冰凉的诗句,诗人塑造出一个人类永恒的静止的悲剧。

第五节是全诗的结尾,诗人用了一系列凝重的意象,“嘶喊的大理石”,“碑林的陆上太平洋”,“一幅悲天泣地的大浮雕　挂入死亡最黑的背景”,来进一步激发读者对战争苦难认知的情感,特别是最后一句,以“太平洋阴森的海底是没有门的”来沉重地收尾,更造成一种强有力的震撼效果。

《麦坚利堡》一诗,通过对战争对人类造成的苦难,迫使人类认真地来思考和反省战争的意义。全诗洋溢着一种人道主义精神和情怀。这首诗享誉极高,曾获得国际桂冠诗人协会荣誉奖和菲律宾总统金牌奖,有位美国诗人曾这样盛赞说:“罗门的这首诗具有将太平洋凝聚成一滴泪的那种力量。”

秋　歌

痖　弦

落叶完成了最后的颤抖
荻花在湖沼的蓝睛里消失
七月的砧声远了
暖暖

雁子们也不在辽敻的秋空

写它们美丽的十四行诗了
暖暖

马蹄留下踏残的落花
在南国小小的山径
歌人留下破碎的琴韵
在北方幽幽的寺院

秋天,秋天什么也没留下
只留下一个暖暖

只留下一个暖暖
一切便都留下了

(选自《痖弦诗集》,台湾洪范书店 1988 年版)

痖弦(1932—),原名王庆麟,河南南阳人。1949 年去台湾,50 年代初在《现代诗》上开始发表作品。曾任《创世纪》诗刊社长。出版的诗集有《痖弦诗抄》、《深渊》、《痖弦诗集》等。

痖弦是台湾现代诗大家,也是台湾《创世纪》诗刊的三驾马车之一,对台湾诗坛的影响十分深远,他的诗以质取胜,不追求创作数量。痖弦有诗集《深渊》,台湾诗评家罗青曾对这诗集给予高度评价:"自'五四'运动以来,在诗坛上,能以一本诗集而享大名,且影响深入广泛,盛誉持久不衰,除了痖弦的《深渊》外,一时似乎尚无他例。"痖弦是具有开创性的诗人,在论及自己的创作时曾坦承:"我早期的诗可以说是民谣风格的现代变奏,且有超现实主义的色彩,在题材上我爱表现小人物的悲苦,以及使用一些戏剧的观点和短篇小说的技巧"。无独有偶,余光中也认为,痖弦的抒情诗几乎都有"戏剧性"特征,我们这里所选的《秋歌》就体现了痖弦诗歌的这一特点。

《秋歌》是一首甜蜜的爱情诗,但诗人却是从万物凋落的秋天写起,这本身就很有戏剧性,诗的第一节写秋天就要远去了,诗人用了许多可以引起联想的意象,提醒我们那个萧索的残秋就要过去了,落叶和芦花都在消失,砧声也听不到了,这一切都意味着冬天就要来临了,其中的砧声,是代指秋天,因为古时妇女在冬日来临前把织好的布放在砧石(捣衣石)上击洗，以备裁缝衣服换季。诗的第二节承接上文，继续写天空中的雁子也要离去消失了，按照这样的思路，第三节也应该写那些离开消失的事物，但是诗的第三节，诗人却笔锋一转，不再写“离开”，而写“留下”，使全诗发展出现了变化，那么，留下了什么呢？只留下“踏残的落花”“歌人留下破碎的琴韵”和“在北方幽幽的寺院”，这些残破的意象实际上意味着什么也没有留下，果然，在第四节，诗人总结说，“秋天，秋天什么也没留下”，“只留下一个暖暖”，这一句说得淡淡的，我们也不以为奇，但是在诗的第五节，诗人突然笔锋陡转，“只留下一个暖暖/一切便都留下了”，仍然是淡淡的语气，戛然而止，但却让我们感觉诗人对暖暖的爱如横空出世一般骤起，不论这个冬天有多么的严酷，也不论秋天什么也没留下，在这寂寥冰冷的宇宙里，只要那个能温暖他的心的人在，即暖暖，这也就是为什么名为暖暖的原因，有了暖暖那便有了一切。最后这突然一击，要让我们良久才能品味得出。

这首诗重在铺垫，一层层地深入，最终戏剧性陡转，给我们造成强烈的印象和冲击，诗的余味才慢慢流露。

乡　愁

余光中

小时候
乡愁是一枚小小的邮票
我在这头
母亲在那头

长大后
乡愁是一张窄窄的船票
我在这头
新娘在那头

后来啊

乡愁是一方矮矮的坟墓
我在外头
母亲在里头

而现在
乡愁是一湾浅浅的海峡
我在这头
大陆在那头
（选自《白玉苦瓜》，台湾大地出版社 1974 年版）

余光中（1928— ），祖籍福建，生于江苏南京。1947 年后就读于金陵大学外文系、厦门大学外文系、台湾大学外文系。1953 年与覃子豪、钟鼎文等创办“蓝星诗社”，主编《篮星诗页》。后主编过《现代文学》与《文星》。曾先后在台、港多所高校任教。出版的诗集有《舟子的悲歌》、《莲的联想》、《在冷战的年代》、《白玉苦瓜》、《紫荆赋》等十几部。

乡愁诗原是中国古代诗歌中一种常见的类型，20 世纪中叶以来，由于中国政治变动的原因，乡愁成为台湾新诗中一种普遍的主题，在众多同类题材中，余光中的《乡愁》可谓流转甚广，享誉极高的一首。

余光中少年时代历经战乱，抗战时期曾随家庭转徙于苏皖一带的沦陷区和西南的大后方，国共内战时期又从南京转往厦门，移居香港，直至台湾，与千千万万漂流到孤岛的大陆人一样，绵长的乡关之思成为此后与大陆长期隔绝的岁月中最浓烈的情怀。余光中的《乡愁》高度浓缩了个人的这段人生经历，把个人的悲欢和大时代家国的离合交融在一起，从而使这首乡愁诗具有了与以往同类题材中所不可比拟的广度和深度，上升到了一个新的高度。

初读此诗，我们即可以注意到这首《乡愁》诗具有一种形式美，全诗共分四节，每节四行，节与节之间，句与句之间排列都相当整齐、对称。在诗歌上下节的同一位置上，诗人非常注意使用同一的句式和用词，如不断使用“乡愁是……”的句子和“在这头”和“在那头”的反复，由此形成了一种统一和回旋往复的语言效果；在每节之中，诗人又注意到长短句的上下搭配和变化调节，寓变化于统一之中，这就避免了全诗过于整齐而走向生硬，再加上在诗的同一位置上使用“小小的”、“窄窄的”、“矮矮的”和“浅浅的”的叠词运用，使全诗不仅呈现出一种形式美，也呈现出了一种音乐美。

这首诗给人印象深刻的另一地方是诗人精选了四个精致的意象来表现乡愁这一主题，乡愁是一种人人都有过体验，但却极难捕捉和具体表现的情绪。诗人用“邮票”、“船票”、“坟墓”和“海峡”分别来比喻乡愁，不仅将乡愁这一抽象概念具体化，而且前三个意象与我们在生活中的体验极为对应，而第四个意象，“海峡”的加入，则使我们能够从个人的生活体验过渡到了国家、民族情绪而能引起人们多方面的联想。值得一提的是诗人所提炼的这四个意象不是简单的堆砌，而是随着全诗时间结构的发展而递进出现，这就使这四个意象之间也形成了充满张力的有机整体，这正是对诗人漫长生活历程的浓缩和概括。有人说，诗是最精练最概括的语言，是语言顶端的光芒，诚哉斯言。

读余光中的《乡愁》，有如听一首交响乐，起调平和，音响逐步增大，最后高潮处气势磅礴。

与李贺共饮

洛　夫

石破
天惊
秋雨吓得骤然凝在半空
这时，我乍见窗外
有客骑驴自长安来
背了一布袋的
骇人的意象
人未至，冰雹般的诗句
已挟冷雨而降
我隔着玻璃再一次听到
羲和敲日的叮当声
哦！好瘦好瘦的一位书生

瘦得

犹如一支精致的狼毫
你那宽大的蓝布衫，随风
涌起千顷波涛

嚼五香蚕豆似的
嚼着绝句。绝句。绝句。
你激情的眼中
温有一壶新酿的花雕
自唐而宋而元而明而清
最后注入
我这小小的酒杯
我试着把你最得意的一首七绝
塞进一只酒瓮中
摇一摇，便见云雾腾升
语字醉舞而平仄乱撞
瓮破，你的肌肤碎裂成片
旷野上，隐闻
鬼哭啾啾
狼嗥千里

来来请坐，我要与你共饮
从历史中最黑的一夜
你我并非等闲人物
岂能因不入唐诗三百首而相对发愁
从九品奉礼郎是个什么官？
这都不必去管它
当年你还不是在大醉后
把诗句呕吐在豪门的玉阶上
喝酒呀喝酒
今晚的月，大概不会为我们
这千古一聚而亮了
我要趁黑为你写一首晦涩的诗
不懂就让他们去不懂

不懂
为何我们读后相视大笑

1979年5月18日

(选自《时间之伤》,台湾时报出版公司1981年版)

洛夫(1928—　),原名莫洛夫,湖南衡阳人。中学时开始诗歌创作,1954年在台湾与张默、痖弦创办《创世纪》诗刊,1969年组织诗宗社,1972年任《创世纪》主编。出版的诗集有《灵河》、《石室之死亡》、《众荷喧哗》、《因为风的缘故》、《月光房子》等。

洛夫是台湾著名诗人,他的诗歌创作经历过一个复杂的历程,在某种意义上可以说是台湾新诗发展历程的象征。洛夫在台湾诗坛最初倡导的是"新民族诗型",在20世纪50年代初他与张默发起成立了"创世纪"诗社,强调诗歌的民族性。随后,在台湾现代诗运动中,他又是最自觉投入的一个,他在60年代的代表作《石室之死亡》,结构庞大,气势恢弘,主题严肃,是台湾现代诗运动中极为突出的一部作品,也表明洛夫是能够从现代诗中吸取最多有益艺术精髓的诗人。70年代洛夫的创作重新转向了"中国化",他自觉地从现代诗创作中寻找自己的民族归属,他的作品经常用现代观念和技巧来诠释和处理古典题材,成为了善于以中国传统的人文精神来沟通"现代",将传统再造的台湾诗人,他的《长恨歌》、《金龙禅寺》、《李白传奇》和本篇的《与李贺共饮》都是这一时期的代表作。

从《与李贺共饮》中,我们可以了解洛夫是如何再造传统的,洛夫的"再造"是全方位的,不仅是题材、人物、事件、意境,而且在语言和技巧上也注意"再铸"古人的诗句。在这首诗的开篇,诗人就"引用"了李贺的诗句"石破天惊",以此来开场,不仅暗示了李贺诗的震撼力,而且也为李贺的出场创造了一种不同凡响的氛围,诗人用"我乍见窗外"沟通了古今,在"背了一布袋的/骇人的意象","冰雹般的诗句/已挟冷雨而降","羲和敲日的叮当声"诗句中,仔细体会,我们都能看到诗人用传统与现代的结合手法,含蓄而曲折地传达出李贺的诗歌对现代人心灵的震撼。洛夫写人的本领很强,用"瘦得/犹如一支精致的狼毫"来写李贺的形象活灵活现,而"宽大的蓝布衫"和"随风/涌起千顷波涛"与李贺的瘦对照,暗示了李贺的身体虽极瘦小,但诗歌的境界却极为开阔。更传神的是诗人用"五香蚕豆"来比喻李贺的绝句,十分新颖地传达了诗人对李贺绝句诗的理解。而"我试着把你最得意的一首七绝/塞进一只酒瓮中/摇一摇,便见云雾腾升

/语字醉舞而平仄乱撞/瓮破，你的肌肤碎裂成片/旷野上，隐闻/鬼哭啾啾/狼嗥千里”，不仅想象奇特，而且也贴切地表现了李贺诗歌悲慨独特的风格特征。最后一节紧扣题目，大胆想象，诗人邀请李贺共饮，不仅表达了对李贺怀才不遇经历的同情，对豪门权贵的极为轻视，而且也表达了对李贺和自己诗歌的极度自信，我们看到的不仅是李贺孤傲不俗的形象，而且也看到诗人对李贺的深深的理解，心灵的默许。

总之，整首诗将传统和现代的两种价值系统融合起来，透过人物、事件、情境和意蕴以及语言技巧的强烈对比“再造”，赋予了这首诗很大的艺术张力，传统和现代手法的结合，使诗歌中新奇的比喻不断，令人难忘。

红　豆

张　错

真的，相思的年龄早已过去了，
而抵死的缠绵也不过是盛唐的传奇吧。
南国有一棵红豆，你说
等着去采撷。
有一树红豆，你说
春天开的繁华，
秋天结的果实。
的确，有一种思念
在步入中年的无奈里，
成了午夜反复的章回。
它叙说了异国侵人的风霜，
家乡妻女酡然的温暖，
还有不少曲折的情节。
至于重逢或是复合，你或许会问
不过是历史的下回的分解罢了。

（选自《新诗选读 111 首》，花城出版社 1983 年版）

张错(1943—)，本名张振翱，曾使用笔名翱翱，广东惠阳人，早年自香港九龙华江英文书院毕业后，于1962年进入台湾政治大学西语系，结识王润华、林绿、陈慧桦、淡莹等人，共同创办《星座》诗刊。1967年先后在美国犹他州杨百翰大学、西雅图华盛顿大学求学，获比较文学博士。1974年起，任教于南加州大学比较文学系、东亚系迄今，曾一度回台担任国立政治大学及中山大学客座教授。著有诗集《过渡》、《死亡的触觉》、《鸟叫》、《洛城草》、《错误十四行》、《双玉环怨》、《漂泊者》、《春夜无声》、《槟榔花》、《沧桑男子》等。

红豆，又称相思子，在中华文化中，它象征着情人之间的相思。也许你会不经意地认为，相思，只发生在青年男女之间，实际上，不同年龄的阶段的人都会发生这种情感，只是不同年龄的人对它的态度和表现形式有所不同罢了。台湾旅美诗人张错的《红豆》表现的就是中年人的"相思"，那是夹杂着人间沧桑感的一种思念，与年轻人的相思完全不同味。

诗的开篇，诗人就带着似乎看透人世的沧桑感说，相思是年轻人的事，对我而言，已经过去了，那种折磨人的缠绵，于我就像古代盛唐的传奇小说那样久远了。但是，接下来，诗人笔锋回转，"你"开始说话了，"南国有一棵红豆"，等着你去采撷，这里显然是从唐代诗人王维的五言绝句《红豆》中化用来的，王维诗云："红豆生南国，春来发几枝，愿君多采撷，此物最相思"。那一位"你"显然在借此向诗人表达相思之情。于是，诗人也不好再说什么相思的年龄早已过去了这些话，只能够承认，的确有一种思念，在步入"中年的无奈里"存在，不仅存在，而且还能够达到"抵死"的程度，因为它成为午夜里的常客，令人难以入眠，这表明诗人其实也是夜夜思念着"你"，毕竟已是人到中年，这种相思还夹杂着相当复杂、曲折的内容，这完全不同于年轻人单纯的相思，这几行诗较为真切地描述出中年人复杂的思念情感。与年轻人对付这种情感的态度更为不同的是，对于这份爱、这份相思，诗人是不敢奢望的，所以，在诗的最后，诗人只能无奈而沉重地说：能否重逢或复合，还是留下回分解吧。

综观全诗，诗人采用了一种"先抑后扬"的手法，描述了一种中年人的内心的思念情感，与年轻人那份单纯的相思相比，这种思念不仅包含了刻骨铭心和抵死的缠绵，也包含了更多的无奈、犹豫、沧桑和沉重等复杂的因素。全诗语言明朗，叙事成分较多，诗人采用了一种叙事和抒情相结合的笔调，在叙事中流露情感。诗人张错，虽然一直颠沛漂泊于海外，但其心中始终有一种"中国情节"，对中华民族文化寄托了一种特殊的情感。

在这首诗中，诗人所采用的意象和语言，例如“盛唐的传奇”、“历史的下回的分解”以及对王维诗句的化用，都流露出中华传统文化对作者的深厚影响。

水之湄

杨 牧

我已在这儿坐了四个下午了
没有人打这儿走过——别谈足音了

(寂寞里——)
凤尾草从我裤下长到肩头了
不为什么地掩住我
说淙淙的水声是一项难遣的记忆
我只能让它写在驻足的云朵上了

南去二十公尺，一棵爱笑的蒲公英
风媒把花粉飘到我的斗笠上
我的斗笠能给你什么啊
我的卧姿之影能给你什么啊

四个下午的水声比作四个下午的足音吧
倘若它们都是些急躁的少女

无止的争执著
——那么，谁也不能来，我只要个午寐
哪，谁也不能来

(选自《台湾爱情诗选析》，漓江出版社1989年版)

杨牧(1940—)，原名王靖献，台湾花莲人。台湾早慧的诗人之一，在中学时代就以笔名“叶珊”发表诗作。后入东海大学学习,1961年主编《东风》,1966年任《现代文学》杂志编委。1966年后赴美求学任教。著有诗集《水之湄》、《传说》、《禁忌的游戏》、《完整的寓言》等。

杨牧早年对浪漫主义诗歌极为推崇,他的诗歌表达了对唯美至上的艺术追求,因而往往蒙上一层梦幻般的凄美和淡淡哀愁的面纱,在台湾诗坛中普遍被认为开辟了一条温柔婉约的路子。有诗评家认为:“杨牧是位‘无上的美’的服膺者,他的诗耽于‘美’的溢出——古典的惊悸,自然的律动,以及常使我们兴起对古代宁静纯朴生活的眷恋。”这代表了台湾文学界对他的普遍认知。

《水之湄》是诗人第一部同名诗歌集中的一篇代表作,水之湄,原出自《诗经》“蒹葭”篇中,“所谓伊人,在水之湄”。湄,指河边水草的交接处。古人曾以此为题材,写情人在水之湄等待相约的女子,而女子不来,等至潮涨,最终被水淹没。杨牧重新写水之湄等待,但却表达出一种新意。

诗的开篇即表明“我”在等待,但诗人没有交代“我”在等谁,只是说已经等待了四个下午,却什么也没有等来。接着,诗人没有写涨潮,而是写了凤尾草长,长到我的肩头,以比喻等待的漫长,凤尾草不懂“我”在等谁,所以说水声是一项难遣的记忆,意为你在水边有什么忘不了的事情吧,而我却把那些难遣的记忆交给在此驻足的浮云,而浮云总是流动的,言下之意,我实际上没有什么难遣的记忆。“我”对凤尾草的关注很冷淡。接着,诗人又写了蒲公英似乎也来关注我的等待,风把蒲公英的花粉飘到我的斗笠上,可是,“我”仍然很冷淡,回答说,“我的斗笠能给你什么啊”,“我的卧姿之影能给你什么啊”。最后一节,诗人谈到了我在等谁,但却是从反面来谈的,“我”等的不是那些有无止争执的急躁的少女,诗人说那些人谁也不能来,“我只要个午寐”,这表明我等待的不是那些风风火火、有急躁性格的女性,诗人等待的一定是性格宁静、沉稳的女性吧。

从表面上看,这似乎是一首爱情诗,但是由于诗人始终没有清楚地交代等的是“谁”,所以也可以把等的对象视为一种理想或人生追求,如果考虑到杨牧受欧洲浪漫派影响,年轻时在艺术上向往对永恒宁静唯美世界的追求,那么这首诗也可以解读为诗人对自己理想境界的一种追求。

古人所写的水之湄故事刚烈,而杨牧的水之湄则温婉,表达是对宁静境界的追求,他的诗句优美,还带有一种叙事的倾向,诗评家叶维廉就称杨牧的诗歌中有一种“叙事意味”,即杨牧的诗歌往往表现的是一个轮廓模糊的事件所产生的情绪。这是杨牧诗歌的一个重要特征。

醉　汉

非　马

把短短的巷子
走成一条
曲折
回荡的
万里愁肠

左一脚
十年
右一脚
十年
母亲啊
我正努力
向您
走
来

（选自《非马的诗》，花城出版社 2000 年版）

非马（1936—　），本名马为义，原籍广东潮阳，生于台湾台中市，台北工专毕业，美国马开大学机械硕士，威斯康辛大学核工博士。在美国阿冈国家研究所从事能源研究工作多年，现已退休，专心写作及绘画。20 世纪 60 年代开始写诗。曾任美国伊利诺州诗人协会会长。为芝加哥诗人俱乐部及肯塔基诗人协会会员；台湾笠诗社及纽约一行诗社同人；北京《新诗歌》社副社长；新大陆诗刊、美华文化人报、美国华文文艺界协会及芝加哥华文写作协会顾问；北美中华艺术家协会创会理事等。

非马是台湾诗坛上一个“异数”，这不仅是指他是学科学出身，写诗虽只是他的业余爱好，却获得令人瞩目的成就；而且也是指他的诗歌风格在台湾诗坛上是独树一帜的，有诗评家指出：“即使不署名，甚至去掉诗的题目，人们也能准确无误地认出：这是非马的诗”。他的诗歌简洁、凝练、短小，意象新鲜，结构浓缩，具有极为独特的艺术风貌，使人难以忘怀。《醉汉》是他创作于 20 世纪 70 年代末的作品，是作者的代表作之一，曾获吴浊流新诗佳作奖。

《醉汉》主旨是写海外游子离乡去国的乡愁，这个主题曾被不少台湾及海外华人诗人写作过，但是，非马对此仍然作了独具个性的出色表现，并具有震撼人心的效果。非马构思巧妙，他从生活细节出发，通过在曲折小巷、步履蹒跚的“醉汉”形象，来强烈倾诉了对家乡、对母亲的思念之情。诗中的主人公“醉汉”其实是对海外游子的现实写照，同时，也是一种对现实超越的象征，诗人还善于虚实相间，对现实题材作象征与超越的处理。在第一节中，“短短的巷子”也可以读成象征回返乡关的实际距离很短，而“万里愁肠”却表现了人为的空间之辽远，“短短”与“万里”的矛盾语的激荡，构成了强大的撼人心魄的张力。而在第二节里，“母亲”既可以看作是写实的，因为非马 1948 年随父去台，和留在大陆的生母一别就是 30 年。同时，在这里也象征魂魄萦绕的祖国，而“左一脚/十年/右一脚/十年”，表层意义是写醉汉的蹒跚步态，实际上是以脚步与时间的对映，形容路途之遥远与回返之艰难，这种象征性意象中蕴含的咫尺天涯的悲剧意识，这是时代的悲剧，也是人生的悲剧。非马正是以这样精练的诗篇，抒写了历史的悲哀，揭示了漂泊异乡的游子在寻根过程中对故乡亲人刻骨铭心的思念，这“左一脚/十年/右一脚/十年”的漫长艰难的步伐，正是动荡年代的象征。非马这平白简短的几行诗句，却蕴藏这样重大的历史主题，能不给我们很多的震撼吗？不仅如此，醉汉的行走，也可以读成象征着对自己的精神家园的寻找，这也正是千千万万的漂泊者心灵深处的追求，因此，这也可以看成是一首寻根诗，非马曾经说：“写诗是为了寻根，生活的根，感情的根，家庭和民族的根，宇宙的根，生命的根。写成《醉汉》后，仿佛有一条粗壮却温柔的根，远远地向我伸了过来。握著它，我舒畅地哭了”。

从美学风格上看，《醉汉》还呈现出一种悲壮美的氛围和开阔的境界，诗中把小巷“走成”万里愁肠、“左一脚十年”、“右一脚十年”，三个动感很强的词语，既跨越了万里空间，又超越了几十年离乡的岁月，动作中又使时空交错，激起人们强烈的感情共鸣，并使读者感受到一种空阔、博大的悲壮情怀和美感力。诗中的醉汉走在小巷里，而更像是走在一个超越时空限制、给人以无限空旷、苍凉感的境界中。我们可以看出，与一些选择大意象的诗作不同，诗人是从小处着眼，但同样开拓出了雄阔的艺术境

界，也同时显示出了诗人独特的感受诗材和进行艺术构思的功力。

为什么向我索取形象

蓉　子

为什么向我索取形象？
为在你的华冕上，
镶嵌一颗红宝石？
我在你生命的新页上，
又写上几行？
为什么向我索取形象？
如果你有那份真，
我已经镌刻在你心上：
若没有——
我耻于装饰你的衣服。
为什么向我索取形象？
欢笑是我的容貌，
寂寞是我影子，
白云是我的踪迹，
更不必留下别的印象！

（选自《蓉子诗选》，中国友谊出版公司 1993 年版）

蓉子（1928—　），原名王蓉芷，江苏人，1955 年与诗人罗门结婚，并参加“蓝星”诗社，主持后期《蓝星诗页》及《蓝星 1964》的编辑工作。是台湾当代女诗人中诗龄最长、著作最丰、影响最大的一位。她的创作几乎与台湾现代诗同时起步，早在 20 世纪 50 年代，她就出版了《青鸟集》，是台湾第一部女诗人作品集。她的诗集就出版十本之多，著有《青鸟集》、《七月的南方》、《蓉子诗抄》、《童话城》、《维纳丽莎组曲》、《横笛与竖琴的晌午》、《天堂鸟》、《蓉子自选集》等。

许多诗评家认为，蓉子早年诗歌中塑造的抒情形象都是端庄静淑的古典女性，但实际上，蓉子的诗歌也经常透露出一股现代女性独立自尊的刚强英气，这首《为什么向我索取形象》就是这样一首表现现代女性气质的作品。

诗的开篇就是一个反问："为什么向我索取形象"，直接、干脆，一针见血就揭示了传统爱情和婚姻中普遍存在的一个问题，即男性对女性外貌形象的要求。郎才女貌，一直是男权社会中一条潜规则，却很少有人对此有自觉的反省，诗人毫不掩饰地把矛头指向它，正显示出女性独立意识的觉醒。接下来，诗人采用反问的方式对这个问题来了个自问自答。首先，诗人揭破、点穿了男性对女性外貌注重的一个原因：虚荣，是"为在你的华冕上，/镶嵌一颗红宝石"。显然，传统虚伪男性观总是不把女性视为独立平等的对象，而只是把女性视为自己的财物和依附，来满足男性的虚荣感，诗人由此继续发问，那么"我在你生命的新页上，/又写上几行"，这显示出诗人不甘再扮演传统女性的角色，而是要求摆脱传统女性对男性世界的依附，在男性的情感、生命中扮演更自觉平等角色的要求。接着，诗人用自己的爱情观来回答这个问题，诗人说，"如果你有那份真"，那么，"我已经镌刻在你心上"，不需要什么外在的要求。但是，如果你没有那真，诗人坚决表示"我耻于装饰你的衣服"，决不做你虚荣的装饰和依附，显然诗人索要的是男女之间真诚平等的爱，这正是现代女性的独立的爱情观。最后，诗人对自我作了一番描述来回答这个问题，"欢笑是我的容貌，/寂寞是我影子，/白云是我的踪迹"，一个优美活泼、独立清纯的女性形象跃然纸上，诗人自信地对向"我"索取形象的人宣布，不必留下别的印象，这就是我的形象。一股女性独立自信的气质流露出来了。

读蓉子的这首诗，会让人不禁想起大陆女诗人舒婷的《致橡树》，两者同样都是对女性独立价值和尊严的一种呼唤，蓉子的诗要简洁明快，一针见血，整首诗歌以反问为主线，不断重复，语句铿锵，好像面对面的质问，回荡着一股刚强英气。

妈　　妈

夐　虹

当我认识你,我十岁
你三十五,你是团团脸的妈妈
你的爱是满满的一盆洗澡水
暖暖的,几乎把我浮起来

但是有一度
你把慈爱
关了,又旋紧
也许你想,孩子长大了,不必再爱
也许,根本没有灾难
也许妈妈无心的差错
是我的最大灾难

等我把病养好
我三十五
你刚好六十
又看到你,团团脸的妈妈

好像一世,只是两照面
你在一端给
我在一端取
这回你是流泉,我是池塘
你是落泪的流泉
我是幽静的池塘

(选自《台湾诗选》二,人民文学出版社1982年版)

夐虹(1940—),本名胡梅子,台湾台东人,师范大学艺术系毕业,中学教员,并从事室内设计及插图工作。蓝星诗社同仁,著有诗集《金蛹》、《夐虹诗集》、《虹珊瑚》等。

夐虹是台湾较早就从事新诗创作的女诗人。夐虹的诗集虽然不多,但是夐虹擅长以精致而细腻的情思、清丽而自然的文字、温柔而婉转的诗意,书写很多人写却不容易写好的情诗而闻名,善于抒情笔调的夐虹,在描写亲情的诗作表现上也同样的突出,《妈妈》就是她抒写母爱的一首代表作。

母爱,是诗歌创作中最常见的主题之一,也是较难写好的主题,夐虹这首的诗构思很奇特,只写了与母亲在一起的两个场景,似乎女儿一生中与母亲只是打了两个照面,第一次"我"十岁,母亲给我洗澡,诗人用了"团团脸"来形容母亲,这个"团团脸"一词令人难忘,充满喜气洋洋,一下子就把慈爱的母亲形象展现出来。"你的爱是满满的一盆洗澡水/暖暖的,几乎把我浮起来",这既是对当时情景的写实,同时也对母爱的比喻、写实和象征,在这里蕴含的极为熨帖,而"暖暖的"、"浮起来"则把得到母爱的那种幸福感和陶醉感充分地表现出来了,可以看出诗人擅长运用字词,能精确的将感情熔铸其中,触动了读者内心的情感。但是诗人随即写道"我"经历了一段失去母爱的时期,对此诗人想象站在母亲的立场解释说,"也许你想,孩子长大了,不必再爱",也许是妈妈"无心的差错",而诗人却没有记恨妈妈的"无心的差错",而是指出,失去母爱"是我的最大灾难",由此反衬出"我"对母爱的渴求。直到三十五岁,我又看到团团脸的妈妈,这意味着我重新获得母爱,只有曾经失去过母爱的人才懂得珍惜,最后一节,诗人用极为动人优美的词句形容母爱如泉水,一泻而下的特征,"你在一端给/我在一端取/这回你是流泉,我是池塘",更出神入化的是,诗人写道妈妈这一次的流泻出的母爱含着泪的,这或许包含了母亲忏悔的心情,而"我"则是无怨的,因而只如幽静的池塘享受着母爱的源泉。这是中国传统的母性,诗人以母性的情怀体谅母亲,使诗意深长。

夐虹诗的语句虽然平白,但是情深意长,她没有用华丽的字词与浮滥的象征,而是以一种自然而不矫饰的方式在读者的心中漾起了阵阵水波,慢慢的扩散、传播着,敲动人心。她的细腻与深情像静静的流水一般,以一种缓缓的、绵绵不绝的方式流动着,令人难忘。夐虹的诗句浅白,但是读来很美,表面上我们似乎无法了解为何这么平白的诗句却如此感动人心,并带来震撼。但仔细揣摩,却可以发现诗人将技巧与创意都融入诗意

诗境之中，让人无法从诗句雕琢的痕迹中找出其刻划着力之处，可说是已将技巧的粗边磨净，成为圆浑一体的艺术品了。

雁

白　萩

我们仍然活着。仍然要飞行
在无边际的天空
地平线长久在远处退缩地逗引着我们
活着。不断地追逐
感觉它已接近而抬眼还是那麽远离

天空还是我们祖先飞过的天空
广大虚无如一句不变的叮咛
我们还是如祖先的翅膀。鼓在风上
继续着一个意志陷入一个不完的魔梦

在黑色的大地与
湛蓝而没有底部的天空之间
前途只是一条地平线
逗引着我们
我们将缓缓地在追逐中死去，死去如
夕阳不知觉的冷去。仍然要飞行
继续悬空在无际涯的中间孤独如风中的一叶

而冷冷的云翳
冷冷地注视着我们

（选自《台湾诗人十二家》，重庆出版社 1983 年版）

白萩（1937—　），本名何锦荣，台湾台中市人。初二起尝试新诗创作,高二(十七岁)时获第一届中国新诗奖。早年为蓝星诗社主干,现代派同仁,创世纪诗刊编辑委员,后为笠诗社发起同仁,是台湾诗坛上唯一同时涉足过这四大诗社的诗人,著有诗集《蛾之死》、《风的蔷薇》、《天空像征》、《香颂》、《诗广场》等。

白萩,由于他曾参与台湾四大诗社诗歌活动,被人称为台湾诗坛上诗歌血缘关系最为复杂的诗人,这种特殊的诗歌活动的复杂经历造成了他诗风的复杂多变,但这决不意味着他是那种见异思迁、没有什么见地和主张的流浪者,相反,他是一个不愿停下脚步、追求不息的开拓者,正像这首诗歌,他笔下的"雁"的形象,"不断地追逐",把过程当目标,在每一段旅程中都留下坚定的脚印,创造出出色的成果。

《雁》表达的是一种古老而执著的追求精神,诗歌采用的是托物言志的手法,以雁的飞翔的意象来象征诗人自己执著追求的坚毅精神。诗的开篇就象征式的点明了这种坚毅的精神,我们(雁)只要仍然活着,就仍然要飞行,向着地平线飞行,但是,地平线却不断地退缩,似近又远地逗引着我们,这是一个无望的结局,诗人用地平线比喻追求的目的,十分形象和准确地表现出追求目标难以达到的事实。诗的第二节从历史的角度来写我们的追求,"天空还是我们祖先飞过的天空",翅膀也如祖先一样,我们重复着祖先的意志也与祖先一样陷入到一个不完的魇梦中,"虚无如一句不变的叮咛",悲剧的结局也同样地在重复,诗人的表达十分形象和贴切,他象征地说明,不但我们自己这一代追求是如此,而且我们的祖先和世世代代的追寻也是如此,这就使得这种追寻过程中弥漫着一种悲剧性,我们的追求也带有一种悲壮的美。第三节更进一步,写这一追求中的死亡感和孤独感,诗人以夕阳的冷去来比喻死亡感,以风中的一叶来象征孤独感,意象悲壮和凄凉,这是一个无望的追求,诗人已经感受到了生命的孤独和悲剧性,但是这种孤独和悲剧性恰恰是坚毅的追求精神的反衬。当夕阳最终沉落,热力冷去,寒冷和黑暗逐渐包围了天空,但是我们(雁)仍在忘情地飞翔着,那颗追求理想的心仍然在燃烧着,只有"冷冷的云翳",在"冷冷地注视着我们",想象一下这个画面,我们能不被这种悲壮和执著的场景所打动吗?白萩的《雁》正是对我们人类世世代代追求的自我写照。

有人说白萩的诗是思想的诗,白萩自己也说:"重要的是精神,而不是感觉"。"我们要求每一个形象都能负载我们的思想,否则不惜予以丢弃,甚至从诗中驱逐一切形容,而以赤裸裸的面目逼视你。"但是我们看到白

菽的诗歌并不抽象，而是十分成功地把思想与形象和谐地融合在一起，这归功于诗人熟练地掌握了现代主义诗歌的艺术语言、技巧和敏锐的感受力，因而能够从具象出发，又超越于具象之上，从而使他的诗歌能够获得更广泛更丰富的内涵，《雁》就较好地体现了他的这些特点。

一棵开花的树

席慕容

如何让你遇见我
在我最美丽的时刻为这
我已在佛前求了五百年
求佛让我们结一段尘缘

佛于是把我化做一棵树
长在你必经的路旁
阳光下慎重地开满了花
朵朵都是我前世的盼望

当你走近　请你细听
那颤抖的叶是我等待的热情
而当你终于无视地走过
在你身后落了一地的
朋友啊
那不是花瓣
那是我凋零的心

（选自《时间草原》，上海文艺出版社 1997 年版）

席慕容（1943—　），台湾著名的蒙古族女诗人，原籍内蒙古查哈尔盟明安旗。蒙古名字全称穆伦席连勃，意为浩荡大江河。是蒙古族王族之后，外婆是王族公主。在父亲的军旅生活中，席慕容出生于四川。13 岁起在日记中写诗,14 岁入台北师范艺术科，后又入台湾师范大学艺术系。1964 年入比利时布鲁塞尔皇家艺术学院专攻油画。毕业后任台湾新竹师专美术科副教授。举办过数十次个人画展,出过画集,多次获多种绘画奖。1981 年,台湾大地出版社出版席慕容的第一本诗集《七里香》,一年之内再版七次。其他诗集也是一版再版。著有诗集《画诗》、《七里香》、《无怨的青春》、《时光九篇》、《河流之歌》、《时间草原》、《席慕蓉·世纪诗选》等。

席慕容诗歌曾经在 20 世纪 80 年代的台海两岸青春校园中引起过较大的社会反响。席慕容的诗歌清新缠绵,意境优美,语言浅白流畅,有很强的感染力,这首《一棵开花的树》就体现了她的诗歌特征,是她的一首代表作。

席慕容的抒情诗大多重复着一个模式,即从现在的忧伤中追思往昔,都以一个无怨无悔的追思为前提,她的诗常常采用一种"假设"的手段来营造对往昔追思的意境,这首诗一开始就设置了这么一个假设,为了在我最美丽的时刻遇见你,我向佛求了五百年,"佛"的介入实际上增加了我对这份爱的虔诚,同时为求那美丽的一瞬,我愿意花五百年时间,这一夸张的表达也令人心生感动,而佛则成全了我,借用它的神力,化我为树,"长在你必经的路旁",显然佛也为我的虔诚所打动,这更衬托了我对这份情缘的看重。当我们读到这里,都为抒情主人公的努力而打动,期望她能实现自己的所愿,而这样的时刻也终于来到,"当你走近",我把那等待的热情化为颤抖的叶,这正是对心上人的召唤,但是,诗人笔锋一转,你终于无视地走过了,我不禁忍不住惊叹出:"在你身后落了一地的","那不是花瓣,/那是我凋零的心",而这正是我们忍不住要对他说的话。诗人的收尾让我们感受到人生一份浓浓的失意感。

值得注意的是,诗人并没有对错过这段情缘而生出深切的抱怨,甚至仇恨的情绪,这正是席慕容诗歌的一个特征,席慕容诗歌所表现是一种无怨无悔的青春感受,这种感受对自己的人生带有相当宽容的态度,当错过的错过了,失去的失去了,诗人表现的不是一种悔恨、抱怨的情感,而是一种淡淡的惆怅,诗人对爱情的理解似乎并不求永远,而只是灿烂的一瞬,诗人似乎更着重的是在这一瞬间所显露的那份清纯晶莹,并由此就从失去的青春和人生中挖掘出一种人生启悟和值得肯定的美:无所谓失去什么,经历过的都是人生,进入回忆的都是美丽,席慕容诗歌经常所表现的主题"无怨"的青春就带有这样一层宽容的涵义在其中。

席慕容的诗歌语言十分浅白，一切都交代得十分清楚，但感染力并不弱，让人悱恻缠绵，尽意回味。这大概与诗人所采用的追思的抒情视角有一定联系。对往昔的追思带有一种觉悟和反省，因而能让人有所启悟。此外诗人所采取的是第一人称“我”对第二人称“你”的倾诉口吻，也容易令读者介入、认同诗中情感，能够参与和再创造出满足自己的浪漫幻想和意境。这些可能是席慕容诗歌能产生较大的艺术魅力之一。

复　活

舒巷城

你知道吗？
在迷朦的海天相结处的
缓缓地升起的朝霞
是多少世纪以前
采珠人悲伤的血之回光

你知道吗？
我从一个闪着幸福与微笑的
婴孩的瞳孔里
看见一万年前被打得遍体鳞伤
然后被埋葬了的春天

你知道吗？
树倒下来，树倒下来死了
我们有煤，我们有煤

（选自《台港抒情短诗精品鉴赏》，河南文艺出版社 1996 年版）

舒巷城(1921—　)，原名王深泉，广东惠阳人。他读英文小学期间就已投稿到上海的《儿童世界》，并获得刊登。抗战时期开始以王烙的笔名在《立报》副刊《言林》、《申报》的《自由谈》上发表一些短篇小说和诗歌。

1941 年香港沦陷，他只身出走，颠沛于内地，直到 1948 年底才返回香港与家人团聚。先后在商行、建筑公司、教育机构等任职，1977 年秋曾应美国爱荷华“国际写作中心”之邀，参加国际文学活动。四十多年来，舒巷城一直从事业余写作，著有诗集《我的抒情诗》、《回声集》、《都市诗钞》等。

舒巷城是香港老一辈的诗人，《复活》是他的一首代表作，通过奇特的联想，在一些一般人看不出任何联系的现象之间建立起有机的联系，乐观地表达了一种对人生永不熄灭的力量的赞颂。

全诗分三节，开篇就以一种充满自信的口吻向读者询问道：“你知道吗”，下面二节诗也用这一句开首，从全篇看，不仅加强了自信的口气，而且还带上了强调的味道。在第一节，诗人写在迷蒙海天处的斑斓的朝霞不是自然形成的杰作，而是多少个世纪以来采珠人辛苦而悲伤的血泪映成的，这当然是诗人奇特的幻觉，而非现实的真理，但是在这种幻觉中却隐含了对人生真实的认识，许多人世间美的事物，无不都是经过千千万万人的努力，付出了无数的血泪和辛苦换来的，因而透过这些美的事物，无数人的努力和奋斗的力量似乎重现和复活了。在第二节诗中，诗人的联想要更为奇特和新颖，他从一个幸福而微笑的婴孩的瞳孔中，竟然看到一万年前被打得遍体鳞伤而被埋葬了的春天，这里的春天和婴儿显然都是象征，春天是永远不可能被埋葬的，四季轮回，春天总在严冬之后复活，而诗人能够通过幸福而微笑的婴孩的瞳孔中看到春天，意味着他看到的对人类生生不息追求光明和幸福的力量不也正在一代又一代人的身上复活吗？最后一节强化了对这种“复活”力量的认知，诗人写道“树倒下来死了”，但是这并不是说它已经没用了，因为它还可以化为煤，供人燃烧发出光亮。这不也是“树”的另一种形式的复活吗？

综观全诗，诗人通过奇特的联想，表达了一种人生哲理：人类对美的事物，对春天的追求是生生不息、永远不会被埋葬的。读这样的诗能够在精神上给人以乐观向上的鼓舞。

北角之夜

马博良

最后一列的电车落寞地驶过后
遥远交叉路口的小红灯熄了
但是一絮一絮濡湿了凝固的霓虹
沾染了眼和眼之间朦胧的视觉

于是陷入一种紫水晶里的沉醉
仿佛满街飘荡着薄荷酒的溪流
而春野上一群小银驹的
散开了，零落急遽的舞娘们的纤足
登登声踏破了那边卷舌的夜歌

玄色在灯影里慢慢成熟
每到这里就像由咖啡座出来醺然徜徉
也一直像有她又斜垂下遮风的伞
青莲似的手上传来余温

永远是一切年轻时的梦重归的角落
也永远是追星逐月的春夜
所以疲倦却又往复留连
已经万籁俱寂了
营营地是谁在说着连绵的话呀

（选自《台港抒情短诗精品鉴赏》，河南文艺出版社1996年版）

马博良（1933—　），曾用名马朗。香港老一辈诗人，上海圣约翰大学毕业。1950年抵港，他也是20世纪50年代中后期在香港文坛率先倡导现代主义诗歌的诗人之一，曾在1956年创办和主编了标榜现代主义文学的《文艺新潮》刊物，对当时香港文坛影响很大。1963 年离港赴美定居，有诗集《美洲三十弦》等。

马博良的诗歌创作以追求朦胧、多义、不稳定现代主义手法为主，这种创作手法与他多以都市为诗歌题材的取向相结合，使他的诗歌呈现出一种别具一格的特色。这首《北角之夜》就体现了他的这些创作特征。

《北角之夜》写的是香港某街区——北角的深夜景致。显然，这是一首都市题材诗，诗里有大量纷繁的都市意象。诗分四节，第一节头两行先交代了时间，最后一列的电车驶过，远处的交通灯也已熄了，夜也至深。后两行则写了泪眼中看到的景致，濡湿的霓虹，朦胧的视觉，可以判断，诗人显然在写一个人在这深夜正漫步在北角街头，看着这街景，不禁眼泪掉了下来。他为什么要流泪呢？诗的第二节并没有给我们提供答案，而是继续写这个人在北角漫步的感受，那是一种陷入在紫水晶里的沉醉感，诗人精心挑选了一些都市的意象，比较鲜明地给我们传达出这种都市的“沉醉感”，满街飘荡着薄荷酒，舞娘们的高跟鞋发出的零落急遽登登声，诗行里弥漫着都市的气息。诗转入第三节，我们开始明白了诗人所要表达的主旨，从“每到这里”和“一直像有她又斜垂下遮风的伞”及“青莲似的手上传来余温”这些朦胧和美丽的句子中，可以大致看出，一定是抒情主人公在这里曾经遇到过自己的心上人，或者是曾经带心上人来过此地，而如今当主人公一人再来到这里时，记忆的闸门不禁打开了……诗的最后一节给我们更明确地证实了这一切，“永远是一切年轻时的梦”暗示主人公现在已不再年轻，也许人到中年或老年，当他在此时重回北角故地，一样的角落，一样的夜晚，一样的风景，一样的都市气息，可是却物是人非，因而我们可以理解为何他会到此便会沉醉，会泪眼朦胧，会不知疲倦却又往复留连此处，因为即使在夜深人静、万籁无声之际，在回忆中似乎也听不到心上人曾经说过的情话。

《北角之夜》是一首都市诗，诗人采用了大量都市景物作为诗歌意象，其中弥漫着浓浓的灯红酒绿、溢彩流金的气息，难得的是在这都市味后面，诗人仍然写出了令人心动的人类普遍存在的珍贵情感。

主要参考文献

[1] 公木主编. 新诗鉴赏辞典. 上海:上海辞书出版社,1991
[2] 孙玉石. 中国现代主义诗潮史论. 北京:北京大学出版社,1999
[3] 王泽龙,沈光明主编. 中国现代文学名作选讲. 武汉:华中理工大学出版社,1991
[4] 王嘉良,李标晶主编. 中国现代文学作品选读(下). 乌鲁木齐:新疆大学出版社,1998
[5] 龙泉明. 中国新诗流变论. 北京:人民文学出版社,1999
[6] 洪子诚,刘登翰. 中国当代新诗史. 北京:人民文学出版社,1993
[7] 辛笛主编. 20世纪中国新诗辞典. 北京:汉语大词典出版社,1997
[8] 吴奔星主编. 中国新诗鉴赏大辞典. 南京:江苏文艺出版社,1988
[9] 吴开晋,王传斌主编. 当代诗歌名篇赏析. 福建:海峡文艺出版社,1986
[10]唐祈主编. 中国新诗名篇鉴赏辞典. 成都:四川辞书出版社,1990
[11]古远清编著. 中国当代名诗100首. 武汉:湖北教育出版社,1996
[12]毛翰主编. 20世纪中国新诗分类鉴赏大系. 广州:广东教育出版社,1998
[13]曹文轩. 中国八十年代文学现象研究. 北京:作家出版社, 2003
[14]吕周聚. 中国现代主义诗学. 北京:人民文学出版社, 2001
[15]沃尔夫冈·凯塞尔. 语言的艺术作品. 上海:上海译文出版社, 1984
[16]河清. 现代与后现代. 杭州:中国美术学院出版社,1998
[17]程光炜. 中国当代诗歌史. 北京:中国人民大学出版社, 2003
[18]刘登翰,朱双一. 彼岸的缪斯. 台湾诗歌论. 南昌:百花洲文艺出版社,1996
[19]陈仲义. 从投射到拼贴,台湾诗歌艺术六十种. 桂林:漓江出版社,1997
[20]古继堂. 台湾新诗发展史. 北京:人民文学出版社,1989
[21]莫文征编选. 台湾诗歌选读. 北京:人民文学出版社,2004

[22]耿建华,章亚昕编著．台湾现代诗歌赏析．济南:明天出版社,1989
[23]邹建军．台港现代诗论十二家．武汉:长江文艺出版社,1991
[24]陶本一,王宇鸿主编．台湾新诗鉴赏辞典．太原:北岳文艺出版社,1991
[25]古远清编著．台港现代诗赏析．郑州:河南人民出版社,1991
[26]李元洛．写给缪斯的情书 台港与海外新诗欣赏．太原:北岳文艺出版社,1992
[27]陈实选编．台湾爱情诗选析．桂林:漓江出版社,1989

后　记

《中国现当代诗歌赏析》一书作为通识教材，旨在提升人们的诗歌爱好与热情，培育学习者的人文素质。在一个商品经济持续升温的年代，大力倡导人文精神，全面完善人格心理，更有其不可低估的价值。尤其是现实中频频发生的、甚至常识性的错误，也给了我们关于夯实中国文化根基的提醒。

"五四"新文化运动以来，出现了用白话创作的新体诗歌。这是中国诗歌史上一次伟大的变革。众多的诗歌艺术流派，各具风姿的代表诗人，脍炙人口的诗歌佳作，都激发着我们学习、诵读、研究的积极性。接受、整理这份民族文化资源，不论是对人们的文化熏陶，还是对繁荣诗歌创作，都具有不容忽视的意义。

在本书的撰写中，我们试图廓清现当代诗歌的美学头绪。然而，由于本书的篇幅有限，对有些重要的诗人不得不舍弃；对有的身跨现、当代两个时期的诗歌名家，如艾青、穆旦，因为每个时段都有优秀作品，又均收入其中，以显现诗人及其诗歌的卓越位置。

本书的写作，聚集了湖州师范学院现当代文学教研室、文艺学教研室研究诗歌的教师，以及北京师范大学文学院的诗歌批评家谭五昌博士等人的努力。本书具体的写作分工是：谭五昌负责前言；王昌忠、余连祥负责现代诗歌部分；张瑜负责当代文学的 17 年时期、台港海外诗歌部分；刘树元负责当代文学的新时期诗歌部分。师力斌为新时期诗歌中杨晓民、唐诗、蔡克霖的作品撰写了赏析。全书的统稿工作由刘树元最后完成。

本书在编撰过程中，得到了许多诗人、专家、学者的热情支持和帮助，在此一并表示深深的谢意。

前路更长，为了诗苑鲜花更加灿烂，我们只有不懈地努力。

刘树元

2005 年 5 月于浙江湖州师范学院

图书在版编目（CIP）数据

中国现当代诗歌赏析 / 刘树元主编．—杭州：浙江大学出版社，2005.7（2019.9 重印）
（普通高校通识教育丛书 / 徐辉等主编）
ISBN 978-7-308-04289-5

Ⅰ.中… Ⅱ.刘… Ⅲ.诗歌—文学欣赏—世界 Ⅳ.I106.2

中国版本图书馆 CIP 数据核字（2005）第 067759 号

中国现当代诗歌赏析
刘树元　主编

责任编辑　宋旭华　陈晓菲
封面设计　刘依群
出版发行　浙江大学出版社
（杭州市天目山路 148 号　邮政编码 310007）
（网址：http://www.zjupress.com）
排　　版　杭州中大图文设计有限公司
印　　刷　杭州杭新印务有限公司
开　　本　787mm×960mm　1/16
印　　张　18.5
字　　数　300 千
版 印 次　2005 年 7 月第 1 版　2019 年 9 月第 9 次印刷
书　　号　ISBN 978-7-308-04289-5
定　　价　49.00 元
